TIBOR MERLAK

Die Gilde der Geometer

DIE GILDE DER GEOMETER

Impressum

Copyright: @ 2023 Tibor Merlak
Tibor Merlak
Holtzendorffstr. 7
14057 Berlin
Ausgabe: 1.0
E-Mail-Kontakt: tibor.merlak@web.de
Bildnachweise: © Creativeye99 / 172266449 / iStock / Getty Images Plus (Kompass)
© ratpack223 / 1137588798 / iStock / Getty Images Plus (Turm)
© fmajor / 170027101 / iStock / Getty Images Plus (Feuer)
© CHUNYIP WONG / 1327184986 / E+ (Hügel)
© da-kuk / 1453588579 / E+ (Himmel)
© RobertSchneider / 1212913277 / iStock / Getty Images Plus (Steinstruktur)
© David Andres Gurierrez / 1411175410 / iStock / Getty Images Plus (Steinornamente am Kompass)
© ElenaBelozorova / 176844983 / iStock / Getty Images Plus (Steinornamente Hintergrund)
© panom / 1315623448 / iStock / Getty Images Plus (Karte)
© losmostachos / #614836747/ Adobe Stock (Flamme)

Lektorat: Carolin Wilewski
Umschlaggestaltung: Guter Punkt GmbH & Co. KG
© Nadja Tilke, Guter Punkt München unter Verwendung von Motiven von Getty Images Plus
Buchsatz: Désirée Lothmann, kiwibytes_buchdesign

Illustrationen: Andreas Hartung (Vorarbeit), Nadja Tilke von Guter Punkt GmbH & Co. KG (Nachbearbeitung)

STAMMT AUS HIMMEL ODER HÖLL´
DEINER AUGEN FEUERQUELL?

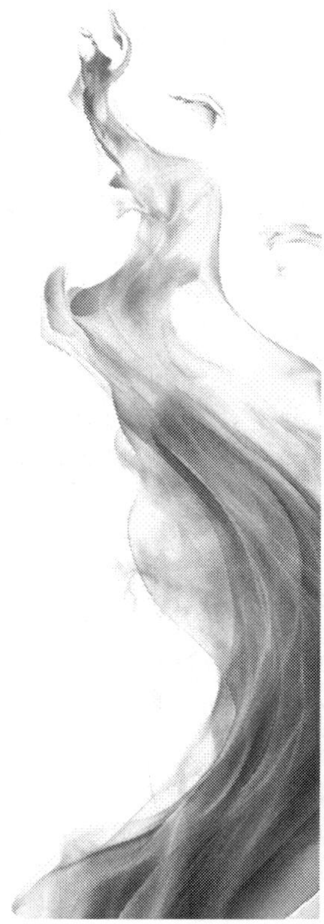

Die Gilde der Geometer

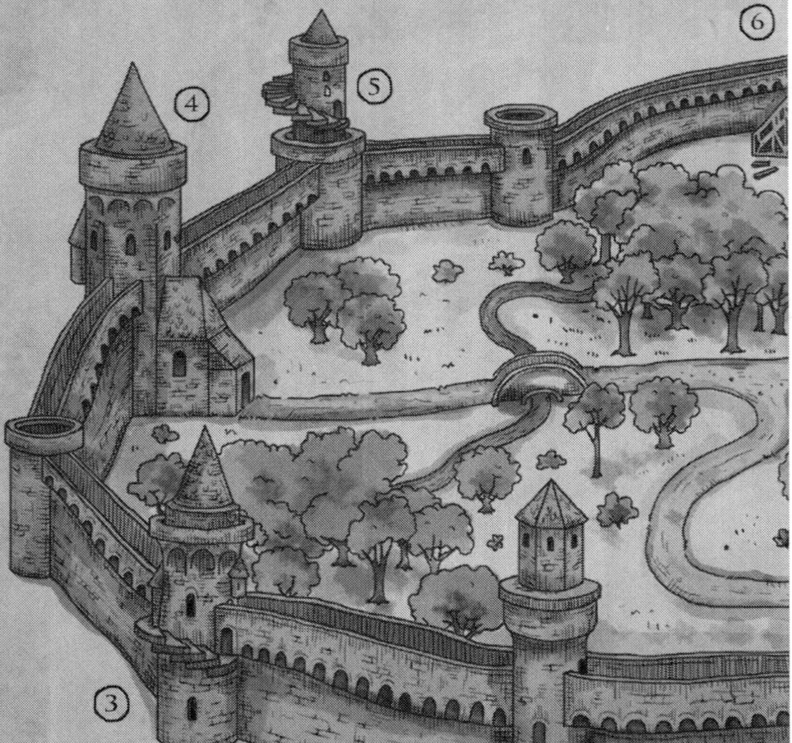

1) Südtor
2) Turm I. Meister Domaro
3) Turm II. Meister Lenslar
4) Bibliotheksturm/Turm III.
5) Turm IV. Meister Tanklaff

6) Maueranbau des Gartenriesen
7) Nordtor
8) Turm v. Meisterin Onara
9) Turm vi. Meister Giashor
10) Turm vii. Meister Falas-Dufat

GLOSSAR

Maße, Gewichte etc.

Elle = 50 Zentimeter
Meile = 1,50 Kilometer
Libra = 325 Gramm

Personenverzeichnis

Hauptpersonen/Erzählperspektiven:

Maldan – Ein 18-jähriger Milesier, der sein bisheriges Leben als Sklave verbracht hat. Seine Eltern stammen aus der zerstörten Stadt Istros

Tiberia – Eine 25-jährige Nemedierin, die sich aus den gefährlichsten Vierteln von Treva bis in die Geometergilde von Tylis hochgearbeitet hat. Aussichtsreiche Kandidatin auf eine Dozentenstelle an der Fakultät für Elementarmagie, der Universität von Tylis

Nimgart – Ein etwa 35-jähriger, adliger Mann, der seinen Heimatort (die Baronate) verlassen musste und es an der Geometergilde schon bis zum Kartografen gebracht hat. Derzeit im Dienste des Meisterkartografen Tanklaff

Weitere Haupt- und Nebenpersonen:

Tanklaff – ein sonderbares Wesen, das sich selbst als Schildfuchs bezeichnet und entfernt einem aufrechtgehenden Fuchs mit Rückenpanzer ähnelt, Meisterkartograf der Geometergilde und Herr von Turm IV

Domaro – Milesier, ursprünglich aus Istros stammend, jetzt Meisterkartograf der Geometergilde und Herr von Turm I

Ottlar – ein meist gutgelaunter, übergewichtiger nemedischer Waffenhändler und Besitzer der Aal-Hau-Schmiede

Tessrin, eine ungefähr 20jährige lebhafte junge Nemedierin aus den Armenvierteln von Tylis, Studentin der Sterndeutung

Pétr – ein spindeldürrer und sehr kluger Nemedier, Kartograf in Diensten Tanklaffs

Hadral – ein belesener junger Nemedier aus Treva, Anwärter an der Geometergilde

Mohit – ein kräftiger junger Riese aus dem Volke der Ulthar, Anwärter der Geometergilde

Undall – ein bärtiger und sehr fähiger Milesier und Novize in den Diensten Tanklaffs

Senja – eine junge und sehr widerstandsfähige Nemedierin und Novizin in den Diensten Tanklaffs

Nebenfiguren

Schatzmeisterin – eine winzige Person vorgerückten Alters und Kartografin der Gilde

Galen – ein aus Istros stammender nemedischer Söldnerhauptmann aus Krimms Kompanie, gilt als der beste Kämpfer der Gilde

Flaco – ein etwas dicklicher nemedischer Söldner aus Krimms Kompanie

Trebblo – ein bärtiger nemedischer Söldner aus Krimms Kompanie

Lenslar - Meisterkartograf und Herr von Turm II

Onara - Meisterkartografin und Herrin von Turm V

Falas-Dufat - Meisterkartograf und Herr von Turm VII

Giashor - Meisterkartograf und Herr von Turm VI

Bosco – Halbalb und äußerst fähiger Waldläufer

Kalender von Midon

Festtage:
Imbolc 1. Februar
Beltane 1. Mai
Lughnasadh 1. August
Samhain 1. November

Monate:
Beth – Januar
Lius – Februar
Nion – März
Fearn – April
Saille – Mai
Uath – Juni
Duir – Juli
Tinne – August
Coll – September
Muin – Oktober
Gord – November
Ruis - Dezember

PROLOG

Stadt Tylis, Gildenburg der Geometer, 02. Saille des Jahres 1055 nach Gründung

So sind die Kartografen der Gilde ebenso Entdecker wie Kaufleute. Was sie mit Forscherauge aufgezeichnet, suchen sie mit Krämerseele so teuer als möglich zu verschachern. Sie sind eine Mischung der widerwärtigsten Art.

– Domaro, Meisterkartograf

Die Meisterkartografen hassten die jährliche Bestandsaufnahme ohnehin, aber dieses Jahr drohte besonderer Ärger.

Die Schatzmeisterin war umständlich auf ihren Stuhl am Kopfende des langen Kartentisches geklettert. Aufgrund ihres winzigen Körpers benötigte sie einen zusätzlichen Tritt, um an ihren Platz zu gelangen.

Neben ihr saßen der glatzköpfige Domaro und die vogelhafte Onara. Daneben schob Giashor mit seinen blassen Fingern, einige Pergamente zusammen. Müde flackerten seine großen gelblichen Augen hin und her.

„Sind wir vollständig?“, hallte Lenslars befehlsgewohnte Stimme durch den Raum.

Die Blicke der restlichen Anwesenden glitten zu dem Sessel am Ende des Tisches. Der schwere Eichensessel schien sie desinteressiert anzugähnen, wie schon so oft.

Die Schatzmeisterin sprach aus, was für alle offenkundig war. „Meister Tanklaff scheint auch dieses Jahr nicht teilnehmen zu können.“

„Oder zu wollen“, schnitten Onaras Worte durch die Luft.

„Gerechterweise muss man sagen, dass auch der verehrte Falas-Dufat abwesend ist“, warf Domaro vorsichtig ein.

Da erhob die mit Abstand jüngste Teilnehmerin des Treffens, Miala, freundlich die Stimme. „Ich bin als Vertreterin für Falas-Dufat hier. Die verehrte Schatzmeisterin kann bestätigen, dass er bereits letztes Jahr angekündigt hat, heute noch auf Reisen zu sein.“

Die Schatzmeisterin ließ mit einem unangenehm kratzenden Geräusch das vorbereitete Sitzungsprotokoll durch ihre Finger gleiten.

„Jaja, das ist angemeldet. Falas Dufat“, las sie mechanisch vor. „Expedition ins Sichelgebirge, Suche nach letztem Lichtalb.“

„Die Werthaltigkeit einer solchen Unternehmung darf bezweifelt werden“, warf Domaro ein.

„Na ja, immerhin macht er etwas, um für die Gilde Gold zu verdienen. Irgendein Interessent wird sich schon finden, falls er erfolgreich sein sollte“, sagte Lenslar. „Wann hat Tanklaff eigentlich das letzte Mal etwas in den Verkauf oder Verleih gegeben?“

Die Augen der Schatzmeisterin flogen geübt über ein Pergament. „Im Jahre 1046 nach Stadtgründung.“ Sie sah auf und blinzelte in die Runde. „Eine befahrbare Landroute von Tylis zum Nordmeer. Ist noch immer in Verwendung. Im letzten Jahr neunzehnmal verkauft, mittleres Preissegment."

„Eine durchaus nützliche Karte", bemerkte Domaro und fuhr sich mit der Hand über die kugelrunde Glatze. „Kleine Transporte lassen sich über diese Strecke teils schneller und billiger bewerkstelligen als über den Seeweg und bisher gab es keinerlei Überfälle, obwohl die Gegend nur so von allerlei Gesindel, wie Ochsenfomorern und Waldtrollen wimmelt."

„Niemand schätzt das mehr als ich", sagte Onara, „Nichtsdestotrotz. Es ist neun Jahre her! In der Zeit hat der verehrte Lenslar", sie nickte dem kräftigen Kollegen neben sich zu, „acht Karten erstellt und in den Verkauf gegeben."

Wie Wellen schwappten Laute der Zustimmung von allen Seiten über den Tisch.

„Das ist ein ernster Punkt, darf ich fragen, wie Meister Tanklaffs Jahresbilanz aussieht?"

Die kleine Schatzmeisterin untersuchte erneut unter lautem Geraschel ihre Pergamente. „Jahresausgaben von Turm vier, geführt von Schildfuchs Tanklaff: Achtundfünfzig Goldstater, drei Novizen und zwei Kartografen in Beschäftigung. Sicherheitsaufwand: vier Söldner tagsüber, zwei Söldner nachts. Einnahmen im letzten Jahr: Sechsundfünfzig Goldstater ..."

„Tanklaff macht Verluste! Verluste!", rief Giashor.

Die Aufregung im Raum war sofort greifbar, der Pulsschlag so ziemlich aller Anwesenden schnellte unerträglich in die Höhe.

„Hat es das schon jemals in der Geschichte der Gilde gegeben?", fauchte Onara, obwohl sie die Antwort schon kannte.

„Wir sollten über einen Ausschluss des Schildfuchses nachdenken", krächzte Lenslar. „Die Gilde ist schließlich kein Selbstzweck, wir wollen hier Gold verdienen, weiß Tanklaff das nicht?“

Selbstverständlich war jedem, in der Gilde bewusst, dass es bei jeder neuen Karte einzig und allein um den Verkaufswert ging.

„Es gab noch nie einen Ausschluss, dieser Fall ist in der Satzung nicht vorgesehen. Wer es in der Gilde zum Meisterkartografen schafft, ist unantastbar.“ Domaro zuckte enttäuscht mit den Schultern.

„Aber er ist ja nicht mal ein Mensch!“ Verzweiflung schien Onara zu übermannen.

„Wir müssen verhindern, dass er die Gilde ruiniert“, verkündete Lenslar, dabei schlug die Dolchscheide an seiner Hüfte zufällig gegen den Tisch.

In diesem Moment pochte es dumpf an der schweren Doppeltür.

Sofort versanken die verehrten Kartografen in erstauntem Schweigen. Es war nicht üblich, dass die Sitzung gestört wurde.

Zunächst stieß die Schatzmeisterin ein „Herein“ aus, da ihre Stimme jedoch nicht in der Lage war, die Entfernung zwischen ihr und der Tür zu überwinden, sprang Lenslar ihr kraftvoll bei: „Eintreten!“

Quietschend und ächzend wurde ein Türflügel zur Seite geschoben und ein großer, dünner Mann mittleren Alters betrat den Raum.

Der Mann verbeugte sich so tief, dass die schwarzen Haare sein Gesicht verdeckten.

„Verehrte Kartografen, ich bitte, sprechen zu dürfen.“ Seine klugen Augen strichen über die Anwesenden und verharrten schließlich auf Lenslar, der die meiste Autorität im Raum ausstrahlte.

„Sprechen Sie, Kartograf Pétr."

„Der verehrte Meister Tanklaff hat mich gebeten, ihn bei der heutigen Jahresversammlung zu entschuldigen. Er kann unglücklicherweise nicht teilnehmen."

„Das haben wir bemerkt, was macht er denn?" Onara reckte den krallenartigen Zeigefinger bedrohlich in die Luft. „Hat er überhaupt ein Forschungsprojekt, das Einnahmen erwarten lässt?"

„Selbstverständlich. Neben seinen Studien zu den Samorern und ihren Sternenkarten …", das teils höhnische, teils genervte Gemurmel, mit dem die Anwesenden diese häufig gehörte Information bedachten, ignorierte Pétr geübt, „ist er einer überaus wichtigen Sache auf der Spur. Er hat Hinweise auf den Aufenthaltsort einer uralten Reliquie gefunden, die für ganz Midon überlebensnotwendig sein könnte."

„Eine Reliquie aus der Vorzeit?", fragte die Schatzmeisterin verwundert. Alle Augenpaare richteten sich auf den dürren Pétr. Aber eines schien ganz besonders erschrocken.

„Meister Tanklaff ist überzeugt, dass es ihm gelingt, die Reliquie aufzuspüren, zumal er vorhat, aus dem nächsten Jahrgang zwei Drittel aller Anwärter dafür einzusetzen."

Sturmwolken der Entrüstung stiegen von allen Seiten auf.

„Wie kann Tanklaff das einfach so entscheiden? Was ist das überhaupt für eine Reliquie und wann gedenkt er, die Reise anzutreten? Und warum soll sie für ganz Midon wichtig sein?" Onara schäumte.

Pétrs ohnehin kerzengerader Rücken schien sich eine Winzigkeit mehr zu strecken. „Sie ist das einzige Mittel gegen König Nechta und die Niblisse."

Stille senkte sich über den Raum. Die über den Kartentischen hängenden Sturmwolken vergaßen für einen Augenblick zu blitzen und zu donnern. Lediglich ein verächtliches „Legenden und Mythen“ war aus Onaras Richtung zu vernehmen.

„Ob es Nechta überhaupt je gegeben hat ist doch nicht einmal erwiesen, geschweige denn, das er heute eine Bedrohung darstellt“, sagte Giashor.

„König Nechta, der sagenhafte Feind der Samorer. In den ältesten Aufzeichnungen der Stadt wird erwähnt, dass es sein Ziel ist, die ewige Weltordnung umzugestalten und den Kreislauf von Geburt und Wiedergeburt zu unterbrechen“, sagte die Schatzmeisterin.

„Indem er alle Lebewesen tötet“, ergänzte Giashor.

„Meister Tanklaff ist davon überzeugt, dass Nechta existiert und bereits jetzt daran arbeitet, das Weltgefüge in seinen Grundfesten zu erschüttern“, sagte Pétr, machte auf dem Absatz kehrt und verließ die Runde der verehrten Meisterkartografen ohne ein weiteres Wort.

Zurück ließ er die Meisterkartografen und mit ihnen eine Kaskade sehr ganz unterschiedlicher Gefühle. Mordlüsterner Hass mischte sich mit Verärgerung, Neid und Enttäuschung. Aber nur ein einziges der versammelten Wesen, erschrak bis ins Mark, gepackt von echter Todesangst.

1. KAPITEL

Maldan Tylis, 15. Saille 1053

Ertränke die Geometergilde in Blut, wenn es nötig ist. Verhindere um jeden Preis, dass Tanklaff mit seiner Suche erfolgreich ist. Die Meisterkartografen haben so wenig gemeinsam, dass es nicht schwer sein sollte, Zwietracht zu säen. Wenn es sein muss auch Tod und Verderben. Denn wenn drei dieser Kröten sich versammeln, dann meist, um eine vierte zu verspeisen.

– Brief an den Mörder Namens *Nachhall*

Das nächtliche Schwarz des Flusses hat alles Rot von der Klinge gewaschen. Maldan zieht sich aus dem Wasser auf den hölzernen Boden des Piers. Das glänzende Messer spuckt er aus, um nach Luft zu ringen.

Die weiße Leinenkleidung trocknet schnell im Sommerwind. Sein Herz rast, am liebsten würde er sofort weiterrennen, aber er zwingt sich, erst einmal durchzuatmen, von nun an muss jeder Schritt genau überlegt werden. Seine Augen suchen den

Horizont nach Verfolgern ab. Sind schon Ruderboote von der Galeere zu Wasser gelassen worden? Er kann in der Dunkelheit keine entdecken.

Schließlich springt er auf, verstaut das Messer im Ärmel, und läuft den Pier entlang zum Hafen von Tylis. Vorbei an unzähligen Schiffen, die schweigend nebeneinander ankern.

Er erreicht den steinernen Rand des Hafens, gesäumt von riesigen Lagerhallen und Kontoren. Vereinzelt sitzen vor den Gebäuden Hafentrolle oder Fachans, wie sie auch genannt werden, allein und in stillen Gruppen. Riesige, schwerfällige Wesen, wie geschaffen für harte, stupide Arbeit. Maldan hetzt weiter.

Er lässt den Pier hinter sich, läuft vorbei an den hohen Laternenpfählen, deren Öllampen den Sternen in dieser klaren Nacht keine Konkurrenz machen können. Jede Elle, die er zwischen sich und das Sklavenschiff bringen kann, nährt seine Hoffnung.

Zwischen zwei Backsteinkontoren führt eine gepflasterte Straße ins Innere der tausendjährigen Stadt. Er erkennt eine steinerne Treppe, deren Stufen sich im Dämmerlicht verlieren. Bevor er den Hafen verlassen kann, ertönt eine helle Stimme über ihm.

„Hat der Fluss dich ausgespuckt?“

Maldans Kopf fährt hoch. Seine Augen erfassen auf einem der Flachdächer die riesenhafte Gestalt eines leise schnarchenden Hafentrolls, daneben liegen zwei Männer, die er nicht genau erkennen kann. Erst als die Stimme erneut erklingt, sieht er das Mädchen.

„Ich habe dich an Land gehen sehen.“ Sie beugt sich vor und mustert ihn. „Du tropfst wie ein Sack Makrelen.“

Maldan hat nun Gelegenheit, sie etwas genauer zu betrachten. Sie kann kaum älter als er selbst sein, vielleicht neunzehn oder zwanzig Jahre alt. Ebenso wie die anderen beiden Männer trägt sie die einfache Kleidung der Tagelöhner und Hafenbewohner. Ihre Haare sind abgesehen von einigen braunen Locken unter einem Kopftuch verborgen. Die Kleidung ist zweckmäßig und abgenutzt. In den Händen hält sie jedoch eine Wachstafel und einen kurzen Eisenstift.

Er geht ein paar Schritte auf das Kontordach zu, um leise mit ihr sprechen zu können.

„Weißt du, wie ich zum Albenviertel komme?"

Statt zu antworten, zeigt sie ihm die Wachstafel. Diese ist über und über mit Linien, Winkeln und Kreisen bedeckt, daneben stehen lange Zahlenreihen. Das ist ungewöhnlich, die meisten Hafenbewohner können nicht einmal lesen und schreiben.

Sie lächelt zufrieden. „Heute ist ein besonderer Tag. Die Konjugation der Walsterne setzt heute auf dem Wasser vor der Stadt besondere Kräfte frei. Der Schwimmer steht im Zeichen des Kranichs und es ist Halbmond. Zwar fehlen mir die notwendige dritte und vierte Addition, um die Sternenkräfte zu deuten, aber die finde ich sicher noch." Sie überlegt kurz. „Hattest du das Gefühl, dass das Schwimmen dir leichter fiel als sonst? Das würde nämlich Sinn ergeben."

Maldan sieht sie verständnislos an.

Als das Mädchen seinen Blick bemerkt, zieht es mitleidig die Augenbrauen hoch. „Du kannst nicht viel über Tylis wissen. Die Sterndeutung ist einer der wichtigsten Pfeiler ihrer Macht. Sterndeuter haben die Waffen der tylischen Legionen fast unzerbrechlich und leicht wie Bambus gemacht. So wurden Mogon und Istros bezwungen."

Maldan fällt keine Erwiderung ein, ihre Augen verwirren ihn und so zuckt er nur mit den Achseln und wiederholt seine Frage. „Wie komme ich zum Albenviertel?"

Sie schüttelt, angesichts seiner Verständnislosigkeit, den Kopf. „Na ja, vermutlich kannst du nicht mal lesen, kein Wunder, dass du nichts von Sterndeutung verstehst. Zum Albenviertel geht es die Straße hinauf bis zum westlichen Marktplatz. Diesen musst du überqueren und der Straße folgen."

„Danke."

Ein müder Sommerwind weht über den Hafen und zieht spielerisch die Locken des Mädchens unter dem Kopftuch hervor, presst sie dann wieder an die Wangen.

Maldan unterdrückt den Drang, sich umzusehen, um ihr nicht zu verraten, dass er Verfolger fürchtet. Er will seinen Weg fortsetzen, da hält die Fremde ihn mit einer Handbewegung zurück. „Sag mal, Flussjunge, wie heißt du eigentlich?"

Maldan schweigt.

„Nun, dann werde ich dich Niblis nennen müssen, da du nachts aus dem Wasser gestiegen bist, wie Nechta dereinst aus dem Weltenfluss."

Maldan nickt, noch immer verwirrt, und setzt seinen Weg durch das ewige Tylis fort. Die älteste Stadt am Rhin, angefüllt mit Hafentrollen, Turmköpfen, Tagelöhnern und Landvermessern. Er lächelt und dabei trägt er nichts mit sich als seine Jugend und das alte Kombüsenmesser. Er tastet vorsichtig nach dem Metall in seinem Ärmel. Die Klinge ist wieder sauber, das Wasser des Flusses hat sie reingewaschen.

Maldan folgt der Straße nach Norden. Obwohl er noch nie ein Albenviertel gesehen hat, erkennt er es sofort, die Unterschiede im Baustil sind unübersehbar. Die meist zwei- oder dreistöckigen nemedischen Bauten verschwinden, stattdessen sind überall flache einstöckige Gebäude zu sehen, die über wenige sehr schmale Fenster verfügen.

Die lichtscheuen Alben bauen in die Tiefe statt in die Höhe.

Maldan sucht die Umgebung mit den Augen ab. Inzwischen dämmert es langsam und wird minütlich wärmer.

Das Anwesen, zu dem er will, soll an der Grenze zum Albenviertel liegen und mit sieben steinernen Türmen ausgestattet sein. Nicht zu übersehen, hatte der Alte gesagt.

Und tatsächlich sieht er bald das riesige Gemäuer. Es ist ein majestätisches Gebäude aus uraltem Kalkstein. Die Zinnen sind mit Wasserspeiern und Götterfiguren verziert. Der Haupteingang besteht aus einem übergroßen zweiflügeligen Eichentor. Darauf prangt in ellenhohen Lettern der Leitspruch der Gilde: „Die Gilde kartografiert alle Welten. Die Gilde sucht das Gewölbe aller Orte.“

Das Tor ist geschlossen und kein Zeichen von Leben dringt nach draußen.

Davor jedoch entdeckt Maldan einen großen Mann, der es sich auf zwei vollgepackten Reisesäcken bequem gemacht hat. Ein leises Schnarchen dringt aus seiner lang gezogenen Nase.

Maldan bleibt unschlüssig vor ihm stehen. Ob es noch einen zweiten Eingang gibt? Es erscheint ihm riskant, offen auf der Straße stehen zu bleiben, bald werden die Sklavenjäger von der *Zinnober Gold* die Landungsboote besteigen, um ihn zu suchen.

Ehe er entschieden hat, was er tun soll, bricht das Schnarchen abrupt ab und der Mann fährt hoch.

„Oh, bist du auch zu früh?“ Die schläfrige Stimme dröhnt etwas nasal. Dann richtet er sich zu beeindruckender Größe auf und verbeugt sich wacklig. „Mein Name ist Hadral.“

„Maldan.“

Hadral wirft ihm einen überraschten Blick zu. „Du kommst wohl nicht aus Tylis? Aber wo hast du denn dein Gepäck gelassen?“

Maldan ignoriert die Frage. „Bist du auch hier, um dich als Anwärter bei der Gilde zu bewerben?"

Hadral nickt eifrig. „Dann sind wir ja vielleicht bald Kollegen. Setz dich, warten wir zusammen darauf, dass jemand öffnet."

Maldan bemerkt die edle Kleidung des anderen, er trägt sogar eine Kette mit einem Schmuckstein um den Hals. Er muss adlig oder der Sohn reicher Kaufleute sein. Maldan setzt sich mit dem Rücken zum Gildentor zu ihm, sodass er die Straße beobachten kann.

Mit großer Bewunderung erzählt der Trevaner von den Abenteurern der Gilde, die fast alle bekannten Landstriche kartografiert haben und jedes Jahr neue Expeditionen unternehmen, um jede Ecke der Welt zu vermessen. Die Länder südlich des Scherbengebirges, die Gebiete hinter dem großen Meer oder die Schneesteppen nördlich von Warrasch.

Maldan steuert wenig zu dem Gespräch bei. Er weiß nur, dass die Geometergilde Verwendung für Seeleute hat und solche, die Erfahrung mit langen Reisen haben. Das hat ihm der alte Ruderer erzählt – wenige Tage, bevor er vor Erschöpfung starb.

Er hat auch erzählt, dass es in der Gilde einen Mann gebe, der solchen wie Maldan, Sklavenkindern istrischer Abstammung, helfen würde. Einen, der auch aus Istros stammt.

Istros, der verlorenen Stadt der Halbalben und Menschen, der Stadt, in der die ersten menschlichen Elementarzauberer Meer und Berge nach ihrem Willen aufgetürmt haben sollen. Und der Stadt, deren Bevölkerung in Ketten aus den Häusern gezerrt und auf fremden Schiffen in die Sklaverei verschleppt wurde, während ihre Türme und Tempel brannten.

Maldan kennt die Erzählungen nur von Fremden. Als er geboren wurde, waren die legendären Mauern schon eingerissen, die sagenhaften Obsidiantürme schon umgestürzt.

„... natürlich bewerben sich sehr viele. Ich habe vier Jahre bei dem berühmten Gelehrten Koljann Sprachen und Kartenkunde studiert, um mich vorzubereiten, aber man weiß nie, was die Gilde im Einzelnen prüft. Man muss vor dem Test einen Warrasch-Eid ablegen und versprechen, dass man nie darüber reden wird."

Maldan horcht auf. Ein Test? Wie soll er einen Test bestehen, worüber überhaupt? Er kann lesen und schreiben, das hat ihm seine Mutter in der Sklaverei beigebracht, bevor er sieben war. Danach wurde er als Schiffsjunge an den Eigner der Zinnober Gold weiterverkauft. Zwölf Jahre ist es her, dass er seine Mutter gesehen hat. Sie wird wohl tot sein, kaum ein Sklave überlebt so lange auf den Feldern von Beschra.

Als die Nacht voranschreitet, gesellen sich weitere Bewerber zu den beiden Männern.

Maldan ist es recht, umso weniger fällt er auf. Sein Herz rast noch immer, was wenn sie ihn finden? Seine Hand tastet nach dem Messer. Es ist nicht lange her, dass es Blut vergossen hat. Lebend werden sie ihn nicht bekommen.

2. KAPITEL

Tiberia Tylis, 15. Saille 1053

Wie an anderer Stelle schon dargelegt zählen wir Schildfüchse zu den Fomorern, da es mehr Ähnlichkeiten als Unterschiede gibt. Beide zeichnen sich dadurch aus, dass sie zwar aufrecht gehen, ihre Haut aber im Gegensatz zu Mensch oder Alb von Fell oder einem natürlichen Panzer bedeckt ist.

Dennoch haben Schildfüchse auch Besonderheiten, die sie von allen anderen Arten unterscheiden, selbst von den sonderbaren Ochsenfomorern. Sie scheinen außergewöhnlich widerstandsfähig und langlebig zu sein.

Der Gilde sind bisher nur drei Schildfüchse bekannt, natürlich Tanklaff, der seit fast einem halben Jahrhundert Kartograf der Gilde ist, eine dubiose Abenteurerin namens Smailja und die segosische Handelsministerin Gashmira (die bekanntlich ein paar Jahre in Tylis Zauberei studiert hat). In Mogon und im Wolfswald sollen ein vierter und fünfter Schildfuchs gesichtet worden sein, das ist aber nicht zweifelsfrei belegt.

Festgestellt werden kann aber, dass sie alle eine merkwürdige, um nicht zu sagen verdächtige Art an sich haben, die dringend genauer untersucht werden muss. Das soll natürlich nicht als Herabwürdigung des Kollegen Tanklaff verstanden werden. Nichtsdestotrotz.

– Onara, Kartografin des vierten Ranges, Stellungnahme zur Finanzkrise von Turm IV

Die Hitze der Esse schlägt Tiberia ins Gesicht, die dunklen Locken kleben ihr an Stirn und Nacken. Erschöpft lehnt sie sich an die Wand und überlässt das Feuer nun sich selbst. Um sie herum bearbeiten Dutzende Schmiede mit schweren Eisenhämmern die neu entstehenden Schwerter und Schilde.

Während sie langsam wieder zu Atem kommt, verbindet ihr einer der Heiler den blutenden Unterarm. „Genug für heute, Tiberia, du solltest mindestens drei Tage keine Beschwörungen durchführen und die Wunde heilen lassen."

„Nicht nur für heute, was, Tiberia?" Die tiefe Stimme des Meisterschmieds übertönt das Klirren und Rumpeln der Hämmer. „Wie ich gehört habe, hast du für die Zukunft andere Pläne. Dozentin der Feuerfakultät an der Universität? Na, das ist schon was!"

Tiberia nickt müde. Sie hat zu lange die Schmiedefeuer magisch angeheizt, sie mit Thebronkernen vollgepumpt, bis das Feuer heißer und schneller brannte als jede natürliche Flamme. An der Universität zur Dozentin aufzusteigen, ist das Beste, was ihr je passiert ist. Damit verlässt sie endgültig, den Sumpf der Armut, aus dem sie stammt.

„Werd' euch nicht vermissen." Sie zwingt ein spöttisches Grinsen auf ihre eingefallenen Wangen.

„Jaja, schon hochmütig, obwohl sie noch schwarz vom Ruß unserer Esse ist. Deinen Sold bekommst du heute von Ottlar im Werkstatthaus. Wundere dich nicht, draußen sind ein paar Tagelöhner, die Ottlar angeheuert hat. Komisches Volk, halt dich lieber fern von denen."

Tiberia wischt sich den Schmutz notdürftig aus dem Gesicht, prüft den Verband am Unterarm und marschiert zum Tor, ohne sich noch einmal umzudrehen. Vier Jahre Knochenarbeit, endlich vorbei. So sehr sie das Rufen der Feuerkerne liebt, die Arbeit in der Waffenschmiede ist die Hölle.

Das Tor fällt hinter ihr zu und sie steht allein in der Stille des Innenhofs. Die Sonne ist bereits untergegangen und vor dem matten Glanz der Sterne erheben sich die Gebäude wie schwarze Riesen.

Sie hält einen Moment inne, um die warme Abendluft einzuatmen, dann geht sie zum Werkstatthaus. Ein massiver, mehrstöckiger Steinbau. Wachen gibt es keine, das ganze Gelände ist von einer hohen Mauer umschlossen. Und wer würde schon in eine Waffenschmiede einbrechen, in der es nur so von Handwerkern wimmelt?

Gedankenversunken überquert sie den Hof, die Sandalen knistern auf dem Gemisch aus Schmutz und Sand.

Sie betätigt den schweren Klopfer, der aus dem mürrischen Maul eines bronzenen Hechts hervorragt.

Lautlos schwingt das Tor auf und gewährt ihr Einblick in das Haus.

Aus dem Zwielicht des Raums starrt ihr ein Junge entgegen. Hinter ihm sieht sie ein halbes Dutzend weiterer Gestalten.

Offenbar die Tagelöhner. Drei haben sich vor den Werkbänken auf ihren Reisesäcken niedergelassen und schlafen. Zwei andere sitzen an einem der Tische und würfeln. Als Tiberia eintritt, sehen sie interessiert zu ihr auf. Die auffallend ebenmäßigen Gesichtszüge des schmaläugigen Mannes kommen ihr bekannt vor, möglicherweise hat sie ihn in der Geometergilde schon einmal gesehen. Die kräftigen Arme und der scharfe Blick lassen sie vermuten, dass es sich um einen der Söldner handelt, die die Gilde zum Schutz beschäftigt.

Der zweite hat tiefe Augenringe, die von einem buschigen Backenbart eingerahmt werden. Neben ihm stehen ein halbes Dutzend schwerer Kriegsäxte und -Hämmer.

„Schau an, Besuch zu so später Stunde", grummelt der Bärtige mit hochgezogenen Augenbrauen. Tiberia hasst ihn sofort, jedes Wort, jedes Barthaar. „Wer hätte gedacht, dass wir so hübsch willkommen geheißen werden?"

Der Söldner ihm gegenüber lacht boshaft auf. „Sei bloß vorsichtig, mit der ist nicht zu scherzen."

„Wir müssen ja nicht scherzen, ich bin für alles zu haben ..."

Bevor der Bärtige den Satz beenden kann, knallt der Junge die Hand so stark auf den Tisch, dass die Würfel in die Luft geschleudert werden. Jetzt bemerkt Tiberia, dass es sich gar nicht um ein Kind handelt. Zwar hat er die Größe und Statur eines Zehn- oder Zwölfjährigen, das Gesicht aber weist tiefe Falten auf.

„Lass das" faucht der Kleine, ohne den Kopf zu drehen. Dann wiederholt er leiser, wie zu sich selbst „lass das."

Der Bärtige hebt beschwichtigend die Hände und sammelt die Würfel wieder ein.

Schweigend lässt sich der Zwerg auf einem der Reisesäcke nieder und beachtet sie nicht weiter.

„Ottlar soll mir meinen Lohn geben", sagt Tiberia.

„Er wird gleich kommen", brummt der schmaläugige Söldner. Dann deutet er auf die mit allerlei Waffen und Rüstungen behangenen Wände. „Sieh dich so lange um, hier findest du die besten Rüstungen von Tylis, leicht wie Leder und doch härter als Eisen, sterngedeutete Rüstungen. Außerdem brandneue Repetierarmbrüste für den Fernkampf." Er steht auf und fährt mit der Hand über eine klobige Armbrust. Dann geht er zu einem anscheinend mit dunklem Wasser gefüllten Steinbecken. „Und auch ganz besondere Stücke."

Während er sie ansieht, steckt er die Hand in das Becken. Augenblicklich zieht sich die Flüssigkeit zusammen und verdichtet sich zu einem glatten schwarzen Dolch, der wie ein schwarzer Zahn aus seiner Faust ragt. Tiberia hat schon einmal von solchen Waffen gehört, sie sind albischen Ursprungs und werden bei diesen Wasidian genannt.

Der Mann betrachtet die Klinge begeistert. „Ein Albendolch aus Wasserstein. Wie gemacht für Attentate."

„Ich interessiere mich ausschließlich für meinen Lohn, Söldner", presst sie genervt hervor.

Vom Tisch brummt der Bärtige „warum zeigst du ihr die Waffen Hissan?"

Ehe der Mann etwas erwidern kann, schlägt die Tür am Ende des Saals auf und Ottlar tritt ins Zimmer.

„Tibia, Tibia, Tibia, die beste Feuerzauberin, die wir je hatten! Und du willst uns schon verlassen, wie ich höre?" Er zieht ein Gesicht, als hätte er einen Sack Zitronen ausgesaugt.

Sein mächtiger Bauch scheint ihn nicht zu behindern, denn er durchquert gewandt den Raum. Bei jedem seiner Worte wackeln die Enden seines überlangen Schnurrbarts.

„Sobald ich bezahlt wurde“, erwidert Tiberia.

„Natürlich, natürlich, Tibia.“

Er zieht einen Lederbeutel hervor und wühlt darin herum. Schließlich fördert er nach und nach eine Reihe von Silberstatern zutage.

„Dozentin sollst du werden, hm? Nun, wenn jemand geeignet ist, dann du. Dein Talent ist ja unerschöpflich. Aber bist du nicht auch Mitglied der Geometergilde? Da kann man doch mit deinen Fähigkeiten reich werden.“

„Normalerweise schon, aber ich bin seit letzter Woche Tanklaffs Turm zugewiesen und der alte Schildfuchs beschäftigt sich nur noch mit der Suche nach Reliquien und Artefakten der Samorer. Nichts, das Gold bringt, seit Ewigkeiten keine neuen Kartierungen. In diesem Jahr habe ich ihn noch nicht einmal gesehen, er vergräbt sich in seinem Turm.“

Sie sieht aus den Augenwinkeln, wie die beiden Männer am Tisch zu ihnen blicken.

Ottlar schüttet mit einem fröhlichen Grinsen die Silberstücke in ihre Hand. „So, Reliquien, hm? Was für Reliquien denn?“

Sorgfältig verstaut sie die Münzen in einem Säckchen, das um ihren Hals hängt. „Irgendeine uralte Flöte, albisch oder fomorisch, keine Ahnung, vermutlich wieder nur eine Legende.“

Ottlar hält in der Bewegung inne und sieht sie durchdringend an. „Eine alte Flöte?“

Tiberia zuckt mit den Schultern. „Wen scherts?“

Sie nickt den anderen Gestalten zu und geht ohne ein weiteres Wort zum Ausgang. Die Tür lässt sie krachend hinter sich ins Schloss fallen.

Als sie das Gelände der Schmiede verlassen hat, sucht sie die Silhouette der Stadt nach den Universitätstürmen ab. Ganz am

Rande, fast unscheinbar, findet sie den Doppelturm der verzehrenden Elemente. Feuer- und Wasserfakultät wie siamesische Zwillinge vereint. Morgen schon wird sie dort hoffentlich ihr Zimmer beziehen. So viele Jahre des Lernens und Arbeitens, endlich belohnt. Kein anderer Bewerber verfügt auch nur ansatzweise über ihre Fähigkeiten. Eine *Neuner* nennen sie sie, weil sie imstande ist, neun Thebronkerne gleichzeitig zu beschwören. Das gab es schon seit Jahrzehnten nicht mehr in der Universität.

Endlich kann sie die Armenviertel von Tylis und Treva, ihre Kindheit und ihre Jugendzeit hinter sich lassen. Mama Narra wird Augen machen, dieser schlimmste aller Pickel.

Tiberia wird Ruhm und Gold durch die Kräfte des Feuers verdienen und das Beste ist, eine Dozentenstelle wird auf Lebenszeit vergeben. Wenn das Leben ihr noch Tränen gelassen hätte, würde sie vielleicht vor Freude weinen.

3. KAPITEL

Nimgart - Tylis, 15. Saille 1053

Welches Aug', welch ew'ge Hand
formte dich als Eisenwand?

Welch Kett' und Hammer fand
in welch' Kessel dein' Verstand?

Welcher Amboss, welcher Welt?
Dass kein Schwert dich jemals fällt.

– Miala, Kartografin der Geometergilde, „Gedichte aus der Zwischenwelt. Übersetzung und Abwandlung"

Randolfin Nimgart Terbarros, Baron von Abendfall, Ritter, Geometer und Gefolgsmann des Meisterkartografen Tanklaff kleidet sich an. Er tut das so sorgfältig und vorsichtig, wie er es gelernt hat und wie es seine Kleidung und vorn allem sein Stand gebieten.

Dazu hat Nimgart, wie er sich in der Gilde schlicht nennt, schon vor Jahren unter großen Umständen einen Spiegel beschafft.

Als Erstes schnallt er sich eine Art kleinen Rucksack um, der die Scheide für seinen unterarmlangen Hiebdolch darstellt.

In Abendfall nennen sie die Waffe Mausbalger, es ist Tradition, einen zu tragen. Üblicherweise wird er zum Schlagen eingesetzt und verfügt daher über keine ernst zu nehmende Spitze, dafür ist die Schneide mit einem rasiermesserscharfen Wellenschliff versehen und das Eisen so dick, dass es mit ausreichender Wucht sogar ein Kettenhemd spaltet. Die Bewohner der Baronate benutzen sie für so ziemlich alles, zum Kämpfen, zum Fällen von Bäumen oder zum Entfernen der wuchernden Kugeldisteln.

Nimgart hat die Baronate lange verlassen und jetzt gilt sein Ehrgeiz nicht mehr den Intrigen und Machtkämpfen dort, sondern nur noch dem Sammeln von Wissen über die Wesen und Wege Midons. Ganz besonders aber dem Studium der geheimnisvollen Sterndeutung. Dennoch hat er nie die Vorsicht und Sorgfalt abgelegt, mit der er sich jeden Morgen in den Baronaten auf den Tag vorbereitet hat.

Die Waffe steckt nun der Länge nach in der verborgenen Scheide, über seiner Wirbelsäule. Der Griff wird unter seiner Kleidung nicht zu sehen und dennoch gut mit der Hand erreichbar sein.

Damit ist die Bewaffnung für heute schon abgeschlossen, das geschwungene Langschwert, das sie in Abendfall Katzbalger nennen, lässt er an der Wand hängen. Die Ledertasche mit den Gegengiften und die in Kohlblätter eingewickelten Hasenwurzsprossen bleiben ebenfalls hier.

Im Baronat hätte er nie auf diese zusätzlichen Vorsichtsmaßnahmen verzichten können, der Tod lauert dort an jeder Ecke. Mehr als einmal haben ihm die Gegengifte oder ein schneller Biss auf den Hasenwurz das Leben gerettet. Erst Pétr hat ihn im Laufe der Jahre davon überzeugt, dass die Gilde ein sicherer Ort ist. Nach und nach hat er so die Leidenschaft und den Wissensdurst entwickelt, der einen guten Geometer auszeichnet. Das Misstrauen und die Vorsicht seiner Kindheit hat ihn jedoch nie verlassen.

Auf den Mausbalger wird er daher nicht verzichten, ohne die kräftige Klinge fühlt er sich nackt.

Um den Hals legt er sich nun ein mit Eisen verstärktes Lederband und, um es zu verdecken, ein blau-weißes Halstuch, die Farben von Tylis. Zwischen den Beinen trägt er einen eng anliegenden eisenverstärkten Lederschurz, darüber zieht er weite schwarze Hosen. Den Oberkörper hüllt er in ein weites, schwarzes Hemd, das die Schwertscheide auf dem Rücken verbirgt.

Das wäre alles nur halb so schlimm, wenn es in Tylis nicht schon ohne die ganze Ausrüstung viel zu heiß wäre. Als er fertig ist, spürt er bereits, wie sich ein Schweißfilm auf dem Rücken bildet. Er tropft sich großzügig Saft des blauen Lotus über das Hemd, um den unausweichlich entstehenden Körpergeruch zu überdecken. Die gute Erziehung gebietet es, nie auffällig auszusehen oder auffällig zu riechen.

Durch das schmale Fenster sinken die letzten Sonnenstrahlen auf die steinernen Bodenplatten. Nimgarts Laune hebt sich, endlich Zeit für sein Treffen mit Pétr und ihrem Meisterkartografen Tanklaff.

Nachdenklich durchschreitet er die kühlen Gänge der Gilde. An jedem siebten Tage empfängt Tanklaff ihn und Pétr, um

Neuigkeiten zu besprechen und Pläne zu schmieden. Nimgart verlässt den Turm durch eine der Seitentüren und betritt den Wehrgang. Der Innenhof der Burg liegt still und friedlich gut dreißig Ellen unter ihm.

Die Lampen sind bereits entzündet und bestrahlen das Grün der Bäume und Sträucher im Hof. Alles ist gepflegt, denn der Gartentroll ist äußerst penibel. Tagsüber ist der Hof voll mit Novizen und Anwärtern, aber jetzt hört man nichts als das Summen der Grillen.

Gelassen wandert er den Wehrgang entlang. Zweimal kommt er an schmalen Fluchttreppen vorbei, die steil in den Innenhof hinabführen. Diese sind seit Jahren mit Moos und Efeu bewachsen und daher kaum nutzbar. Die Gefahr auszurutschen ist viel zu hoch. Der riesige Gartentroll kann nicht auf den schmalen Stufen arbeiten, und die Gilde ist zu geizig, um zusätzliche Gärtner in geeigneter Größe zu beschäftigen. Allerdings vermutet Nimgart, dass der Troll ohnehin keine anderen Gärtner im Hof dulden würde.

Turm IV wächst vor ihm immer weiter in die Höhe, bis er sein gesamtes Sichtfeld ausfüllt. Zwei Wachmänner kommen ihm auf dem Wehrgang entgegen, der eine schmaläugig und kräftig gebaut, der andere groß und bärtig, die Abendpatrouille. Nimgart hebt grüßend die Hand, den Kräftigen kennt er flüchtig, Hilan oder Hinalt oder so ähnlich heißt er, den anderen hat er noch nie gesehen.

Der kräftige Mann sieht Nimgart in die Augen und lächelt breit. „Abend, Herr Kartograf, was steht an?"

Nimgart schürzt die Lippen. „Was immer ansteht. Kartenarbeit."

„Na, damit kennen wir uns auch aus, spielen immer nach

Feierabend in der Wachstube." Die beiden lachen halb freundlich, halb hämisch. Wohl die einzige Art zu lachen, die sie beherrschen.

Nimgart lächelt halbherzig. „Seid froh, dass ich heute nicht spiele, sonst wärst du deine dicke Streitaxt schon los und das feine Kettenhemd dazu."

Noch immer lachend gehen die beiden Söldner an ihm vorbei. Nimgart überlegt, ob er diesem Hinram oder Hisan schon einmal beim Kartenspiel Gold abgenommen hat, kann sich aber nicht erinnern. Er spielt nur selten mit den Söldnern, es hat ihn eine Menge Überwindung gekostet, mit ihnen und all den anderen von niederem Stand Umgang zu pflegen. Aber mit den Jahren, die er schon fern des Baronats lebt, hat sich seine Erziehung allmählich abgeschliffen.

Er betritt den Bibliotheksturm und steigt die Wendeltreppe hinauf zu Pétrs Kammer.

Sein alter Freund muss ihn gehört haben. Sofort streckt er das glatt rasierte Gesicht heraus und begrüßt Nimgart gut gelaunt. Nimgart weiß, dass auch er dem Treffen mit Tanklaff jede Woche entgegenfiebert. Es gibt in der Gilde niemanden, der so viel über Sterndeutung weiß wie der alte Kauz.

„Gibt's was Neues?", fragt Nimgart, zur Begrüßung geben sie sich die Hand. Pétr schließt die Tür zu seiner Kammer und sie machen sich gemeinsam auf den Weg zu Tanklaffs Turm. Die steinernen Flure der Gildenburg sind leer und niemand begegnet ihnen.

„Nicht viel. Ich glaube, die Suche nach dieser Reliquie wird uns noch einige Jahre beschäftigen. Bisher haben die Novizen keinen Hinweis in den Texten gefunden. Nächste Woche soll die *Löwenelster* in Tylis anlegen. Vielleicht können wir auf dem

Fomorermarkt ältere Schriften von ihr bekommen, die uns weiterhelfen."

„Die segelt immer noch? Kann mir gar nicht vorstellen, dass das Geschäft mit Schriften und Zaubertand so einträglich ist. Na, ich bin froh, dass du die Marktbesuche übernimmst."

Pétr lacht. „Ich find es gar nicht so schlimm. Wenn man nicht versucht, jeden Konflikt mit dem Dolch zu lösen, und unauffällig bleibt, ist es der spannendste Einkaufsort in ganz Tylis. Natürlich muss man mit dem Markt-Mob zurechtkommen. Dort sind mehr Räuber und Diebe, als Händler und jeder zweite versucht einem Gold oder Ware zu entreissen."

Nimgart zieht die Augenbrauchen hoch. „Ich kämpf mich lieber durch den Wolfswald als durch den verfluchten Fomorermarkt."

„Wirst du vielleicht auch eines Tages müssen. Ich bleib lieber hier bei meinen Fomorern, die haben zwar auch Reißzähne, aber bei denen kommt man wenigstens mit Gold und guten Worten weiter. Auch wenn ich es für wahrscheinlicher halte, dass einer der Schriftgelehrten einen Hinweis auf die Reliquie findet. Vielleicht Koljann."

„Koljann ist der belesenste und einfältigste der Schriftgelehrten."

Zügig verlassen sie den Turm und betreten wieder den Wehrgang. Auf Nimgarts Stirn bilden sich Schweißperlen, als ihm die warme Luft ins Gesicht schlägt.

„Komisch, dass Meister Tanklaff sich plötzlich so mit dieser Reliquie beschäftigt. Weißt du, was dahintersteckt?"

Pétr zuckt mit den knochigen Schultern. „Früher hat er sich ausschließlich mit den Samorern und ihrer Sterndeutung befasst."

„Und diese Reliquiensuche hat vor etwa einem Jahr begonnen. Das war ungefähr die Zeit, als die Kriegsvorbereitungen der Firbolg bekannt wurden."

„Ja, ungefähr." Pétr sieht ihn fragend an. „Glaubst du, da gibt es einen Zusammenhang?"

Nimgart zuckt möglichst gleichgültig mit den Schultern.

Pétr lacht amüsiert und klopft ihm auf den Rücken. „Was hast du dir da wieder zusammengereimt, alter Freund?"

Nimgart kann ein Schmunzeln nicht unterdrücken. „Lass uns später darüber sprechen, vielleicht können wir Tanklaff ja noch etwas aus der Nase ziehen, was uns weiterhilft."

„Ich wette einen Silberstater, dass es nichts mit den Firbolg zu tun hat."

„Abgemacht!"

Sie besiegeln die Wette mit einem Handschlag und kämpfen sich die Treppen zum obersten Stockwerk von Turm IV hoch. Tanklaff bewohnt eigentlich Erd- und Kellergeschoss, aber er empfängt Gäste, selbst so vertraute wie seine beiden Kartografen, nur in der Abgeschiedenheit des oberen Turmzimmers. Er ist ein misstrauischer alter Kauz.

Als sie ankommen, muss Pétr erst einmal durchatmen, schnaufend stützt er sich auf den steinernen Dämonenkopf, der das Ende des Treppengeländers markiert. Nimgart grinst amüsiert. „Du solltest wieder öfter mit den Söldnern trainieren. So kannst du keiner Schnecke davonlaufen, mein Freund."

Nimgart wischt sich den Schweiß von der Stirn, er wünschte, es wäre nur eine Winzigkeit kühler in Tylis! Die ständige Hitze schlägt ihm aufs Gemüt.

Er wartet, bis Pétr wieder bei Atem ist, und klopft dann kräftig gegen die Tür.

Kurz darauf werden mehrere Riegel im Inneren zur Seite geschoben und die Tür öffnet sich einen Fingerbreit. Aus der Dunkelheit ertönt eine Stimme, die entfernt an ein sehr heiseres Mädchen erinnert.

„Wer stört schon wieder? Hmmm." Das knatternde Räuspern von Tanklaff erinnert an einen rostigen Haken, der durch Kies gezogen wird.

Die beiden Kartografen treten zurück, damit er sie durch den Schlitz sehen kann.

„Nimgart aus den Baronaten und Pétr vom Kaltmeer, Meister. Sonst niemand."

Vorsichtig wird die Tür weiter geöffnet, dann entriegelt Tanklaff klappernd das letzte Kettenschloss. Mit einer Klaue, die der eines riesigen Igels gleicht, schiebt er die Tür auf. Das Wesen, das ins Treppenhaus tritt, ist kleiner als ein Mensch. Der Rücken ist mit knöchernen, handtellergroßen Panzerplatten bedeckt, die in einen langen Schwanz auslaufen. Unter dem massiven Körperschild befinden sich in einem fuchsähnlichen Gesicht zwei kleine kurzsichtige Augen, Tanklaff blinzelt die beiden Männer misstrauisch an.

„Aha, ihr schon wieder. Hmmm." Der Schildfuchs hat die Angewohnheit kurze Schnaufer von sich zu geben „Hmmm Hätte ich mir denken können", krächzt Meister Tanklaff leise, während er die Tür vorsichtig zuzieht und mit einem großen Schlüssel verschließt. „Habt ihr Neuigkeiten?" Während er das fragt, fahren seine kleinen Klauen unruhig in der Luft umher, als wolle er der Luft etwas entreißen.

Pétr schüttelt den Kopf, „Nichts Neues, diese Woche ist kein Einziger geflügelter Bote in der Gilde angekommen. Wir müssen abwarten."

„Ist eine neue Lieferung Südlandtermiten angekommen?"

Innerlich seufzt Nimgart, das ist sein Meister: Er interessiert sich für uralte, unfassbar mächtige Zauberei und isst gerne übergroße Ameisen. Lächerlich. Aber was soll´s, er ist trotzdem eines der gelehrtesten Wesen Midons.

„Nein, Meister, neue Südlandtermiten werden erst nächste Woche wieder geliefert."

Der Schildfuchs streckt die Arme enttäuscht von sich und tapst dann energisch los. „Bei den Sternen von Samor, es geschieht ja wirklich gar nichts dieser Tage!"

Schweigend steigen sie die Treppen hinab bis zum Wehrgang um wie üblich einen Rundgang, um die Gildenburg zu machen. Neben ihren dumpfen Schritten ist das leise Rauschen des Schwanzes zu hören, der hinter Tanklaff her schleift und sich dabei mal nach links, mal nach rechts windet. Der Meisterkartograf scheint nervöser als sonst zu sein.

Als sie auf den Wehrgang treten, erscheint die Andeutung eines Lächelns auf dem Fuchsgesicht. Es ist schon dunkel und die Sterne schimmern wie ein Meer aus weit entfernten Fackellichtern. Er bleibt stehen und deutet mit der klauenartigen Hand zum Himmel.

„Der Schwimmer steht im Zeichen, hmmm, des Kranichs. Eine kraftvolle Konjugation, einst wurde damit Stein geschmolzen."

Wie immer, wenn der Alte etwas über die Kunst der Sterndeutung verlauten lässt, horchen die beiden Kartografen auf. Gerne würde Nimgart fragen, wie man Stein schmilzt, welche Additionen nötig sind, denn die Sternenkraft bewirkt nie etwas allein, immer muss eine zweite und dritte Kraft hinzutreten. Aber der Schildfuchs ist ein verschrobener Kerl und hat eine

Neigung, Leute die ihm zu viele Fragen stellen, zu veralbern oder sogar rauszuwerfen.

Tanklaff zeigt zum Firmament. „Seht es euch an, diese gewaltige Kraft, diese archimedischen Hebel am Himmel. Wie auf einer Harfe haben die Samorer einst darauf gespielt." Er zuckt mit den gepanzerten Schultern. „Ist heutzutage ein schlechter Vergleich, die Harfe beherrscht ja auch keiner mehr so richtig."

„In einigen Dörfern südlich des Rhin glauben die Menschen, dass Sterne die Zukunft voraussagen." Die leisen Worte Pétrs hängen für einen Moment in der Luft, ehe Tanklaff sie mit einem belustigten Schnauben in den Nachthimmel bläst.

„Wie sollte das möglich sein? Sternendeutung ist die Veränderung von Dingen durch eine Kombination von Zeitpunkt, Stand der Sterne und Zugabe von Stoffen. Es ist die Kunst die Kräfte der Natur zu nutzen, um sie zu verändern. Mit Wahrsagen hat das rein gar nichts zu tun. Aber es ist nicht verwunderlich, dass Menschen den Samorern die Fähigkeit zuschreiben die Zukunft voraus zu sagen." Antwortet der alte Kartograf amüsiert und stößt einige obskure Laute aus, Schildfuchsgelächter.

„Sollten wir dann nicht unsere Suche nach samorischen Texten und Bauten wieder verstärken?", fragt Pétr vorsichtig. „Zurzeit sind all unsere Novizen mit der Reliquiensuche beschäftigt."

„Das würde ich gerne, aber wir müssen die Nachrichten von König Nechtas bevorstehender Rückkehr ernst nehmen. Noch ist er in der Zwischenwelt gefangen, aber seine Niblisse sind vielleicht schon unter uns. Vorsicht ist geboten", der Rattenschwanz schweift unruhig von links nach rechts.

„Welche Gefahr auch immer von dem Nebelkönig aus den Legenden ausgeht, wäre es nicht wichtiger, endlich die Geheimnisse der Samorer zu entschlüsseln, mit der ganzen Kraft der

Sterndeutung sollte sich doch jede Bedrohung abwehren lassen, oder?“

Der Schildfuchs hält inne und mustert Nimgart einen Augenblick nachdenklich. „Ich hoffe, du verstehst, dass Macht kein Sebstzweck ist Baron. Sondern für die richtigen Ziele eingesetzt werden muss.“ Er wedelt unbestimmt mit der Klaue und setzt sich wieder in Bewegung. „Seit Jahrhunderten wird nach der geheimen Zitadelle der Samorer gesucht. Dass wir ausgerechnet jetzt erfolgreich sein werden, ist nicht sehr wahrscheinlich. Da finden wir eher den Stromlokk, der weniger lang verschollen ist und weniger intensiv gesucht wird. Mit dem Stromlokk können wir die Niblisse und ihren König zurück in die Zwischenwelt blasen. Es ist der einzige Zaubergegenstand, der mächtig genug ist die Nebelwesen zu zerstören. Soweit ich weiß sogar das mächtigste Instrument, das es überhaupt gibt.“

Nicht nur seine Worte, auch die Ausstrahlung des merkwürdigen Wesens nimmt Nimgart gefangen. Einerseits wirkt er wie ein alter Mann, der sich nur gebeugt fortbewegt. Andererseits strahlt sein makelloser Panzer eine enorme Kraft aus und alles zusammen macht ihn zu der fremdartigsten Erscheinung, die Nimgart je gesehen hat. Schweigend gehen sie über den Wehrgang auf den Bibliotheksturm zu. Der Gang ist gerade breit genug, damit sie zu dritt nebeneinander laufen können.

Nimgart lauscht den Geräuschen der Nacht. Aus der Ferne wehen Albenstimmen zu ihnen herüber, im benachbarten Stadtteil erwacht mit der Dämmerung das Leben. Aus dem Fomorerviertel meint er, gedämpftes Fauchen und Knurren zu hören. Oftmals treffen zur Abendzeit dort die Mobs aufeinander und kämpfen aus Hass oder Freude gegeneinander, denn Kampf ist ihre Welt. Sein Blick fällt wieder auf Tanklaff. Ebenso wie die Fomorer trägt er Fell, aber sonst hat er nichts mit ihnen gemeinsam. Woher mag der Schildfuchs nur stammen?

Er wirft einen Blick in den Innenhof der Gilde. Es sind nur die kleinen Laternen zu erkennen, die den gepflasterten Weg vom Nord- zum Südeingang erhellen. Vom Gartentroll ist nichts zu sehen und nichts zu hören. Er ist beinahe ebenso menschenscheu wie der Schildfuchs.

So in Gedanken versunken bemerkt Nimgart erst spät, dass vor ihnen die beiden wachhabenden Söldner an einer der zugewachsenen Fluchttreppen stehen. Neben ihnen knien mehrere Handwerker, die mit Schaufeln oder Hacken die Stufen bearbeiten. Endlich kümmert sich jemand darum, das Moos und Unkraut zu entfernen.

Hiklan oder Hindmor, oder wie auch immer er heißt, hebt grüßend den Arm. Dann tritt der andere Wächter auf die gegenüberliegende Seite des Wehrgangs, sodass Nimgart, Tanklaff und Pétr zwischen den beiden hindurchgehen können.

Nimgart runzelt die Stirn. Mit einem Mal schießt Misstrauen wie ein schwarzer Fisch aus dem See seines Verstandes nach oben und zerreißt die Oberfläche. Warum soll so spät abends eine Treppe gereinigt werden, für die sich seit Jahren niemand interessiert hat? Warum gerade auf diesem Wehrgang, wo doch alle Gänge zugewuchert sind? Und warum bleiben die beiden nicht auf derselben Seite, sondern bilden eine Gasse?

Gerade als Nimgart zu verstehen beginnt, reißen die Söldner Dolche aus den Gürteln.

Aus dem Augenwinkel sieht er, wie eine Klinge fast lautlos in Pétrs Hals fährt. Wie einen Donnerschlag hört er das erstaunte Keuchen des Freundes. Beinahe gleichzeitig blitzt das Messer des anderen Söldners auf Nimgarts Kehle zu.

Er reißt den Arm hoch, doch der Söldner schlägt diesen mit der anderen Hand gerade so weit herunter, dass die Klinge Nimgarts Hals erreichen kann. Sie schneidet durch den Stoff des Tuchs und reißt ein Loch in das verborgene Lederband darunter, aber durch die Eisenverstärkungen reicht die Kraft des Dolchstoßes nicht, um ihm den Hals aufzureißen.

Nimgart springt zurück und zieht mit einer fließenden Bewegung den Mausbalger aus der Rückenscheide. Ohne zu zögern, lässt er den klobigen Dolch auf das Gesicht des Mannes zu sausen. Sein Gegner blockt, die Waffe mit einem eisernen Unterarmschutz, aber der schwere Mausbalger schlitzt Eisen und Fleisch gleichermaßen auf.

Der Söldner ist zäh und kampferfahren. Obwohl sein Schutzarm bis zum Knochen aufgerissen ist, stößt er vor Schmerz stöhnend nach Nimgarts Bauch. Der schlägt die Messerhand des Angreifers zur Seite und führt den Mausbalger von unten nach oben. Geschickt dreht sich der Söldner eine Handbreit zur Seite, sodass Nimgart zwar das Kettenhemd trifft, es aber nicht aufzutrennen vermag. Die Klinge schabt daran entlang, ohne Schaden anzurichten. Wie zwei Tänzer taumeln sie voneinander weg, jeder aus einer anderen Wunde blutend. Der Söldner sammelt sich kurz und lässt dann ein Stakkato von Stichen auf Nimgart los. Er hat die leichtere Waffe und kann schneller wieder zum Angriff übergehen.

Nimgart muss zurückweichen, um der Klinge des Angreifers zu entgehen. Der Attentäter nutzt den Moment, wechselt das Messer in die blutende Linke und zerrt die Streitaxt aus dem Gürtel. Der Reichweitenvorteil liegt nun bei ihm.

Nimgart ärgert sich, dass er den Söldner nicht mit dem ersten Hieb des Mausbalgers erledigen konnte. Blutüberströmt aber böse grinsend treibt dieser ihn nun vor sich her. Nur einige Ellen entfernt sieht er, wie die übrigen Attentäter den Schildfuchs angreifen. Was im Abendlicht wie Schaufeln und Hacken aussah, sind eiserne Kriegshämmer, die die Angreifer mörderisch gegen den Meisterkartografen schwingen. Ein zwergenhafter Angreifer schwingt eine eiserne Sense nach Tanklaffs Füßen.

Doch der Schwanz des Schildfuchses zuckt wie eine Peitsche zwischen den Männern hin und her, bricht einem Söldner das Handgelenk und zertrümmert den Hammerschaft eines anderen. Dabei knurrt der Meisterkartograf wie ein Tier. Nichts an ihm erinnert mehr an den Gelehrten und Sterndeuter, der noch eben über das Sternbild sinnierte.

Plötzlich springt er einen der Söldner an und reißt ihn zu Boden. Seine Zähne schnappen nach der Kehle des Angreifers. Doch eine Kaskade von Treffern hindert ihn daran, den Feind zu töten.

Der Zwerg hackt mit der Sense nach dem Kopf des Schildfuchses, nur einen Fingerbreit oberhalb des Lides trifft sie klirrend Tanklaffs natürliche Rüstung und springt ab ohne Schaden anzurichten. Ein anderer hämmert Tanklaff einen Kriegshammer in den Nacken. Aber auch dieser Streich prallt von den Panzerplatten des Schildfuchses ab.

Doch die Angreifer lassen sich nicht zurücktreiben, immer wilder und wütender greifen sie an. Weitere Schläge prasseln auf ihn ein, die Feinde landen nun Treffer an weicheren Körperstellen. Tanklaff blockt, weicht aus und unterläuft unzählige Hiebe, aber es sind einfach zu viele Feinde.

Schließlich werfen ihn die Treffer zu Boden. Die Attentäter schlagen weiter und immer heftiger auf ihn ein, treffen wieder und wieder Bauch und Unterleib, bis der Schildfuchs sich fauchend und wimmernd wie ein Tier zu einer Kugel aus Panzerplatten zusammenrollt. Da packen die Angreifer ihn, heben ihn hoch in die Luft und schleudern ihn über die Brüstung. Einen Augenblick scheint es, als könnte er sich noch rechtzeitig aus dem Griff lösen, sich vielleicht im Arm eines Feindes verbeißen, doch es gelingt nicht. Der bucklige Körper des Schildfuchses zappelt über den Zinnen des Wehrgangs, dann segelt er über die Mauer. Ein letztes Zischen, dann ein mörderisches Krachen in der Dunkelheit. Dreißig Ellen tiefer schlägt er mit der Wucht eines lebendigen Geschosses im steinernen Innenhof auf.

Augenblicklich lässt der Söldner von Nimgart ab und eilt gemeinsam mit den anderen Angreifern davon. Über vorbereitete Seile klettern sie an der Außenmauer hinab und verschwinden in der Nacht. Nimgart wagt nicht, ihnen zu folgen.

Er läuft zu Pétr und setzt sich neben den dürren Leib des sterbenden Freundes. Noch einige Male hebt und senkt sich die Brust, dann wird sein Blick starr und leer. Kein Atem hebt mehr seine Brust. Er schließt die Augen des Toten. Um seinen Hals hat sich eine Blutlache gebildet.

Es ist nicht der erste tote Freund, den Nimgart in den Armen hält - das Baronat lehrt Trauer. Doch erschüttert ihn dieser mehr als jeder zuvor. Pétr war nicht fürs Kämpfen gemacht, er war nicht darauf vorbereitet. Die Gilde ist kein Ort, an dem der Mörderdolch droht. Diese Art von Gewalt gehört in wilde Gegenden wie die Baronate, wo jeder mit ihr rechnet, nicht in die Gilde, die zwar ein Ort der Intrigen und Ränke, aber keiner des Kampfes sein sollte.

Lange sitzt Nimgart da und hält den Toten. In ihm steigen die blutigen Bilder seiner Jugend auf. Mit Pétr ist eine ganze

Welt gestorben. Der Glaube an die Sicherheit der Gilde, die Überzeugung, dass Konflikte mit Wort und Schrift gelöst werden können, die Wärme einer zweiten Heimat. All das blutet nun aus Nimgart heraus und vertrocknet wie das Leben seines Freundes auf dem blanken Stein des Wehrgangs, in der Hitze der Sommernacht.

Nimgart will etwas tun, was er seit seiner Kindheit nicht mehr getan hat: Weinen. Da legt sich eine kleine Hand auf seine Schulter, vorsichtig und mitfühlend. Nimgart fährt erschrocken hoch.

Neben ihm lässt sich Tanklaff auf ein Knie nieder, über seine Wange rollt eine einsame Träne, aus dem Mundwinkel quillt ein Tropfen Blut.

„Ihr lebt!“, ruft Nimgart fassungslos.

Ein Dutzend Schläge mit Eisenhämmern, ein dreißig Ellen tiefer Sturz auf massive Steinplatten. Aber der Schildfuchs hat nur ein paar Schrammen davongetragen.

Tanklaff nickt. Mit der Klaue deutet er dann auf Turm IV. „Nimm ihn mit, Baron. Wir müssen seinen Eltern und seiner Schwester berichten und hmmm... sein Begräbnis vorbereiten. Der Weltenfluss soll seine Seele in die nächste Welt tragen.“

Die gebeugte Gestalt tippelt sicheren Schrittes zum Turm. „Es gibt nichts schlimmeres auf dieser Welt, als einen Freund zu verlieren“, flüstert der Schildfuchs traurig.

Nimgart trägt Pétrs erkaltenden Körper hinein und dann die lange Treppe hinab in die Katakomben. Dort bahren sie ihn auf, unweit der dunklen Kluften, von denen es heißt, sie führten tief in die Erde, bis zum Weltenfluss gar. Hoffentlich findet Pétr dort Frieden.

4. KAPITEL

Maldan – Tylis, 16. Saille 1053

Ein Jahr Anwärter, dann ein paar Jahre Novize, es folgen nach durchschnittlich vier bis zehn Jahre als Kartograf. Damit ist das große Ziel der meisten Bewerber erreicht. Eine lebenslange Einnahmequelle, Sicherheit und Schutz der Gilde. Die Gefahr das man bei Kartografierungen stirbt, bleibt natürlich hoch, aber der Tod ist dort nicht viel wahrscheinlicher als sowieso für jeden Bewohner Midons.

Natürlich schaffen es die meisten nicht, nur etwa zwanzig Prozent erreichen den Rang eines Kartografen, achtzig Prozent sterben, verlassen die Gilde von sich aus oder werden hinausgeworfen. Aber diese Tatsache verbreitet die Gilde nicht, sie würde wohl möglich die Anzahl der Bewerber verringern und wem wäre damit gedient?

– General Tallycor von Tylis, Bericht über die Geometergilde

Mit dem Morgengrauen wird das Tor zum Gildenhaus entriegelt und die großen Torflügel schieben sich knarrend auf.

Inzwischen stehen neben Maldan und Hadral fast zwei Dutzend weitere Bewerber, die alleine und in Gruppen darauf warten eingelassen zu werden.

Zwei kräftige Männer treten vor das Gildentor. Unter ihren Lederrüstungen kann man zähe Muskeln erahnen, ihre Gesichter sind von Härte geprägt. Der Ältere von beiden lächelt sie kalt an, sein grauer Bart wächst unter der schiefen Nase bedrohlich nach vorne. Maldan sieht sofort, dass es sich um Berufssoldaten handelt. Man lebt nicht zehn Jahre auf einem Sklavenfänger, ohne diesen Schlag zu kennen.

„Hat die Gilde eigene Kämpfer?“ Flüstert er Hadral zu, der ebenso erwartungsvoll wie er selbst in das Innere des Gildenhauses lugt.

„Ich glaube, das sind Söldner, irgendwer muss die Burg ja bewachen, sie ist bestimmt voller wertvoller Dinge.“

„Das sind Söldner von *Krimms Kompanie,* Dummköpfe“, flüstert ein lockenköpfiger Junge von hinten. „Die übernehmen seit Jahren alle Bewachungs- und Begleitschutzaufträge für die Gilde.“

Wortlos positionieren sich die beiden großen Männer seitlich des Eingangs. Die Wartenden betreten nun einer nach dem anderen die Gildenburg.

Maldan kennt nur wenige Häuser von innen. Wenn das Schiff angelegt hat, wurden sie manchmal in großen Sklavenhäusern eingepfercht, das waren meist umfunktionierte Lagerhallen. Als Kind hat er auf einem der Landgüter von Beschra gearbeitet, damals hatten sie sogar kleinere Hütten für sich selbst. Aber das hier ist anders. Die Zimmerdecken sind viele Fuß hoch, selbst ein Ochsenfomorer oder ein Fachan könnte hier problemlos stehen. Alles ist mit kunstvoll gearbeiteten Teppichen ausgelegt, an den Wänden sind farbige Stoffe angebracht. Überall hängen verzierte Öllampen.

In den Gängen stehen weitere Söldner und weisen ihnen wortlos den Weg. Sie kommen an einer Reihe verschlossener Türen vorbei und gelangen schließlich in einen mit Holztischen und -bänken versehenen Saal.

Maldan setzt sich neben Hadral. Immer wieder fliegt sein Blick zur Tür, halb in der Erwartung ein Jagdkommando von der *Zinnober Gold* hereinstürzen zu sehen.

Nach und nach werden die Bewerber von einem gebeugten alten Herren aufgerufen. Begleitet von dem alten Mann und einer der Wachen verlassen die aufgerufenen den Raum und kommen nicht wieder.

„Die Tests beginnen wohl", vermutet Hadral.

Die meisten sind schon weg, als der gebeugte Sekretär endlich Maldan zu sich winkt. Erst als er den Torbogen durchschreitet, legt sich seine Angst und er hört auf, sich nach Verfolgern umzusehen. Der Mann führt ihn durch verwinkelte Flure, die mal schmaler, Mal weiter werden. Sie gelangen in einen großen Warteraum. An der Tür stehen zwei weitere Söldner. Mit einer Geste bedeutet der Alte ihm zu warten und verschwindet hinter einer der zahllosen Türen.

Zunächst wartet er angespannt, als die Minuten jedoch verstreichen, beginnt er ruhelos auf und abzugehen.

Die beiden Bewaffneten beginnen gelangweilt sich Messer zuzuwerfen. Anfangs mittels vorsichtiger Unterhandwürfe, mit dem Griff zuerst. Dann drehen sie die Messer und werfen sie mit der Klinge zum anderen, langsam genug, dass dieser sie dennoch am Griff fangen kann. Maldan sieht ihnen interessiert zu, zwischen diesen ganzen fremdartigen Bewerbern und Gildenmitgliedern, den fein gezeichneten Karten an den Wänden und den verzierten Öllampen sind sie ihm das vertrauteste. In gewisser Weise ähneln sie den Kämpfern und Sklaven auf der *Zinnober*, raue Gesellen, die schneller mit der Klinge als mit der Zunge sind.

Einer von beiden ist breit und hinkt etwas, der andere ist jünger, trägt jedoch einen buschigen Bart, der das offenbar verbergen soll.

Der Dicke hält inne und beide sehen sich konzentriert an. Dann nimmt er unvermittelt das Messer hinter den Kopf und lässt es blitzschnell auf den Bärtigen zufliegen. Der reist in letzter Sekunde die Hand hoch und tatsächlich fängt er es am Griff. Maldan zieht erschrocken die Luft ein. Die beiden Söldner lachen schallend.

„Na Kleiner", dröhnt der Ältere, „Angst gehabt?"

„Ist was anderes als die Folianten und Pergamente, mit denen du so rummachst, oder?" Ergänzt der Jüngere fröhlich.

Dann reist er den Arm hoch und zielt unvermittelt auf Maldan. Der zerrt in Windeseile das Kombüsenmesser aus der Hose und macht einen Satz zur Seite.

Wieder johlen die beiden, aber es mischt sich eine Spur von Respekt in die Stimme des Dicken, „Na, du bist aus anderem Holz als die üblichen blassen Mickerlinge, die wir so zu Gesicht bekommen."

Maldan nimmt das Messer nicht herunter, er bereitet sich, darauf vor den Jüngeren anzuspringen. Aber der Bärtige lässt den Arm sinken, „entspanne dich Kleiner, war doch nur ein Spaß." Er steckt die Klinge weg und Maldan tut es ihm gleich.

„Bist in Ordnung Kleiner, hast ´ne Menge Herz, hoffe, die nehmen dich hier, die ganzen Bettnässer gehen einem ganz schön auf die Nerven."

„Ihr seid Söldner, richtig?"

Beide verbeugen sich grinsend, „Krimms Kompanie. Flaco

zu Diensten“, sagt der Dicke. „Trebblo zu Diensten“, ergänzt der Bärtige.

Maldan verbeugt sich ebenfalls.

Gerne hätte er mehr über die Söldnerkompanie erfahren, vielleicht wäre das auch eher etwas für ihn, als diese merkwürdige Gilde. Immerhin ist sein bisheriges Leben dem eines Piraten nicht unähnlich und Söldner sind doch nichts anderes als Piraten in Festanstellung, oder?

Doch bevor er das Gespräch fortsetzen kann, öffnet sich knarrend die Tür, durch die er hereingeführt wurde. Missmutig über eine bucklige Nase schielend winkt der Sekretär, ihm einzutreten.

Er folgt dem Mann zum nächsten Zimmer. Der Alte bleibt am Eingang stehen und schließt die Tür vorsichtig hinter ihm.

Maldan ist alleine mit einem glatzköpfigen Mann vorgerückten Alters, der hinter einem riesigen Schreibtisch zu verschwinden scheint.

Um den Tisch herum sind mehrere Fässer, die randvoll mit eingerollten Pergamenten sind. Hinter ihm leuchtet die Nachmittagssonne durch ein vergittertes Fenster in den Raum.

„Setz dich.“ Flüstert der kräftige Mann, ohne aufzusehen. Er zieht eine Wachstafel aus den Untiefen seines Schreibtisches und greift sich einen Eisenstift. Dann hebt er bedächtig den Kopf und betrachtet Maldan.

„Mein Name ist Domaro, ich bin Kartograf der 4. Stufe und Herr von Turm I.“

„Ich bin Maldan.“

Domaros Augen flattern an Maldan auf und ab, wie die suchende Schnauze eines Wolfs.

„Unglücklicherweise haben wir sehr viele Kandidaten, weit mehr als wir aufnehmen werden. Das ist durchaus verwunderlich, denn die Gilde bietet praktisch nichts, als die sehr ungewisse Möglichkeit sich zu beweisen und so Kartograf zu werden. Darüber wird jedoch frühestens nach einem Jahr entschieden, dem Fahrtenjahr. Ein recht schwieriges Jahr, das nicht alle Kandidaten überleben. Manche Fahrt ist gefährlicher als ein Ochsenfomorer."

Er schürzt die Lippen, als warte er auf einen Einwurf Maldans.

Aber der schweigt und betrachtet seinerseits unschlüssig den Meisterkartografen.

„Nun gut, beginnen wir. Kannst du lesen und schreiben?"

„Ja."

„Welche Sprachen?"

Maldan überlegt noch immer. Er gräbt in seiner Erinnerung, wühlt und sucht, was hat der Ruderer zu ihm gesagt? Blass, mit zerrissenen Lippen, ausgezehrt von dem Schiff, dessen Fahrt er mit seinem Ruderschlag antrieb. Gleich der Beute eines Wals, im Bauch des Schiffes verendend. *Geh zur Gilde, dort ist einer der unseren, einer aus Istros, er kann dir helfen, der Sklaverei zu entkommen. Istros etun.*

Die letzten Worte stammen aus der alten Sprache, die in Istros gesprochen wurde, sie bedeuten „Istros ewig" und waren das Stadtmotto.

Die Stirn Domaros verdüstert sich ungeduldig. „Kannst du sprechen Junge?"

Schließlich presst Maldan die Worte hervor, als würde er sie aus stürmischer See an Land ziehen. "Istros etun."

Domaros Augen weiten und verengen sich. Er presst die Lippen zusammen und öffnet sie wieder.

„Istros?"

Maldan nickt.

„Sag mir die Namen deiner Eltern Junge.“

Maldan spricht die lange vergessenen Namen aus, sie klingen jetzt ungewohnt und unwirklich für ihn. Die Namen gehören der Vergangenheit an, sie bedeuten nichts mehr, fast zwölf Jahre hat er sie nicht ausgesprochen und nicht gehört. Selbst in seinem Kopf hört er sie nicht mehr, so fern sind sie inzwischen, wie als wohnten sie in einer anderen Welt und so ist es ja auch.

Domaro lächelt bitter und voller Schmerz. „Du bist ihr Sohn? Du bist ihr Sohn.“

Maldan wird klar, was mancher freudig und manch anderer unter großen Schmerzen lernt, dass alles fortdauert und nichts je ganz vergessen ist. Nicht das Unglück derer aus Istros, nicht die Schuld derer aus Beschra.

Als er die ehrliche Freude in den Augen Domaros sieht, wird er ruhiger. Eine lange Zeit reden sie, der Kartograf will alles wissen, an das Maldan sich erinnert. Über die Zeit in Beschra und das Schicksal seiner Eltern bis zu seinem Verkauf an den Eigner der *Zinnober Gold*.

Schließlich spricht der alte Kartograf aus, was offensichtlich ist, „ich bin selbst in Istros geboren. Große Schuld haben die auf sich geladen, die für die Zerstörung unserer Stadt verantwortlich sind. Sie werden ihre Strafe erhalten. Die die gehandelt und die, die geplant haben. Das ist unsere wichtigste und ehrenhafteste Aufgabe. Durch uns und unsere Taten lebt Istros weiter und eines Tages wird sie durch uns neu gegründet werden.“

Maldan spürt die Zuneigung des alten Kartografen, den Wunsch ihm stellvertretend für seine Eltern und vielleicht allen anderen, die in Sklaverei oder Tod getrieben wurden zu helfen. Fast reden sie flüsternd, als dürfte man die Schrecken der Versklavung einer ganzen Stadt nicht laut aussprechen.

Schließlich hebt Domaro die Stimme, seine Haltung verliert das Verschwörerische. „Gut Junge, du kannst lesen und schreiben, aber dir fehlen viele Kenntnisse, die ein Mitglied der Gilde braucht. Ich werde dich dennoch aufnehmen. Sagen wir, weil du die Zähigkeit hast die ein Geometer braucht. Sagen wir, weil du mich von deinem absoluten Willen und deinem Glauben an die Gilde überzeugt hast." *Sagen wir, weil du aus Istros stammst,* aber das bleibt ungesagt.

Er sieht Maldan ernst an, „es ist ein großes Glück, dass du gerade jetzt kommst. Einer unserer Meisterkartografen führt merkwürdiges im Schilde. Tanklaff der Schildfuchs, Meister von Turm IV sucht einen sehr alten Gegenstand, der rechtmäßig Istros gehört. Eine magische Reliquie aus grauer Vorzeit. Seit Monaten sucht er mit aller Kraft danach und ich befürchte er könnte sie finden, bevor uns das gelingt. Deine Aufgabe wird es sein mir von seinen Fortschritten zu berichten, junger Istri." Er sieht Maldan scharf an, „auf keinen Fall darf er die Reliquie in seinen Besitz bringen."

Er zieht eine Wachstafel hervor und vermerkt in eleganten, langgestreckten Buchstaben Maldans Namen auf der Liste der Schüler.

„Weißt du, wo du übernachten kannst, wenn du nicht am Unterricht teilnimmst?" Fragt der Kartograf mit hochgezogenen Augenbrauen?"

Maldan schüttelt den Kopf.

„Nun, ich werde dich zur Witwe Sevra bringen. Dort kannst du erst einmal wohnen."

Einen Moment schweigen sie. Zeit genug, damit Maldan von dem blutigen Messer in seinem Hosenbund erzählen könnte. Erzählen könnte, dass er einen Offizier aus Beschra niedergestochen hat. Zeit genug, um Domaro Gelegenheit zu geben, den Hass und die Wut der Sklavenfänger zu erahnen, die weit über das hinaus geht, was die normale Flucht eines Sklaven auslösen würde. Aber er schweigt. Vielleicht weil er Angst hat die Zuneigung des alten Kartografen zu verlieren, vielleicht, weil er selbst versucht den Gedanken von sich zu schieben.

Domaro nickt wie zu sich selbst und ruft mit einem Glöckchen den Sekretär ins Zimmer.

„Man wird dich in die Gildentaverne bringen, unter dem Eingangstor. Dort wartest du, bis ich dich heute Abend abhole, mach dich bis dahin nützlich."

Die nächsten Stunden verbringt Maldan damit Geschirr zu waschen und den Schankraum der Gildentaverne aufzuräumen. Als es zu dämmern beginnt, betritt Domaro den Raum, er ist größer, als er im Sitzen gewirkt hat.

Der kahlköpfige Meister gibt Maldan ein Zeichen ihm zu folgen. Kraftvoll und selbstbewusst wie ein Fürst marschiert der alte Kartograf durch die sich öffnenden Tore der Gilde. Es bedarf keiner Geste von ihm, die Söldner erkennen ihn schon am Schritt.

Sie treten hinaus in das Dämmerlicht des Abends. Die Häuser werfen die ersten Schatten, der Himmel hat sich dunkelblau gefärbt, die wenigen Wolken sind nicht mehr weiß, sondern grau und schwarz.

Stumm gehen sie einige Minuten nebeneinander. Dann beginnt der Alte leise und beruhigend auf Maldan einzureden, offenbar spürt er die Aufregung des Jüngeren.

„Bei der Witwe wird es dir gefallen. Sie hat schon oft Kinder aus unserer Stadt aufgenommen. Auch jetzt wohnen noch ein paar bei ihr. Wir Istrier müssen uns helfen, niemand sonst tut es. Zur rechten Zeit werde ich…"

Scharf wie eine Klinge schneidet eine fremde Stimme durch seine Worte. „Da bist du ja Kleiner."

Maldan schließt die Augen. Als er sie wieder öffnet, lösen sich an jeder Hauswand um sie herum Gestalten aus den Schatten. Sie rennen nicht, sondern gehen schnellen Schrittes, immer darauf achtend den gleichen Abstand zueinanderzuhalten und sich in gleicher Geschwindigkeit zu bewegen. Streng halten sie ihre Formation, die sich wie ein menschliches Netz um Maldan und Domaro zuzieht, die Hälfte trägt lange hakenbewehrte Stangen, die andere Hälfte Netze.

Der Wortführer, ein untersetzter Mann, spricht Domaro direkt an „Alter, geh´. Du hast da was bei dir, was uns gehört. Also zieh ab, dann passiert dir nichts."

Der Meisterkartograf sagt nichts.

Der erste Angreifer ist heran und stößt mit der Stange nach Maldans Beinen. Der packt die Waffe blitzschnell, doch schon ist der zweite in Reichweite. Maldan schlägt dessen Stange gerade noch mit der anderen Hand zur Seite. Dann reißt er das Küchenmesser hervor und rennt so schnell er kann auf den nächsten Mann zu, immer darauf achtend nicht in die Reichweite der sich nähernden Netzwerfer zu kommen.

Hinter ihm ertönt jetzt ein fürchterlicher Schmerzensschrei und dann Domaros Stimme „Gefahr! Hilfe!"

Der Ruf ist um vieles Lauter als die Kampfgeräusche. Er schallt durch die Gasse und hallt von den Hauswänden wider.

Während Maldan wie ein Verrückter auf seinen Gegner einsticht, sieht er aus den Augenwinkeln Domaro einen anderen Angreifer niederstrecken, er schwingt eine dünne Klinge, die offenbar im Spazierstock verborgen war. Aber so elegant und kraftvoll seine Streiche auch Luft und Fleisch zerteilen, es ist aussichtslos.

Ein langarmiger Sklavenjäger stößt dem Kartografen die Stange in die Seite. Das schmerzvolle Keuchen des Alten wird jäh durch einen Knüppelschlag beendet, blutend geht er zu Boden. Maldan gelingt es, das Messer im Unterarm eines Feindes zu versenken. Doch dann fliegen die Netze auf ihn zu, er will sich mit einem Hechtsprung retten, doch mehrere Stangenstöße bringen ihn zu Boden. Er strampelt sich frei, springt auf und stößt wieder wie ein Wilder mit dem Messer um sich. Aussichtslos, von Anfang an aussichtslos. Die Jäger verstehen ihren Job, sie haben schon ganz anderes Wild erlegt.

Etwas trifft ihn am Kopf und er fällt wieder. Durch den Schleier der Betäubung vernimmt er ein neues Geräusch. Es klingt wie das Heulen eines Tieres, dann Laute, die er schließlich als Worte erkennt. „…Nicht euer Revier Sklavenhändler, rennt, rennt!“

Er reißt die Augen auf, um etwas zu sehen, doch seine Sinne sind noch zu vernebelt. Nur vage kann er kämpfende Körper ausmachen. Fieberhaft stemmt er sich auf die Beine. Inzwischen hat das Gefecht seinen Höhepunkt erreicht. Es sind Söldner aus der Gilde, nur etwa ein halbes Dutzend aber schwer bewaffnet und kampferprobt.

Die Jäger aus Beschra haben den Fehler gemacht zu früh und zu nah am Gildenhaus den Überfall zu wagen. *Krimms* Söldner haben die gut doppelt so starke Truppe der Sklavenhändler von hinten angegriffen und gewinnen nun die Oberhand. Unter ihnen kann er den bärtigen Torwächter erkennen. Im Zweikampf streckt er den untersetzten Anführer der Beschraner nieder. Da fassen die Übrigen ihre Stangen und Netze und rennen so schnell sie können in Richtung Hafen davon, begleitet vom hämischen Lachen der Söldner. „Lauft nur und das nächste Mal bringt nicht wieder nur Netze zu einem Schwertkampf mit!"

Domaro steht zwischen den Kämpfern, seine Miene ist ausdruckslos. Sorgfältig wischt er sich erst das Blut aus dem Gesicht und dann die Klinge sauber. Auf dem Boden liegt der Anführer der Sklavenjäger, er ist schwer verletzt, atmet aber.

„Versorgt den Mann und lasst ihn zu seinem Schiff tragen", befiehlt Domaro den Söldnern, dann winkt er Maldan zu sich.

„Du kannst nicht zur Witwe, es ist für dich und sie zu gefährlich. Wir gehen zurück zur Gilde, ich lass dir eine der Novizenkammern zuweisen. Du wirst Arbeiten müssen, um dafür aufzukommen, aber du bist dort sicher." Dann fasst er Maldan am Oberarm und flüstert ihm so leise zu, dass es die Söldner nicht hören können. „Du bist mir vielleicht jetzt dankbar, sei das nicht. Nicht ich bin es der dich vor der Rückkehr in die Sklaverei bewahrt hat, es ist Istros, sie hat aus dem Grabe heraus schützend ihre Hand über dich gehalten, vergiss das nie Junge. Istros ist dein Schild und Schutz und von nun an auch die Schuld die du abtragen musst. Bewahre die Reste unserer Welt, wie sie dich bewahrt hat."

Maldan sagt nichts. Schweigend gehen sie zurück zur Gilde. Die wenigen Schaulustigen, an den Fenstern der umliegenden Häuser verschwinden wieder und Stille senkt sich auf die Straße.

Als Maldan eine Stunde später alleine in der winzigen Kammer liegt, die ihm zugewiesen wurde, verschwimmt seine Sicht urplötzlich. Alles wird unscharf und verzerrt, als wäre er unter Wasser. Seine Augen haben sich mit Tränen gefüllt. Es sind Tränen der Dankbarkeit. Er kann noch immer nicht glauben, was geschehen ist. Ein Fremder, noch dazu einer hohen

Ranges, hat sein Leben für ihn riskiert, hat sich zunächst alleine den Jägern der Sklavenhändler entgegengestellt. Hat für ihn gekämpft und geblutet. Wie ist das möglich? Er schuldet dem alten Kartografen sein Leben. Und das alles hat Domaro getan, obwohl er wissen muss, dass Maldan ihm einen Messerstich verschwiegen hat.

Denn nur ein so schweres Verbrechen, wie die Verletzung eines Beschraners kann diese Jagd mitten in Tylis rechtfertigen. Die Flucht eines Sklaven ist nichts Seltenes, kein beschranischer Kapitän würde dafür einen Streit mit Tylis in Kauf nehmen. Aber der Angriff auf einen der Sklavenjäger ist unverzeihlich. Maldan wird noch lange ein Ziel bleiben, nur die Gilde und Domaro schützen ihn davor. Wenn er in Freiheit leben will, darf er diesen Schutz nie wieder verlassen.

5. KAPITEL

Nimgart – Tylis, 19. Saille 1053

Die Baronate sind eine Höllengrube. Seit vielen Generationen wird die Erbfolge dort durch Mörderdolch und Giftbecher bestimmt. Das Erste, was ein neuer Baron macht, ist normalerweise seine Geschwister und deren Kinder zu ermorden. Das gebietet der gesunde Menschenverstand, denn nichts ist sicherer, als dass diese ihn bei erster Gelegenheit meucheln. Üblicherweise von hinten oder im Schlaf.

Im Moment ist der mächtigste Baron der drei Baronate Candalbo Sargart Dorbarros von Abendfall. Geschichtstreu hat er innerhalb weniger Stunden nach seinem Aufstieg zum Baron zwei seiner Brüder und eine Schwester umbringen lassen. Ein weiterer Bruder ist verschollen, vermutlich auch tot. Sollte er noch leben, tut er gut daran nicht auf sich aufmerksam zu machen.

– General Tallycor von Tylis, „Lagebericht zur politischen Situation benachbarter Städte und Machtgruppen, Jahr 1049“

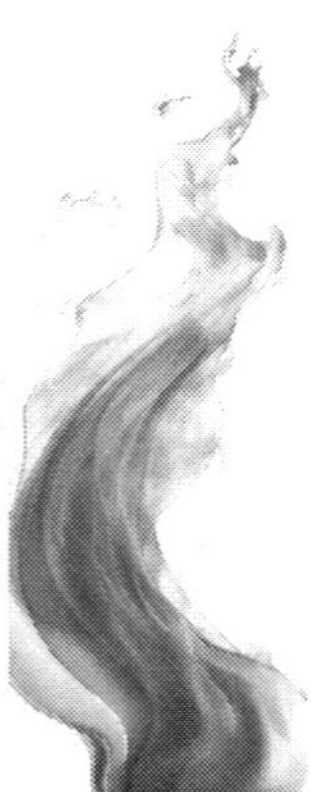

Ausnahmsweise begibt sich Nimgart schon am frühen Nachmittag zu Turm IV. Er nähert sich dem Gebäude wieder über den Wehrgang. Der Zugang im Erdgeschoss wird schon seit Jahren nicht mehr genutzt.

Vor der Tür stehen vier schwerbewaffnete Söldner, unter ihnen auch Hauptmann Galen. Ohne ein Wort treten sie zur Seite, ein Schauder rinnt Nimgart den Rücken herunter, als er daran denkt, wie ähnlich die Situation am Vorabend war, als einer der Söldner Pétr ermordet hat. Inzwischen hat man herausgefunden, dass nur Hissan aus der Kompanie an dem Attentat beteiligt war. Die anderen waren Fremde, die er unter einem Vorwand in die Gildenburg gelassen hat. Die Suche nach ihm läuft, aber es ist schwierig, in einer Stadt wie Tylis einen Mörder zu finden, zumal wenn er über Gold verfügt und davon ist auszugehen. Niemand zieht sich den lebenslangen Zorn von Gilde und Kompanie zu, ohne dafür reich entlohnt zu werden.

In der Dunkelheit des Turms kann er die Umrisse des Schildfuchses erkennen, der ihn wortlos hereinwinkt. Leise schließt sich die Tür. Nimgarts Augen brauchen etwas, um sich an das schwache Licht zu gewöhnen. Lediglich durch die schmalen Fenster fällt das matte Rot der Nachmittagssonne ins Zimmer.

Im Halbdunkel sieht er die bucklige Gestalt des Kartografen die Treppe zur nächsten Ebene erklimmen. Wie zu sich selbst flüstert Tanklaff „Söldner vor dem Turm. Kamtruj wo bist du? Smailja wo bist du, *hmmm*, wo sind deine Katzendrachen?“

Sie gelangen in einen Raum, der anscheinend ohne jede Ordnung mit Säcken und Kisten vollgestellt ist. Aus einer Truhe sieht er Teile von Jacken und Hosen heraushängen. Andere sind verschlossen und geben keinen Hinweis auf ihren Inhalt.

Ohne sich nach Nimgart umzudrehen lässt der Schildfuchs auch diesen Raum unbeachtet hinter sich, schon ist er auf der nächsten steinernen Treppe. Sie gelangen in einen weiteren Raum. Im Gegensatz zu den beiden vorherigen Turmkammern ist dieser aufgeräumt und mit Öllampen erleuchtet. Die Wände sind mit Tierfellen bedeckt, auf die vielfältige Linien und Kreise gezeichnet sind. Manche weisen auch winzige Beschriftungen auf. Nimgart erkennt sofort, worum es sich handelt. Schließlich ist es seit Jahren der Gegenstand seiner Träume und Sehnsüchte. Es sind Sterndeutungskarten und -tabellen. Zaubersprüche, wenn man es so nennen will, geeignet um den Zustand der Dinge zu ändern, wenn nur das passende Sternbild den Himmel sortiert.

Der Schildfuchs tappst zu einem wuchtigen Tisch, mit einem offenkundig für ihn angefertigten Stuhl. Mit einem Satz hat er sich auf der bankähnlichen Sitzgelegenheit niedergelassen, die Beine angewinkelt der Schwanz windet und streckt sich unruhig über der Lehne.

„Setzt dich Baron. *Hmmm* die Zeit ist knapp, wir müssen handeln."

Nimgart setzt sich auf einen einfachen Sessel gegenüber dem Schildfuchs. Der schwere Moschusgeruch des Turms stürzt von allen Seiten auf ihn ein. Immerhin muss er sich hier keine Gedanken über seinen eigenen Schweißgeruch machen.

Der Schildfuchs gießt ihnen Wein in Becher, das Licht der Öllampen glitzert rot in seinen kleinen Fuchsaugen.

„Wacker hast du gekämpft, Baron. Es ist ein großes Glück *hmmm,* dass du geblieben bist. Hätte nur der treue Pétr dein Gespür für Gewalt und Gefahr gehabt. Nichts auf dieser Welt ist wertvoller als Loyale Verbündete. Es gibt keinen größeren

Schatz, als ein Freund, der bereit ist für einen das Leben zu riskieren.“ Eine Mischung aus Seufzer und Schnaufer entweicht dem Fuchsgesicht „hmmhmhm. Jetzt da Pétr tot ist, bist du der letzte Kartograf, dem ich vertrauen kann.“

Er macht eine Pause und nimmt einen tiefen Schluck Wein.

„Wir müssen uns für den Kampf rüsten der bevorsteht. Zeige mir deine Waffe und Rüstung.“

Nimgart zieht den Mausbalger vom Rücken und legt die lederne Halskrempe ab, die er notdürftig repariert hat.

„*Hmmm* Niblisse lassen sich nicht von einer Mauer und ein paar Söldnern abhalten. Sie werden wieder kommen, wir müssen vorbereitet sein.“

„Ich habe von Niblissen gehört, aber sie werden von der Gilde als Legenden eingestuft und ein solcher Überfall kann auch von jedem anderen geplant worden sein, dem eure Forschung ein Dorn im Auge ist. Im Baronat…“

Tanklaff unterbricht ihn mit seiner heiseren Mädchenstimme, „Niblisse sind keine *hmmm* Legende, es sind die Diener König Nechtas. Wir wissen es aus den ältesten samorischen Aufzeichnungen. Nechta ist der ewige Feind, der Weltordnung, wie die Samorer sie erdacht haben: Nach dem Tod wandern die Seelen in die nächste Welt, bis sie die vierte Welt erreicht haben. Dort steigen sie in eine höhere Wirklichkeit auf.

Nechta will den ganzen Kreislauf aufbrechen und so den Seelen den Weg in die Ewigkeit verwehren. Nur die Niblisse können hinter dem Attenat stecken. wer sonst würde versuchen mich und euch zu ermorden?“

„Es gibt viele Konkurrenten in der Gilde, die Geschichten von den Niblisse sind ebenso wenig bewiesen, wie die von den Samorer und ihrer Zitadelle...“

„hmmm", Tanklaff unterbricht ihm mit einem ärgerlichen Schnaufer, „das sind keine Geschichten. Ich wurde in der Zitadelle geboren!" Er zuckt traurig mit den gepanzerten Schultern, „leider ist es so immens lang her, dass ich keine Anhaltspunkte mehr habe, wo sie sich befindet. Smailja und die anderen sind auch keine Hilfe."

Nimgart starrt den Schildfuchs erstaunt an, entweder ist er völlig wahnsinnig oder unsagbar alt. Möglicherweise auch beides.

Mit seinen kurzen Klauen zieht der Meisterkartograf den Mausbalger zu sich. „Dolch oder Axt? Wie geschickt das Volk aus den Baronaten schmiedet. Es ist erstaunlich. *Hmmm.*" Nachdenklich wandern seine Augen über die Karten an den Wänden. Nimgart folgt seinem Blick, derartige Karten hat er noch nie gesehen, sie sind größer und genauer als alle, die er jemals an der Universität studiert hat. Ein unermesslicher Schatz für jeden Studenten der Sterndeutung. Noch etwas, dass den Schildfuchs so überaus verdächtig macht.

„Nun", fährt Tanklaff fort, „wir werden es mit den Kräften der Sterne verstärken. Für die mächtigsten Deutungen ist es nicht die richtige Zeit im Jahr, aber es gibt eine Behandlung, die *hmmm* ich diese Nacht schon durchführen kann." Er zieht jetzt die halbzerrissen Halskrempe zu sich. „ja, auch dies werde ich verstärken können. Du brauchst Waffen, die diese Bezeichnung verdienen. Die Angreifer *hmmm* hatten machtvolle Instrumente, sterngedeutete Kriegshämmer, einzig um mich zu verletzen." Stolz deutet er mit einer Klaue auf seine Panzerung. „Normale Waffen hätten nicht einmal einen Kratzer in meinen Schild machen können."

„Und mit welchen Waffen können wir die Niblisse abwehren?", fragt Nimgart,

„Wir müssen die Reliquie finden, den *hmmm* Stromlokk, anders werden wir sie nicht aufhalten können. Die Anwärter müssen schneller Suchen und wir müssen sie zur Sicherheit bewaffnen, damit sie nicht vorzeitig Pétrs Seele in den Weltenfluss folgen."

„Wir können zusätzliche Söldner von der Gilde anfordern, um Anwärter zu bewaffnen brauchen wir Gold..."

„Aber wir haben Gold, ich habe eine überaus wichtige Handelsroute von Tylis zum Nordmeer kartografiert", erwidert der Schildfuchs würdevoll.

„Nun ja, die Einnahmen entsprechen leider nicht ganz den Kosten für den Turm..."

Tanklaff trommelt unruhig mit der Pfote auf den Tisch, sein Schwanz ringelt sich nervös um das Stuhlbein „*hmmm hmmm* ich hab die Leidenschaft der Kollegen für Gold nie so ganz teilen können... Na gut, gehen wir in meine Sammelkammer, dort sind Gegenstände von hohem Wert, die könnt ihr auf dem Fomorermarkt verkaufen und mit den Einnahmen werden wir die Anwärter bewaffnen und die Suche ausweiten!" Der Schildfuchs beruhigt sich etwas und fährt nun wieder leise fort, „und wir brauchen verlässliche und starke Helfer. Wie gesagt, nichts ist wertvoller als loyale Verbündete. Ich werde nach Smailja und Kamtruj schicken. Wenn sie nur schon hier wären. *hmmm*."

Nimgart kann nicht sagen, ob das Wesen vor ihm weise und genial oder kindlich und naiv ist. Er vermisst Pétr, mit ihm konnte er immer seine Gedanken teilen. Ohne ihn erscheint ihm die Gilde leer, fast schon bedeutungslos.

Seine Augen wandern noch einmal über die Sterndeutungen an den Wänden. Unermesslich wertvolle Karten. Nur zu gern wüsste er, welche Zauberei mit ihnen möglich ist. In ihm regt sich ein alter Gedanke, den er seit Jahren nicht hatte. Mit Hilfe der Sterndeutung wäre er vielleicht in der Lage machtvoll in die Baronate zurückzukehren und seine alten Feinde zu vernichten. Seinen verhassten Bruder Candalbo zuerst. Dort gilt das Gesetz der Gewalt, aber ist es hier eigentlich anders? Immer öfter kehren seine Gedanken ins Baronat zurück.

„Du interessierst dich sehr für die Sterndeutung, oder?“ Nimgart glaubt, einen misstrauischen Unterton zu hören.

„Es ist eine erstaunliche Kunst, die unermessliche Möglichkeiten bietet. Ja Meister, ihr habt recht, ich würde sehr gerne mehr darüber erfahren.“

„Ich werde dich angemessen für deine Hilfe belohnen. Du wünschst mehr über die Sterndeutung zu lernen und das wirst du auch. Deine Belohnung wird deinen Taten entsprechen.“

6. KAPITEL

Tiberia – Tylis, 26. Saille 1053

Um mächtige Elementargeister wie eine Sturmflut, einen starken Wind, eine Feuerwand oder ein Erdbeben zu beschwören, bedarf es einerseits großen Talents und einiger Seelenkerne, andererseits aber auch einer großen Menge Thebronstaubs, den der Zauberer fast immer durch die Abgabe von Blut bereitstellt. Zwar kann er nicht den eigenen Seelen- oder Thebronkern verwenden, denn dann würde er sterben, aber der Körper ist angefüllt mit Thebronstaub, winzigen Teilchen, die den Willen durch den Körper transportieren.

Um schnell Blut freizusetzen, tragen Zauberer oft Nagelringe. Die Universität verleiht diese jedem Absolventen, den besonders talentierten wird sogar einer der seltenen Dornringe übergeben und die Meister der Elemente, die Herren der Zauberei erhalten gar einzigartige Pinringe. Dahinter steht die Annahme, dass die besten Zauberer nur einen Tropfen Blut opfern müssen, um mächtige Kräfte zu rufen und daher auch nur einen Ring mit kleiner Spitze brauchen, wohingegen Anfänger sich regelrecht die Adern aufschlitzen müssen.

Voraussetzung für den Erhalt eines Dornrings ist das Beleben von mindestens sechs Thebronkernen gleichzeitig, wer mehr als neun auf einmal schafft, erhält die Ehre, einen Pinring zu tragen. In der Geschichte der Universität hat nie jemand mehr als elf Thebronkernen gleichzeitig unter seine Kontrolle zwingen können. Nicht, dass es nicht versucht worden wäre, verbluten ist keine seltene Todesart unter den besonders ehrgeizigen Zauberern und das sind so gut wie alle.

– Herwartius d. Jüngeren, „Angewandte Zauberkunde in der Universität zu Tylis"

Tiberia sitzt am grasbewachsenen Ufer des Rhin und stützt den Kopf in beide Hände, ihre schwarzen Locken fluten wie Schlangen über die schlanken Finger. Ihr linker Arm ist vom Handgelenk bis zum Ellbogen verbunden. Ihre Augen liegen tief im blassen Gesicht, das die letzten Strahlen der untergehenden Sonne in einen roten Glanz hüllen.

Sie würde vielleicht weinen, wenn das Leben sanfter zu ihr gewesen wäre, aber alle Tränen, die sie hatte, sind schon vor langer Zeit in den verkommensten Winkeln von Treva verdunstet und in Mama Narras schiefem Haus verronnen.

Nicht weit entfernt spielen die glücklicheren Flöte, tanzen und leeren die Weinbecher. Schlimmer ist der Geruch nach Freude und Ausgelassenheit, den sie dabei ausdünsten, er ist so intensiv, dass er beinahe den Geruch des Flusses überdeckt.

Der Abend hat erst begonnen, noch viele Stunden werden sie feiern. Würde sie sich umdrehen, könnte sie sie im Lampenschein der nahegelegenen Hafenkneipen sehen, wie sie draußen stehen und die Weinbecher leeren. Sie hätte jetzt unter ihnen sein sollen. Niedergeschlagen dreht sie den groben Nagelring in ihrer Hand, er hätte durch einen der eleganten goldenen Pinringe ersetzt werden sollen.

Wie oft hat sie es in ihren Träumen gesehen: Versammelt vor dem Podium stehen ihre Kommilitonen, Freunde und Feinde vereint in der vieläugigen Menge aus Unterlegenen. Der Dekan steckt ihr den silbernen Ring an den Zeigefinger der linken Hand und ernennt sie zur jüngsten Dozentin der Feuerfakultät. Ein Traum, der jetzt bei vielen anderen in einem kalten Massengrab liegt.

Statt ihrer wurde Zarla zur zweiten Dozentin der Feuerfakultät ernannt.

Zarla, die noch nie in ihrem Leben mehr als fünf Thebronkerne bewegt hat, Zarla, die wohl einen halben Liter Blut vergießt, um auch nur ein Herdfeuer zu entzünden, Zarla, die drei Jahre in Folge schlechter als Tiberia abgeschnitten hat.

Zarla, deren Schweiß in ihrer Nase immer schwer wie Samt und sanft wie Seide lag.

Zarla die kraftlose, Zarla die Einfältige, Zarla mit den brennenden Küssen – immerhin, sie kann nicht leugnen, dass da zumindest ein Rest Feuer in ihr zu finden war. Ein Feuer, das sie jetzt zu ihrem honighaarigen Geliebten trägt. Warum wurde sie vorgezogen? An ihren Fähigkeiten kann es nicht liegen.

Ein großer Schatten fällt auf sie. Unwillig sieht sie hoch, bereit den Störenfried in einem Aschenregen über die Ufer des Rhin zu pusten.

Vor ihr steht der fette Ottlar. Sein zufriedenes Gesicht vom riesigen Schnauzbart veralbert.

„Tibia, Tibia, Tibia", dröhnt seine Stimme wie eine Steinlawine auf sie nieder. Niemand sonst nennt sie so, sie ist nicht sicher, ob er ihren richtigen Namen überhaupt kennt. „Unten am Kai feiern sie, was machst du ganz alleine hier Mädchen?"

Sie sieht ihn hasserfüllt an. Als wüsste er nicht, dass sie um die Stelle beraubt wurde, die ihr zusteht.

Leise lachend lässt er sich neben sie sinken, die gleichermaßen aus Fett und Muskeln bestehenden Unterarme legt er auf die seidene Hose.

„Tibia, sei nicht traurig, jeder weiß wie fähig du bist."

„Neun Thebronkerne habe ich gleichzeitig beschworen, neun! Seit 100 Jahren hat das keiner mehr geschafft, Blut ist mir wie Wasser aus dem Arm gelaufen. Sie haben mich trotzdem nicht ernannt."

„Neun! Das ist wirklich beeindruckend Tibia, damit könntest du unsere besten Rüstungen schmelzen wie Wachs. Wenn die Universität eine so mächtige Zauberin nicht will hat sie es nicht besser verdient! Es scheint ja fast, als hätte jemand absichtlich deine Ernennung verhindert. Aber jeder weiß doch, dass da nur Einfaltspinsel und Greise sitzen. Und bist du nicht immer noch hochgeschätzt bei der Geometergilde? Sicherlich stehst du ganz kurz vor dem Aufstieg zur Kartografin, nicht wahr Tibia?"

„Die Gilde hat mich dem Schildfuchs zugeteilt, sie hätte mich auch gleich lebendig begraben können. Der Alte hat seit Jahren nichts kartografiert, er verbringt den ganzen Tag in seinem Tiurm oder den Archiven der Bibliothek, seine Novizen verbringen ihre Tage dort und wahrscheinlich werden die Kinder seiner Novizen dort auch eines Tages alt, grau und verzweifelt sterben."

Der Dicke zuckt mit den Schultern, „die Gilde fordert Geduld, aber du bist ja jung und hast Zeit", er zwinkert ihr fröhlich zu.

„Ich schulde allein meinem Vermieter das Jahresgehalt eines Novizen, dazu kommen noch die Schulden bei den Geldleihern und die bei der Universität. Dozenten werden gut bezahlt, mit der Stelle bei der Feuerfakultät hätte ich alles bezahlen können."

„Ach Gold brauchst du! Wie viel denn genau?" Er fischt ein paar funkelnde Goldstater aus der Brusttasche seiner Samtweste und hält sie ihr hin, wie man jemandem ein Stück Brot zuwirft.

Tiberia sieht ihn scharf an, „wenn du Witze mit mir machst wirst du es bereuen Krämer!" Die Worte sollen wütend klingen, aber sie kommen kläglich heraus, ihr fehlt die Kraft zum Streiten.

„Nein, nein", lacht der Mann und zwirbelt seinen Schnauzer, er scheint sich köstlich zu amüsieren. Dann wird er ernst, „töte diesen Mann und wir sind quitt", er zeigt wahllos in die Menge der Feiernden. „Brenne ihn aus der Erdkruste, wie man eine Made aus dem Suppentopf kratzt."

Sie blickt zu den Kneipengängern. Die runden Stehtische werden von mehreren Öllampen beleuchtet. Tiberia könnte zu einer Lampe gehen und sich den Nagelring in die Hand bohren, bis das Blut in die Flammen spritzt oder sie könnte ihren Finger durch die Öffnung im Glas schieben. Die Hitze würde ihre Haut verbrennen und die verschmorten Fetzen würden sich mit der Flamme mischen und ihr schließlich erlauben so viele, Thebronkerne zu erwecken, wie nötig, um damit die Hitze des Feuers aufzupumpen. Wenn sie drei oder vier hätte, könnte sie *Dennganns Feuerschwarm* beschwören, dann würden die Thebronkerne wie ein Schwarm lodernder Insekten vorwärtsstäuben und alles in Brand setzen, was sie treffen. Den Schwarm dann auf beliebige Personen zu hetzen wäre der leichtere Teil des Vorgangs. Ja, denkt sie, ich könnte jeden dort töten, es wäre sogar leicht. Lebewesen sind doch nichts weiter als Zundernester. Sie hat schon weit größere Feuergeister erweckt, als dafür nötig wären. Aber sie hat noch nie getötet. Ist es nicht ein Verstoß gegen den Willen der Götter?

Würde das Blut, das sie vergießt ihre eigene Seele beflecken? Was würde Mama Narra sagen?

Sie wirft ihm einen vernichtenden Blick zu „zuerst brenne ich dich aus der Erdkruste! Warum lässt du mich nicht mit meinem Ärger alleine. So gehört es sich und so ist es gesund für dich!"

„Ho ho ho", der Händler lacht ein tiefes, fröhliches Maurerlachen, als hätte sie den besten Witz des Jahres gemacht. Noch immer nach Luft japsend wirft er ihr Münzen zu, drei Goldstater, ein kleines Vermögen. „Das ist nur für deine lebendige Art Tibia, dein Talent ist unerschöpflich." Er hält inne und wird leiser „Du weißt, das ist Taschengold für mich, ich zahle dir jeden Monat die gleiche Summe, wenn du mich ein bißchen auf dem Laufenden hältst."

Ohne zu zögern, lässt sie die Münzen in ihrer Tasche verschwinden. „Ich soll dich auf dem Laufenden halten? Du kennst doch jeden in dieser verfluchten Stadt, bist auf jeder Feier und jeder Beerdigung. Was soll ich dir denn noch berichten?"

Sein Blick ist jetzt ganz ernst und jeder Funken Humor ist weggeblasen. „Tanklaff. Meine Partner wollen wissen, was der alte Fomorer eigentlich in den Archiven treibt."

„Was für den alten Höhlen-Olaf wertvoll ist, ist für keinen anderen von Nutzen", erwidert Tiberia achselzuckend.

„Wie dem auch sei, ich zahle dir jeden Monat drei Goldstater, wenn du mich auf dem Laufenden hältst und wenn du etwas herausfindest, soll es sich doppelt für dich lohnen. Ist das nicht eine einfache Art Gold zu verdienen? So viel einfacher, als töten, nicht wahr?"

Aus der Ferne hallt das Lachen ihrer Kollegen und Konkurrenten zu Ihnen herüber. Sie meint sogar Zarlas helle Stimme darunter auszumachen.

„Gut Fettsack. Dein Gold nehme ich. Aber pass auf, dass du nicht der bist, der am Ende im Feuer landet."

Er erhebt sich und streicht die Seidenhose glatt, dabei zittert sein kräftiger Schnurrbart vor Zufriedenheit. „Fettsack... Ho ho ho ...Tibia Tibia, dein Humor ist unerschöpflich!"

7. KAPITEL

Maldan – Tylis, 27. Saille 1053

Zauberei ist ein derart ungenaues und vieldeutiges Wort, dass sich eine abschließende Beschreibung eigentlich verbietet. Um sich dem Begriff zumindest etwas zu nähern, habe ich die verschiedenen Formen, Unnatürliches zu bewirken kategorisiert.

1) Elementarmagie
Elementarmagie beginnt immer mit der Beschwörung von Seelen- oder Thebronkernen, die dann ein Element bewegen. Die Alben nutzen vor allem Wasser- und Erdgeister, um Strömungen zu schaffen, um Gänge durch dichten Stein zu graben oder, um ihre rätselhaften Wasidianwaffen und Craisach-Speere herzustellen.

Voraussetzung ist immer ein Seelenkern und das jeweilige Element. Niemand kann Feuer oder Wasser aus dem Nichts erschaffen.

2) Sterndeutung
Die Deutung der Himmelskörper ist die hauptsächliche Zauberei der

Nemedier. Die berühmteste Schule für Zauberei ist natürliche die ehrwürdige Universität von Tylis. Diese Kunst nutzt die Kräfte der Himmelskörper, die ganz unterschiedlich auf die Welt wirken. Mit der richtigen Berechnung können die Sterndeuter z.B. herausfinden, an welchem Ort, zu welchem Zeitpunkt Sternenkräfte so wirken, dass Lebewesen gesunden oder erkranken, dass unbelebte Gegenstände verfallen oder sich verstärken. Es ist eine sehr komplizierte Kunst, die jahrelanges Studium erfordert. Angeblich geht sie ausschließlich auf die vergessene Kultur der Samorer zurück.

3) Fith-Fath-Magie
Das Fith-Fath ist die Kunst der Fomorer. Sie zielt auf Täuschung und Verwirrung der Sinne ab. Über diese abseitigen Kräfte ist kaum mehr bekannt als über die seltsame Schattenmagie der älteren Alben und ihrer Meisterkrieger. Hier ist dringend weitere Forschung erforderlich.

– Zarla, Dozentin an der Universität von Tylis

Mit Sonnenaufgang sollen sie im Lehrraum II sein, einem schlecht beleuchteten kleinen Saal im Erdgeschoss der Gilde. Aber Maldan ist schon über eine Stunde früher dort. Schlafen konnte er nicht, morgens gibt es in der Gildentaverne keine Arbeit, und sonst gibt es nichts zu tun. Also hat er sich vor den Saal gesetzt und den gleichen Söldnern wie gestern – Flaco und Trebblo – beim Messerwerfen zu gesehen.

Als schließlich die Sonne langsam beginnt ihre Strahlen, wie müde Finger in den Raum zu strecken kommen nach und nach die anderen Anwärter. Es sind nicht viele übrig, nur 20 zählt Maldan. Die Gesichter sind zuversichtlich. Die größte Hürde ist genommen, die Sicherheit der Gilde soll sie von nun an in einen schützenden Mantel hüllen. Selbst die besonders bärbeißigen und gewaltgewöhnten wie der Riese, ein paar Brüder aus Segos und ein älterer Handelsführer zeigen entspanntere Gesichtsausdrücke, als noch am Vortag.

Unwillkürlich empfindet Maldan eine komplizenhafte Zuneigung zu seinen Mitstreitern. Nachdem sie nun alle Anwärter sind, scheint der Konkurrenzdruck abgefallen und sie sind wie aus einer Sippe.

Beinahe als letzter Tritt Hadral neben in. Lächelnd streckt er ihm die frisch gebadete Hand hin und zieht ihn hoch. Sie lassen sich auf einer der hinteren Bänke nieder. Ein erwartungsvolles Schweigen senkt sich auf den Raum.

Schließlich betritt ein muskulöser schon leicht ergrauter Mann den Raum, gefolgt von zwei weiteren Personen. Der Mann mustert die Anwärter, bevor er zu sprechen beginnt.

„Mein Name ist Lenslar, ich bin Meisterkartograf der Gilde und Herr von Turm II. Ihr habt also die erste von vielen Hürden genommen und seid Novizen-Anwärter" beim letzten Wort hebt er merklich die Stimme. „also gerade noch keine Novizen, denen ein regelmäßiger Lohn und bei Bedarf ein Zimmer im Gildenhaus zusteht. Für eine Novizenstelle müsst ihr erst einmal euren Wert unter Beweis stellen. Die Gilde hat nicht unbegrenzte Mittel und muss genau überlegen wen sie aufnimmt."

Er macht eine kurze Pause, um dann wie beiläufig einen Steinschlag auf sie los zu jagen „von euch werden das drei bis vier sein, für mehr ist einfach kein Platz" Es hebt ein entsetztes Gemurmel an, einige zeigen ihre Enttäuschung nur im Gesicht, andere Flüstern erstaunte Flüche. War der Raum eben noch voll Freunden und Schicksalsgenossen, ist Maldan nach diesem einen Satz umgeben von Konkurrenten. Konkurrenten, deren

Erfolg seinen qualvollen Tod bedeuten kann, denn ohne den Schutz der Gilde wird er den Jagdkommandos der Beschraner nicht lange entwischen können.

„Ist doch jedes Mal das Gleiche“, sagt Lenslar zu seinen beiden Begleitern und zuckt mit den Achseln. Seine stramme Haltung erinnert an einen Feldherrn. Dann wendet der Kartograf sich wieder den Anwärtern zu, „ihr werdet nun den Kartografen zugewiesen, die Bedarf haben.“ Er sieht wieder zu seinen Begleitern, „wie so oft, sind das vor allem Falas-Dufat von Turm VII und Tanklaff von Turm IV. Diese haben sich den Gildenregularien gemäß auch als erste angemeldet, um Anwärter auzunehmen“, er verzieht den Mund kurz und murmelt „unglücklicherweise.“ Dann deutet er auf seine beiden Begleiter. „Als Vertreter der Meisterkartografen sind Miala“, er nickt der sehr kleinen Frau mit kräftigen dunkelgrauen Haaren zu „und Nimgart hier“, er deutet auf den großen kräftigen Mann mit ausdruckslosem Gesicht.

„Wie besprochen hat Falas-Dufat die erste Wahl, Miala bitte“, fährt der Kartograf fort. Die junge Frau nickt ihm höflich zu und zieht eine Wachstafel hinter dem Rücken hervor.

„Lepinian“, der lockenköpfige Besserwisser vom Vorabend hebt einige Reihen vor Maldan den Kopf. „du kannst mogonisch lesen und schreiben?“ „Selbstverständlich und nicht nur das“ schießt es aus dem Jungen heraus, „auch beschranisch und alt-trevanisch!“

Lenslar und Miala lächeln über die Aufregung des Jungen. „du hast dich wohl lange auf die Arbeit bei der Gilde vorbereitet, was?“ Fragt Miala amüsiert. Noch bevor sie eine Antwort erhält, fährt der zweite Begleiter des Kartografen – Nimgart, erinnert sich Maldan - dazwischen. Er wendet sich Lenslar zu und redet erbost auf ihn ein. Hin und wieder versucht Miala erfolglos, etwas einzuwenden. Maldan kann nur einige Wortfetzen verstehen „...nur *eine* Frage... vereinbart“, „sollte doch nicht...“, „Wortbruch!“

Schließlich wendet sich Miala mit einem Augenrollen wieder an den Lockenkopf, „ich ziehe die zweite Frage zurück, Willkommen in Falas-Dufats Turm.“

Nach ihr ist Nimgart an der Reihe, er wendet sich dem riesenhaften Muskelberg zu „Mohit, du beherrschst die Schrift der Firbolg und Ulthar?“

„Nicht nur das“, imitiert der Riese den Lockenkopf verächtlich, „Arschtreterei beherrsche ich auch“, er wirft böse Blicke in alle Richtungen, als wollte er jedem Einzelnen jetzt gleich eine Kostprobe seiner Fähigkeiten geben.

So geht es weiter, immer abwechselnd rufen die beiden Kartografen Anwärter zu sich, nie fragen sie nach etwas anderem als den Sprachkenntnissen.

Maldan fällt es schwer, sich auf die Vorgänge zu konzentrieren, zu groß ist seine Angst zu wenig Kenntnisse zu haben, um für die Gilde wichtig zu sein. Istrisch, denkt er, ich kann istrisch lesen und schreiben, oder? Kann er es wirklich? Maldan ist sich nicht sicher, zu lange ist es her, dass seine Mutter ihm die Buchstaben erklärt und die alten Schriften vorgelesen hat. Wie von selbst tastet seine Hand nach dem abgewetzten Messer in seinem Hosenbund, als könnte ihm die Klinge irgendetwas nützen.

Schließlich ruft der große Mann seinen Namen auf. „Maldan, istrisch?“

„Ja“, krächzt Maldan tonlos, mehr bringt er nicht heraus. Äußerlich ruhig, innerlich taub vor Angst stapft er nach vorne und gesellt sich zu den anderen, die Nimgart ausgewählt hat.

Miala und Nimgart haben jeweils vier Anwärter ausgewählt, die restlichen teilt Lenslar anderen Kartografen zu.

Nimgart bedeutet ihnen, ihm zu folgen. Außer Maldan und dem Riesen Mohit ist auch Hadral dabei, außerdem ein pausbäckiger junger Mann namens Wargal.

Mit Miala gehen der ältere Karawanenführer, die beiden Männer aus Segos und der vorlaute Lockenkopf. Maldan sieht ihnen einen Moment nach, dann sind sie in den Katakomben der Gilde verschwunden.

Schier endlos erscheinen Maldan die steinernen Stufen, die sie Nimgart im Halbdunkel hinterher stolpern. Draußen ist die Sonne noch nicht aufgegangen und die einzige Lichtquelle ist die Öllampe des Kartografen.

Ein Geruch von Staub, Lampenöl und abgestandener Luft schwebt über den Treppenstufen. Er kann sich nicht erinnern, so etwas schon jemals gerochen zu haben. Auf der *Zinnober Gold* roch es meist nach Meer und sonst nach Mensch.

Schließlich erreichen sie eine Holztür, durch die sie in einen zweistöckigen Saal gelangen. Die Weitläufigkeit des Raumes ist noch beeindruckender, im Vergleich zur Enge der Wendeltreppe.

„Das ist der Ostflügel der kleinen Bibliothek.“ Ohne stehen zu bleiben, durchschreitet Nimgart den über und über mit Büchern, Pergamenten und Wachstafeln gefüllten Raum und führt sie in ein halbrundes Zimmer, gerade groß genug für acht Schreibtische, die im Halbrund nebeneinanderstehen. Lediglich drei sind besetzt.

„So, hier ist von nun an euer Zuhause, jedenfalls, wenn ihr nicht beim Unterricht seid, also ungefähr die Hälfte der Zeit.“ Er zieht eine Wachstafel heraus, von der er abliest, wer wo sitzt. Dann deutet er auf die kleinen hölzernen Wagen, die neben jedem der Tische stehen und randvoll mit Pergamenten, Lederrollen und Wachstafeln sind.

„Hadral, hier sind alt-trevanische Schriften, die durchgearbeitet werden müssen, Mohit, Ulthar-Aufzeichnungen, Maldan, istrische und Wargal, norische.“ Dann deutet er auf die drei schon anwesenden Anwärter. „Mogonisch, segosisch und albisch decken Undall und Senja ab, Tiberia übernimmt trevanisch und tylisch.“

In Maldan steigt Panik auf. Er soll den ganzen Tag mit Lesen verbringen, was wenn jemand merkt, wie schlecht seine Schriftkenntnisse sind? Er ist nicht mal sicher, ob er alle Buchstaben erkennen wird. Maldan ist so verzweifelt, dass er gar nicht auf die Idee kommt, die entscheidende Frage zu stellen, das übernimmt stattdessen Hadral. „Aber was sollen wir denn überhaupt suchen?“

Nimgart nickt, dann erklärt er: „Tanklaff, hat ein besonderes Interesse an einer überwiegend unbedeutenden, aber doch zum Zwecke der historischen Forschung einigermaßen interessanten“, er stoppt und überlegt, während er sich nachdenklich den Bart kratzt, „Reliquie... Ja, Reliquie ist der richtige Ausdruck. Eure Aufgabe ist es, jede Aufzeichnung zu markieren, die sich mit jener bestimmten, unbedeutenden Reliquie beschäftigt. Nennen wir sie…“ Er hält wieder inne, „ach Namen sind Kerker des Verstandes. Nennen wir sie einfach Reliquie. Es ist eine Art verzierte Flöte, mit geschnitzten Flügeln an den Seiten und einem Tier- oder Ungeheuergesicht. Tanklaff ist sich sicher, dass die Reliquie sehr alt ist, vermutlich liegt sie verstaubt in irgendeinem Tempel. In welchem, das sollt ihr uns sagen. Die Bibliothek enthält tausende von Reiseberichten, Inventarlisten und Geometeraufzeichnungen. Irgendeine muss einen Hinweis enthalten. Noch Fragen? Nein, dann an die Arbeit.“

Mit einem humorlosen Lächeln verabschiedet sich der Kartograf und ist schon fast zu Tür hinaus, als er noch einmal anhält. „Noch eine Kleinigkeit, zuletzt gab es eine gewisse Missgunst zwischen Turm IV und Turm VII. Es ist daher darauf zu achten, dass dieser Raum nie unbewacht bleibt. Undall, Senja, Tiberia ihr erklärt es den anderen, macht ein Rotationssystem, damit auch nachts immer irgendwer hier ist und auf die sortierten Texte achtet. Sollte ich bei meinen Besuchen einmal feststellen, dass der Raum unbeaufsichtigt ist, werdet ihr es bereuen und zwar alle."

Knarrend schließt sich die Tür hinter ihm und sie sind alleine im Leseraum, ihrem Zuhause für das nächste Jahr – das heißt, wenn nicht früher auffliegt, dass sein istrisch auf dem Niveau eines Sechsjährigen ist, denkt Maldan mit schweißnasser Stirn.

„Was eine verdammte Kanal-Laus-Scheiße", sagt Mohit.

Dann wendet sich jeder seinem Schreibtisch zu und Maldan ist allein mit unzähligen Schriftstücken, bekritzelt mit endlosen Buchstabenreihen.

8. KAPITEL

Maldan – Tylis, 14. Uath 1053

Es gibt eine Reihe ausgesprochen alter und ebenso mächtiger Gegenstände, deren Kräfte wir nicht vollständig zu erklären vermögen. Insbesondere, weil wir dazu erst einmal in ihren Besitz gelangen müssten, um sie zu studieren. Die Vermutung liegt aber nahe, dass sie irgendwie mit Thebronkernen angereichert sind, auch wenn völlig unklar ist, wie das geschah.

Zu den erstaunlichsten Erzählungen gehören die Geschichten über die Lokks, die Wandelsteine und die albischen Craisachs und Wasidian-Waffen.

Der berühmteste Lokk ist der sogenannte Stromlokk. Er soll vor über tausend Jahren vom König der Lichtalben angefertigt und ein Symbol seiner enormen Zauberkraft gewesen sein. Leider ist nicht überliefert, welcher Art die Zauberei ist, die er beherbergt.

– Julianus, Dekan der Universität von Tylis, „Der Zauber im Dinge“, Abhandlung über Zaubergegenstände

Kartenkunde ist für Maldan von allen Fächern, das schwerste. Drei Stunden hat er schon damit verbracht eine grobe Karte der Gilde zu zeichnen. Es sollte leicht sein, sie zu zeichnen, außen der Mauerring mit den Gildentürmen und in der Mitte der Gildengarten mit seinen Bäumen und Sträuchern, aber es muss maßstabsgetreu sein. Daran scheitert er immer wieder. Den meisten anderen fällt es auch schwer, aber nur zu Maldan kommt am Ende die Lehrerin, eine hagere Frau, mit angegrauten Haaren und sagt, „du kannst es nicht Balach, wirst es wohl nie lernen." Balach ist ein altes Wort für Junge, die Gildenmitglieder lieben alte Ausdrücke, umso älter umso besser. Sie schüttelt mit gekünsteltem Mitgefühl den Kopf und wiederholt noch einmal „Wirst es wohl NIE lernen. Such dir eine andere Arbeit."

Wenn das möglich wäre, denkt Maldan, aber es ist die Gilde oder lebenslange Sklaverei und Schlimmeres.

Er verlässt den Saal gemeinsam mit Hadral.

„Gleich beginnen die Seminare in der Universität", sagt Hadral, „kommst du mit?"

Maldan hat sich über die Universität noch keine Gedanken gemacht, aber er weiß, dass von allen Anwärtern erwartet wird, an einem Seminar teilzunehmen. Die Gildenmitglieder haben freien Zugang zur Universität.

„Ist die weit weg?", fragt Maldan, er will auf keinen Fall noch einmal in eine Falle der Beschraner laufen.

„Nein, es ist das Nachbargelände, gleich da drüben. Ich werde Sterndeutung besuchen, das wird neben Rechtslehre und Medizin als das wichtigste Fach angesehen."

„Was ist mit Elementarmagie?"

Hadral zuckt die Schultern, im Gegensatz zu der einfachen Leinenkleidung Maldans trägt er ein Hemd mit Seidenbesatz.

„Ich habe in Treva schon Elementarmagie gehabt, ich bin außerordentlich untalentiert." Schwierige Worte, wie „außerordentlich" sind eins von Hadrals Steckenpferden, selbst, wenn es um sein Leben ginge, könnte er seine hohe Herkunft nicht verleugnen.

„Ich habe auf der *Zinn*... auf einem Schiff" korrigiert er sich hastig und krallt vor Wut über den Fehler seine Fingerspitzen in den Handballen, „einmal einen Wasserzauberer gesehen, er hat auf ruhiger See eine Strömung herbei gezaubert. Nicht stark, aber genug um uns zur Küste zu treiben. Das war Wahnsinn. Sterndeutung klingt nach Kartenzeichnen, das ist glaube ich nichts für mich." Hadral lacht, „vielleicht solltest du es dann erst recht machen, Karten zeichnen ist für die Profession des Kartografen unverzichtbar." Maldan ist bei dem Gedanken nicht zum Lachen.

Gemächlich überqueren sie den liebevoll bepflanzten Innenhof und merken dabei nicht, wie sie vom gepflasterten Weg abkommen und den kurzgeschnittenen Rasen betreten.

„Vorsicht, runter von dem Grünzeug", zischt Wargal, der zufällig wenige Schritte hinter ihnen geht. „Wenn das der Gartenriese sieht!"

Erschrocken machen Hadral und Maldan einen Satz und stehen wieder auf den Pflastersteinen. Der korpulente Wargal zieht eine Grimasse und schüttelt mitleidig den Kopf.

Ohne den erwähnten Gartenriesen zu Gesicht zu bekommen setzen die beiden ihren Weg fort, durchqueren das Gildentor und erreichen wenige Schritte entfernt das große Eingangstor zur Universität. Der Pförtner trägt ihre Namen ein und sie stehen auf dem staubigen Boden des riesigen Universitätsplatzes. Es ist schon Mittag und die Sonne brennt inzwischen heftig auf ihren Armen, niemand trägt mehr als ein Hemd und eine Hose.

Auf dem Platz stehen drei einstöckigen Bauten und an den Rändern drei imposante Doppeltürme. „In den Türmen wohnen die Dozenten“, erklärt ihm Hadral.

„Sieht viel prunkvoller aus, als unsere Kammern“, scherzt Maldan, dann fällt ihm ein, dass Hadral, so wie die meisten nicht in der Gilde untergebracht ist, sondern in irgendeinem Gasthaus. Hadral deutet auf eines der großen Steingebäude, „Sterndeutung ist in Saal I, Elementarmagie müsste in Saal III sein.“ Maldan nickt und sie verabschieden sich. Bevor er weitergeht, mustert er misstrauisch die anderen Personen auf dem Platz. Aber er kann niemanden sehen, der einem Beschraner ähnelt.

Die Beschraner haben meist kurze Oberkörper und lange Arme, wohin gegen die Nemedier eher lange Beine aufweisen. Außerdem weist der Pförtner jeden ab, der sichtbar eine Waffe trägt. Kaum vorstellbar, dass er einen ganzen Pulk Sklavenjäger mit Stangen und Netzen hineingelassen hätte. Obwohl er trotzdem beunruhigt ist, setzt Maldan seinen Weg zum Saal fort und betritt ihn nach kurzem Zögern, die Hand lässt er jedoch auf dem im Hosenbund verborgenen Messer.

Das Gebäude verfügt nur über einen einzigen großen Raum. Vorne steht ein Pult und dann folgen Reihen von Bänken, auf denen sich ein paar Dutzend Zuhörer tummeln.

Das Seminar hat schon begonnen und so schiebt er sich schnell auf eine Bank.

Der Dozent ist ein kleiner Mann, mit sauber geschnittenem weißen Bart und ungewöhnlich kräftiger Stimme „…daher sollte jeder von euch zunächst feststellen, ob er über die Grundfähigkeiten verfügt, die es braucht um Elementargeister zu rufen.

Absolute Grundvoraussetzung ist das Seelensehen", erklärt er routiniert und etwas gelangweilt. „Überall in Midon findet sich Thebron, was manche auch Seelenstoff nennen. Quelle sind immer die Lebewesen. Jedes Lebewesen hat normalerweise einen Thebron- oder Seelenkern und eine Menge Thebronstaub. Wenn ein Lebewesen stirbt verlässt der Thebronkern den Körper und sinkt nach und nach bis in den Weltenfluss, tief unter der Erdoberfläche. Aber das geht sehr langsam und daher ist die Welt voll von Thebron-Kernen toter Menschen, Pflanzen und Tiere." Er macht eine Pause, um seine Worte wirken zu lassen, und schiebt dann einen sicher schon hundertfach aufgesagten schalen Witz nach, „beängstigend, wenn man bedenkt, dass man vielleicht gerade über die Seele von Opa Malchus gelaufen ist, oder?"

„Wie dem auch sei", fährt er fort, „diese Seelenreste jedenfalls können mit eigenem Seelenstaub in Form von Elementargeistern beschworen werden. Dafür ist es aber nötig, dass man die Thebronkerne überhaupt sieht und dann mit dem eigenen Thebronstaub benetzt – also Spucke, Tränen oder das was durch eure Adern rauscht. In der Theorie ist das alles geeignet. Aber glaubt mir, wenn ich euch sage, jede echte Magie ist Blutmagie. Im Blut befindet sich am meisten Thebronstaub und damit Zauberkraft."

Er sieht die Zuhörer erwartungsvoll an und fährt dann fort. „Also zunächst das Seelensehen. Wir machen jetzt Erdmagie, also benetzt jeder nun eine Stelle des Bodens mit einer Körperflüssigkeit – bitte nicht Pisse" verhaltenes Gelächter wallt durch den Saal „und schließt die Augen."

Maldan sucht sich eine etwas abseitige Stelle des Raums und spuckt vorsichtig auf den Boden. Dann verreibt er die Spucke etwas mit dem Fuß und schließt die Augen. Scheinbar weit entfernt hört er den Dozenten fortfahren „erwartet nicht, dass ihr sofort etwas seht, es wird einige Zeit dauern, aber vielleicht werdet ihr schließlich den einen oder anderen hellen Punkt sehen oder besser spüren können. Das ist ein Thebron-Kern der noch nicht unter den Erdboden gesunken ist."

Es dauert nur wenige Atemzüge, da sieht Maldan tatsächlich etwas. Es hat ungefähr die Form einer Schneeflocke, ist jedoch kleiner und scheint wie ein Eiskristall zu funkeln.

„So, nun öffnet die Augen wieder, damit wird der Kontakt zur Seelensicht abreißen, aber wer etwas gesehen hat kann darauf aufbauen", hört er den Dozenten fortfahren.

Maldan öffnet die Augen langsam, wendet jedoch den Blick nicht von der winzigen Schneeflocke ab. Auch als er sie wieder ganz geöffnet hat, kann er den Thebronkern matt funkeln sehen. Er fasst mit der Hand danach und will das kleine Wunder aufheben, doch es lässt sich nicht greifen. Unverrückbar und unerreichbar wie der Horizont liegt es vor ihm.

Der Rest der Vorlesung vergeht wie im Flug, drei Stunden lang gibt der Dozent Erzählungen über Elementarbeschwörungen und die verschiedenen Geisterstufen zum Besten, aber Maldan kann den Blick nicht von dem Kern wenden, den er noch immer am Boden sieht. Es ist, als habe er einen tiefsitzenden Hut abgenommen, der ihn sein ganzes bisheriges Leben daran gehindert hat seine Umwelt vollständig zu sehen.

Als die Vorlesung vorbei ist, ist er noch immer wie geblendet von der Erkenntnis des Unsichtbaren. Als hätte ihm jemand gezeigt, dass der Nachthimmel nicht gänzlich schwarz ist, sondern, dass dort auch Mondlicht existiert.

Glücklich verlässt er den Saal. Während die anderen Zuhörer an ihm vorbeiströmen fällt sein Blick auf Saal I, dessen Tor noch geschlossen ist. Neugierig überquert er den sandigen Hof und zwängt sich so leise und vorsichtig er kann in den Sterndeutungssaal.

Dieser unterscheidet sich auffällig vom Saal für Elementarmagie. Hier gibt es nicht lediglich Sitzbänke, sondern für jeden Zuhörer ist ein Wachspult und ein eiserner Stift vorhanden, auf dem die Studenten mitschreiben oder Notizen machen können. Viele der Anwesenden haben zusätzlich eigene Schreibutensilien dabei. Vorne sind mehrere riesige Tafeln angebracht, auf denen die Dozentin unter gekrächzten Wortschwallen wild Linien und Wellen kritzelt. Maldan hört ihr ein paar Minuten zu, in denen es ihm jedoch nicht gelingt den mindesten Sinn, in ihren Worten oder Zeichen zu finden. Er beginnt unter den Zuhörern nach Hadral zu suchen.

Den hochgeschossenen Freund kann er nirgends entdecken, stattdessen fällt sein Blick auf ein grünes Kopftuch, unter dem kastanienbraune Locken hervorquellen. Sie trägt dieses Mal nicht die einfachen Leinen der Tagelöhner, sondern einen unscheinbaren braunen Überwurf. Dennoch erkennt er sie sofort, es ist das Mädchen aus dem Hafen, das er bei seiner Ankunft in Tylis gesehen hat.

Ohne lange darüber nachzudenken, setzt sich Maldan auf den freien Platz neben ihr. Sie sieht kurz auf, dann zur Dozentin, dann wieder zu ihm und erneut nach vorne, um sich dann wieder ihm zuzuwenden. In weniger als einer Sekunde zeigt ihr Gesicht eine Reihe sehr ungewöhnlicher Ausdrücke. Zunächst weiten sich ihre Augen, dann runzelt sie ihre Stirn, bis schließlich alles zu einem fröhlichen Lächeln zusammen fließt. „Der Flussjunge, ist gekommen, um Sterndeutung zu lernen. Wie schlau von dir mein lieber! Es ist einer der Pfeiler von Tylis Macht.“

Maldan muss grinsen. Das erste Mal seit sehr langer Zeit, es fühlt äußerst ungewohnt an.

Er antwortet, ohne zu wissen, was er redet „Ich habe heute einen Seelenkern gesehen."

„Oh", erwidert das Mädchen und sieht ihm in die Augen.

Am Ende der Vorlesung gehen sie zusammen zum Universitätstor und keiner weiß noch, was sie gesprochen haben. Maldan kommt immerhin noch beim Abschied auf den Gedanken nach ihrem Namen zu fragen.

„Tessrin", antwortet sie leise, als sei es ein Geheimnis.

Dann verschwindet sie mit ihrer Wachstafel in den staubigen Straßen von Tylis.

„Süße Maus, was?"

Neben ihm steht Mohit, der riesenhafte Anwärter, der in Tanklaffs Gruppe für die Ulthar- und Firbolgtexte zuständig ist.

Maldan spürt Ärger in sich aufsteigen. Er presst die Kiefer aufeinander und sieht dem anderen wütend in die Augen. Der erwidert den Blick starr, sieht dann in die Richtung, in der Tessrin verschwunden ist und pfeift bedeutungsvoll durch die Zähne. Darauf dreht er sich um und wirft Maldan noch ein paar Worte hin, wie man eine leere Tüte fallen lässt „sei vorsichtig, wem du hier frech in die Augen starrst Kleiner, sonst wisch ich den Boden mit dir."

Maldan sieht ein, dass es weder die geeignete Zeit noch der geeignete Ort oder der geeignete Kontrahent ist. Aber er merkt sich den Vorfall.

Auf dem Weg zurück in die Gilde versucht er sich an das Funkeln des Seelenkerns zu erinnern, aber immer kommt ihm nur Tessrins Lächeln in den Sinn.

9. KAPITEL

Maldan – Tylis, 19. Uath 1053

Heute bin ich endlich, dem Schildfuchs Tanklaff begegnet. Ein bemerkenswertes Wesen, das nur wenig anderen vergleichbar ist.

Es stellte sich heraus, dass Tanklaff ein überaus gelehrter und verständiger Diener der Wissenschaft ist. Wir hatten ein sehr erbauliches Gespräch darüber.

Offenbar versteht er sich als eine Art Hauswart der legendären Samorer, wobei Weltwart wohl das passendere Wort ist. Er meint sich an die (sehr weit zurückliegenden) frühesten Jahre seiner Kindheit in einem Samorer-Gewölbe zu erinnern und zieht daraus seinen Antrieb die Welt der Samorer zu erhalten. Wenn man nur diese sagenhafte Samorer-Zitadelle finden könnte, um die Wahrhaftigkeit seiner Memoration zu prüfen!

– Schriftgelehrter Koljann, Aufzeichnung 361

Durch die Fensterluken fällt schwaches Morgenlicht in die Lesekammer. Der Himmel hat sich gerade erst blau eingefärbt und die Sonne ist noch nicht zu sehen.

Maldan versucht im Licht einer Öllampe, die Buchstaben vor sich zu entziffern. Inzwischen gelingt es ihm schon viel besser als in den ersten Tagen. Aber noch immer braucht er sehr lange, manchmal kann er selbst nach einer Stunde noch nicht sagen, ob er einen religiösen Gesang oder einen Augenzeugenbericht der Gilde vor sich hat.

Damit keiner bemerkt, wie schlecht er eigentlich istrisch lesen kann, achtet er darauf immer die gleiche Zeitspanne für ein Dokument aufzuwenden. Dann legt er es entweder auf den Stapel mit den durchgelesenen Schriften, oder er schiebt es unauffällig wieder unter den Stapel mit ungelesenen, um sich später noch einmal daran zu setzen. Bisher hat er nichts gefunden, auf das die Beschreibung der Reliquie zutrifft. Maldan ruft sich immer wieder die Worte Nimgarts ins Gedächtnis: *Eine sehr alte Reliquie, die wie eine Flöte aussieht.*

Er reibt sich die Augen, seine Schicht ist fast um, die halbe Nacht hat er hier gesessen, gemeinsam mit Mohit. Kein Vergnügen. Sie haben in sechs Stunden kein Wort gewechselt. Der große Mann hat die rohe Ausstrahlung eines Straßenschlägers. Vermutlich war er das auch, bevor er hieher kam.

Wie im Schlaf gleiten seine Augen über die Zeichen vor ihm. Ein Dokument nach dem anderen hebt er vom Stapel und legt es neben sich ab. Dann stutzt er. Von einem Moment auf den anderen ist er hellwach, was hat er da gelesen? Er fährt mit dem Finger hoch und fängt den Absatz noch einmal an.

Große Kostbarkeiten fanden sich auch im Boreas-Tempel von Istros. Der goldene Altar war gesäumt mit wertvollen Ikonen. Eine

Langflöte aus Finias, ein Geschenk der Albenkönigin selbst, wie es heißt. Fingergroße Knochenflöten aus Segos, direkt über dem Altar eine wunderbar gearbeitete Steinflöte am Kopfende versehen mit einer künstlerischen Darstellung des geflügelten Boreaskopfes.

Der Text befindet sich auf einem sorgfältig geschriebenen und erstaunlich gut erhaltenen Stück Pergament, das Beschreibungen der Stadt Istros enthält. Offenbar von einem Schriftgelehrten oder Tempeldiener verfasst.

Plötzlich hört er das Trampeln sich schnell nähernder Schritte, dann fliegt die Tür auf und Undall stürzt dicht gefolgt von Senja herein, deren blonden Haare hinter ihr her wehen. Die beiden Neuankömmlinge haben offenbar größte Mühe, nicht vor Lachen loszuprusten.

„Schnell, schnell" ruft Undall und beginnt an einem der Bücherregale hinter Hadrals Pult zu zerren, während Senja hinter ihnen die Tür zuzieht. „Ab in den Schacht!"

Mohit und Maldan sehen sie verständnislos an. Die atemlosen Novizen schieben mühevoll eines der Bücherregale nach vorne, erst bewegt sich nichts, doch schließlich rutscht es ächzend und knarrend eine Elle in den Raum hinein und gibt den Blick auf einen schweren Vorhang frei. Undall zieht ihn zur Seite, während Senja schon zischt „schnell, wer in einer Minute noch hier ist, ist selber schuld!"

Sie schlüpfen in die modrige Schwärze eines offenbar seit Monaten nicht gelüfteten Treppenschachts. Maldan und Senja, die von durchschnittlicher Größe sind, haben keinerlei Mühe, der großgewachsene Undall muss sich leicht bücken, um seine schwarze Mähne in die Dunkelheit zu zwängen, Mohit aber kann sich nur unter Keuchen, Stöhnen und gemeinschaftlichem Zerren der anderen durch die Öffnung pressen.

„Wenn es jetzt nicht um Leben und Tod geht, geht es danach für euch um Leben und Tod. Verdammte Rattenscheiße", flucht der Koloss.

„Zieh' das Regal zu Großer", flüstert Senja.

Jetzt sieht Maldan, dass jemand am Rücken des verschobenen Regals einen breiten Eisengriff angebracht hat. Mohit packt ihn und zieht das mit Büchern und Wachstafeln gefüllte Regal mühelos hinter ihnen zu. Im Schacht ist es jetzt fast ganz dunkel, nur winzige Lichtstreifen ziehen sich wie Fäden durch den Raum und enthüllen die Steintreppe hinter ihnen.

Schweigend warten sie, dann hören sie, wie die Tür zum Zimmer krachend auffliegt und etwas, das noch erheblich schwerer als Mohit ist den Raum betritt, ein tiefes Schnauben von sich gibt und wieder hinaus trampelt. Nach einigen Atemzügen kann Maldan schemenhaft erkennen, wie Mohit den Griff fasst, um das Regal wieder aufzuschieben, sofort packen Undall und Senja ihn und ein doppeltes „Psst!", schneidet durch die Dunkelheit.

Es vergehen einige weitere Minuten, dann ist aus großer Ferne ein Gerumpel und Geschrei zu hören, als würde der ganze Lesesaal einstürzen. Senja stößt ein hohes Kichern aus, Undall ergänzt mit einem tieferen Glucksen. Beide geben sich feixend die Hände, als hätten sie eine besondere Leistung vollbracht.

Das Getöse dauert noch einige Minuten an, immer begleitet vom nun lauter werdenden Lachen der beiden Novizen. Schließlich verklingt der Lärm, noch eine weitere Minute warten sie nun wieder in Stille gehüllt, dann lehnen sich Undall und Senja gleichzeitig mit den Schultern gegen die Rückseite des Regals und öffnen wieder den Zugang zum Raum.

„Was war das?" Fragt Maldan schließlich.

„Das“, flötet Senja gutgelaunt und streicht sich würdevoll die bis zum Ellbogen fallenden blonden Haare glatt „war das Geräusch eines tobenden Fachans, der den Spuren einer zertrampelten Aleia Rose bis in die kleine Bibliothek gefolgt ist“, „und dann die vermeintlichen Übeltäter von Turm VI bestraft, in dem er den Inhalt ihrer Bücherwagen über die ganze Bibliothek verteilt“, ergänzt Undall grinsend.

„Du hattest recht, auf den Jähzorn des Gartenriesen ist Verlass.“

„Ein Fachan?! Wegen eines verdammten, hirngewrackten, wiederkäuendem Fachans habe ich mich in dieses Rattenloch gezwängt“, dröhnt Mohit. „Wenn ihr noch einmal mit so einer Scheiße zu mir kommt, werfe ich euch eigenhändig in den Rhin!“

Fluchend packt er seine Sachen, verlässt den Raum und marschiert unbekümmert durch das Trümmerfeld im Saal. Überall liegen Wachstafeln und Bücher verstreut, die Anwärter und Novizen von Turm VI lesen diese mühevoll vom Boden auf und tragen sie zu den verbeulten Bücherwagen. Maldan kann noch hören, wie Mohit auf die unverständliche Frage eines der Opfer antwortet „dein Problem, Gnom“. Dann kündet nur noch das Knallen einer Tür von seinem Abgang.

Undall zuckt die Schultern, während Senja ein wenig zerknirscht Mohits Stuhl ans Pult schiebt.

„Müssen wir jetzt nicht mit Racheakten rechnen“, fragt Maldan. Er ist wenig beeindruckt, die Sklavenjäger, die ihm an den Kragen wollen, lassen die Verärgerung einer Handvoll Bücherwürmer im Vergleich wenig bedrohlich erscheinen.

„Denkbar“, antwortet Undall, „andererseits, dass wir den Gartenriesen auf Falas-Dufats Hochnasentruppe hetzen war ja bereits eine Vergeltung, also vielleicht lassen sie es jetzt ja auch gut sein.“

„Fairerweise muss man sagen, dass deren letzte Aktion wohl auch wieder ein Racheakt war. Es geht schon etwas länger", ergänzt Senja entschuldigend.

„Wie lange denn?"

Undall kratzt sich den dichten Bart, „Pétr hat mal erzählt, dass bei einer seiner ersten Streiche in Treva noch die Krallfs herrschten, und das ist inzwischen gut fünfzehn Jahre her. Es ist ein langer Streit, hat wohl auch damit zu tun, dass Tanklaff und Falas-Dufat sich im Bereich der Reliquien-Forschung Konkurrenz machen."

Maldan muss kurz grinsen, die Vorstellung, dass sich ein paar alte Knacker jahrzehntelang wegen irgendwelcher verstaubten Folianten quer liegen erscheint ihm gleichermaßen kindisch wie lustig. Während Tiberia den Raum betritt, nutzt Maldan die Gelegenheit, um eine Frage zu stellen, die ihn schon seit langem brennend interessiert, „Wie ist Tanklaff denn so?"

Senja und Undall halten inne und sehen ihn mit undeutbaren Gesichtsausdrücken an. Undall legt den Text hin, den er eben erst in die Hand genommen hat und antwortet, „du hast ihn noch nicht kennen gelernt oder?"

„Und noch nichts von ihm gehört?", ergänzt Senja vorsichtig.

„Nein, Nimgart sagte, dass er selten hier her kommt."

„Er kommt nie her, aber du wirst ihn schon noch treffen, den alten Schildfuchs, keine Angst."

„Was ist denn ein Schildfuchs?"

Undall und Senja sehen sich bedeutungsvoll an, Tiberia verzieht das Gesicht zu einem abfälligen Grinsen.

„Eine Mischung aus Granit und Biberfell", antwortet Senja mit ernstem Gesichtsausdruck.

„Sehr alt, sehr selten und noch vieles und so einiges", ergänzt Undall.

„Wie alles das lebt, eine Brandlast und sonst nichts“, sagt Tiberia.

Den letzten Satz ignorieren Undall und Senja. Der bärtige Kartograf wendet sich gut gelaunt Maldan zu „Heute Abend feiern wir unseren gelungenen Streich. Wir trinken die Tavernen leer! Bist du dabei Maldan?“

Er schüttelt den Kopf, die Stadt ist zu gefährlich, überall könnten Sklavenjäger lauern. Selbst wenn die *Zinnober Gold* wieder abgelegt haben sollte, können sie seine Flucht den anderen Jagdschiffen aus Beschra gemeldet haben. Es ist sicherer, in der Gilde zu bleiben, hier können sie ihm nichts anhaben. Außerdem brennt er darauf, den gefundenen Text Domaro zu zeigen und vielleicht auch Tanklaff, falls Domaro es gestattet. Vielleicht ist es der entscheidende Hinweis auf den Aufenthaltsort der Reliquie.

Als einige Stunden später alle weg sind, verlässt er die Kammer und schleicht die Treppe hinunter zum Innenhof. Der Gartenriese ist nirgends zu sehen, aber die Lampen sind schon entzündet. Er meidet den Lichtschein und bewegt sich abseits des Weges direkt an der Mauer entlang, damit niemand ihn sieht. Dann schlüpft er durch eine Seitentür in das Hauptgebäude und von dort die Treppe hinunter in die Kellerräume. Er hat Glück, es ist so spät, dass auch in den unteren Gängen keine Söldner mehr unterwegs sind. Nachts bewachen sie lediglich die Tore und Mauern. Schließlich gelangt er zu Domaros Büro. Unter dem Türspalt dringt noch Licht hervor.

Maldan klopft vorsichtig. Gedämpft dringt ein „Herein“ aus dem Zimmer. Schnell tritt er ein und schließt die Tür wieder hinter sich.

Domaros Gesicht ist angespannt, die Stirn gerunzelt, vor ihm liegt ein Haufen Pergamente. Als er Maldan sieht, hellt sich seine Miene auf. „Maldan, Sohn Istros'! Wie schön dich wieder zu sehen. Setz dich und berichte."

Das tut er auch und während er von dem Bericht erzählt und von der Beschreibung der Flöten im Tempel des Boreas, verdüstert sich das Gesicht des alten Kartografen. Tief und tiefer werden die Falten auf seiner Stirn, bis sie ihm wie Schwertwunden erscheinen. Das Gesicht eines verwundeten Mannes.

„Ja, natürlich ist sie das, die Reliquie, die Tanklaff so dringend haben will. Ich wusste von Anfang an, dass er nur diese meinen kann. Es ist der sagenhafte *Stromlokk*, die Zauberflöte des Königs der Lichtalben. Sie gehört Istros, wie du und ich Maldan. Niemand anders kann sie beanspruchen. Alles haben Sie uns genommen und nun wollen sie das Raubgut an sich reißen und für sich selbst beanspruchen, als sei das kein Verbrechen, kein Frevel gegen die Götter unserer Stadt." Lauter wird seine Stimme, bedrohlich und bitter, „Aber niemals sollen sie sie bekommen, Tanklaff nicht und auch sonst kein Fremder. Der Stromlokk gehört Istros!" Seine Hände ballen sich zu Fäusten und seine Augen schließen sich vor Wut und Verzweiflung.

Dann lösen sich die Fäuste wieder und die Augen öffnen sich, als würde ein Krampfanfall vergehen.

„Es ist gut, dass du zu mir kommst, wie es deine Pflicht als Istrier ist. Nun gehe zu Tanklaff und berichte ihm. Die Information wird ihm nicht helfen, denn der Tempel ist zu Asche verbrannt, niemand weiß was mit den Schätzen in ihm geschehen ist, verbrannt, gestohlen, verschollen. Aber Tanklaff wird dich trotzdem für dieses Dokument loben und so kannst du ihm näher kommen. Sollte sich doch noch eine Spur zum Stromlokk finden, wirst du es erfahren und mir berichten. Wie es deine Pflicht ist."

Maldan nickt dem verbitterten und hasserfüllten alten Mann vor sich zu.

„Und noch etwas, sei vorsichtig mit dem Schildfuchs. Wir wissen nicht, woher er kommt, was er wirklich will. Er behauptet ein Diener der Samorer zu sein. Aber es gibt seit vielen Jahrhunderten, wenn nicht Jahrtausenden keine Samorer mehr, vielleicht hat es sie nie gegeben. Wessen Willen gehorcht diese Kreatur also? Lass dich nicht von seinem freundlichen Äußeren täuschen, er scheint beinahe unzerstörbar und verfügt über ein Geheimwissen, dass kein anderer Kartograf der Gilde hat. Haben ihn die selben ewigen Kräfte geschaffen, die auch alles andere Leben in die Welt brachten oder ist er in einer anderen Schmiede gebrannt worden? Egal, was ihn geschaffen hat, wenn er weiter nach Dingen gräbt, die ihn nichts angehen, wird ihn Istros Zorn ebenso treffen, wie jene die unsere Stadt verrieten und versklavten."

Der Ernst dieser zornigen Worte bereitet Maldan eine Gänsehaut.

10. KAPITEL

Tiberia – Tylis, 20. Uath 1053

Wie nützlich, wie machtvoll aber ist Elementarzauberei eigentlich? Kann sie im Krieg Verwendung finden?

Mit einem Thebronkern lässt sich eine Lampe entzünden, eine Handvoll Wasser in Bewegung versetzen oder ein leichter Luftzug erzeugen.

Mit zwei Thebronkernen ein Lagerfeuer entfachen, ein Eimer Wasser beherrschen oder eine leichte Windböe erzeugen.

Mit drei Kernen kann man eine schwere Holztüre durchbrennen, ein kleines Ruderboot durch den Rhin bewegen oder einen kleinen Sturm erzeugen.

Mehr als drei Thebronkerne können nur die wenigsten Zauberer beschwören.

Erst ab Fünfen aber ist ein wirklich machtvoller Effekt zu verzeichnen. Kaum ein Zauberer in Tylis kann diese Mächte rufen. Fünf Thebronkerne bräuchte man, um eine sterngedeutete Eisenrüstung zu durchschlagen. Wer kann das, abgesehen von albischen Druiden und Meisterkriegern? Und die Handvoll Zauberer, die tatsächlich dazu in der Lage wäre, ist leicht mit einem Pfeilschuss oder einem Schwertstreich erlegt. Selbst die unsägliche Waltania, ist wohl nicht gegen einen Axthieb gefeit.

Kriegstauglich ist Magie somit kaum. Zu schwach sind die Auswirkungen im Vergleich zu den Möglichkeiten von auch nur 20 oder 30 Kämpfern oder Handwerkern. Wie viel nützlicher ist für unsere Zwecke die Sterndeutung, mit der wir tausende von Schwertern oder Rüstungen um ein Vielfaches verstärken, unsere Waffen und Ausrüstung, unsere Schiffe und Kutschen vor den Kapriolen der Natur und den Schwertern der Feinde schützen können.

– General Tallycor von Tylis, Bericht über die Waffenfähigkeit von Elementarmagie und Sterndeutung

Feuer in der Nacht.

Es ist spät, draußen sind die Geräusche verklungen, Tylis versinkt langsam in einen kurzen, rastlosen Schlaf. Draußen macht der Laternenanzünder seine Runde, nach und nach werden die großen Lampen angesteckt. Die langsam abkühlende Stadt flackert rot in ihrem Widerschein.

Tiberia hat einen dunklen Kapuzenmantel übergeworfen. Sie mag es nicht erkannt zu werden, wohl eine Angewohnheit aus ihrer Zeit als Straßenratte in Treva. Sie trägt eine kleine Öllampe aus Ton vor sich her, deren Flamme, erbärmlich schwach im Vergleich zu den Laternen, traurig gegen den Wind ankämpft.

Gemächlich durchwandert sie das Albenviertel, macht einen Bogen um das Fomorerviertel und gelangt schließlich zu den Außenbezirken. Hier kommt bald die Mauer der inneren Stadt, zu der nur wenige Zutritt haben. Die Häuser sind nicht mehr ganz so einfach und baufällig wie im Fomorerviertel. Hin und wieder durchbricht gar ein vierstöckiger Turmbau die Silhouette der Dächer.

Sie erreicht eine der großen Schlachtereien, umrundet vorsichtig das Gebäude und drückt sich an die moosbewachsene Steinmauer des Hinterhofs. Noch immer die Lampe in der Hand haltend, setzt sie ihren Fuß in eine Ritze zwischen den Steinen, die dafür gerade groß genug ist. Sie weiß das, denn sie selbst hat die Vergrößerung vor einiger Zeit in mühsamer Arbeit in die Mauer gekerbt.

Mit geübten Griffen zieht sie hinüber und lässt sich auf der anderen Seite zu Boden gleiten. Das Licht der Laternen gelangt nicht in den Hof und so ist ihre Lampe nun die einzige Lichtquelle. Sie hörte das leise Rascheln einer Handvoll Mäuse oder Ratten, die das Weite suchen.

Der Boden wird abends mit Wasser abgespült, anderenfalls wäre er über und über mit Blut bedeckt. Hier im Hof werden fast täglich Schweine geschlachtet, manchmal findet sich sogar noch in irgendeiner Ecke ein vergessener Tierkopf, den die Gesellen dann erst am Morgen unter dem Wutgebrüll der Meister wegschaffen.

Sie kniet sich hin und drückt den Nagelring in das Fleisch ihres Unterarms. Ein dünner Fluss roten Blutes ergießt sich auf ihren Unterarm und von dort auf den Boden des Hofs.

Sie verteilt die Blutstropfen vorsichtig mit dem Fuß, um eine größere Fläche abzudecken, und schließt die Augen. Das frische Blut ist noch voll von ihrem eigenen Thebronstaub. Sie atmet, so ruhig sie kann, und nach wenigen Sekunden lichtet sich der Schleier der Schwärze hinter ihren Lidern. Am Boden vor sich kann sie so klar wie Diamanten das Funkeln von Thebronkernen ausmachen. Vier entdeckt sie sofort, ein fünfter liegt etwas abseits am Boden und leuchtet nur ganz schwach. Vermutlich die Seelenkerne geschlachteter Schweine. Aber für Tiberia spielt die Herkunft der Kerne keine Rolle.

Sie konzentriert sich und bündelt ihren Willen in das langsam vertrocknende Blut aus ihrem Unterarm. Wie durch ein Portal greift sie über das eigene Blut auf den ersten Thebronkern, sofort reagiert der Seelenrest, sie fühlt, dass er sich ihr zuwendet. Sie greift nach einem Zweiten und Dritten. Zieht sie mit der Kraft ihres Geistes zu sich, zwingt sie schließlich in die schwächliche Flamme ihrer Handlampe. Erst ein Kern. Das eben noch dünne gelbe Licht beginnt weiß zu erstrahlen. Der zweite Kern lässt die Flamme eine vollendete Kugelform annehmen und als der dritte ankommt, löst sie die Kerne mit dem Feuer aus der Lampe und wie eine lebende Fackel brennt der erschaffene Feuergeist vor ihr in der Luft.

Sie erbebt vor Freude. Sie genießt die Geburt des willenlosen Wesens, saugt den Moment ein und speichert ihn in sich, um die wunderbare Erinnerung zu bewahren. Tiberia konzentriert sich und bewegt die Kerne aufeinander zu, um den *Königsfunken der Liosalfar* zu beschwören, einen der kraftvollsten Feuerzauber, den sie kennt, in der Lage selbst Eisen durchzubrennen, als sei es Pergament. Angeblich soll es der mächtigste Kampfzauber des Königs der Lichtalben gewesen sein. Allerdings soll er ihn mit 20 Thebronkernen beschworen haben – nicht das irgendjemand das heute noch wirklich wissen könnte.

Unaufmerksam für alles um sie herum, trifft sie die Stimme aus dem Dunkel wie ein Donnerschlag.

„So talentiert und so unvorsichtig."

Ohne den Feuergeist gehen zu lassen, dreht sie den Kopf, wenige Meter von ihr entfernt sieht sie eine dunkle Gestalt.

Schweigend lässt sie das Feuerwesen höher steigen, so dass der Lichtschein das Gesicht des Fremden beleuchtet.

Aus dem nur schemenhaft erkennbaren Gesicht eines zwergenhaft kleinen Mannes starren sie regungslos zwei kalte Augen an. Das rot der Flamme spiegelt sich matt in ihnen. Es ist einer der Tagelöhner, den sie bei ihrem Abschied in Ottlars Waffenschmiede getroffen hat.

„Frechheit brennt", flüstert Tiberia und lässt den Feuergeist langsam auf den Fremden zu sinken.

Mit einem verärgerten Fauchen macht der einen Satz nach hinten, in seinen Händen glänzt nun eine Sense. Im gleichen Moment spürt sie einen Luftzug hinter sich. Ein zweiter Mann ist in den Hof gesprungen und geräuschlos gelandet. In der Dunkelheit kann sie das breite Gesicht, mit dem buschigem Backenbart ausmachen. Es sind die *Tagelöhner*, denen sie bereits in Ottlars Schmiede begegnet ist.

Tiberia beendet die Beschwörung des *Königsfunken* und versetzt den weißglühenden Feuergeist stattdessen in eine schnelle Rotation, um *Taranis Feuerkreisel* entstehen zu lassen. Sie macht sich bereit den gesamten Innenhof, notfalls einschließlich ihrer selbst in Brand zu stecken. Doch bevor die Szenerie in Flammen aufgeht, unterbricht eine vertraute Stimme die Kampfhandlungen.

„Tibia, Tibia, Tibia, dein Talent ist unerschöpflich! Hör' auf mit dem Unsinn, wir wollen keinen Streit." Die massige Gestalt Ottlars schiebt sich ins Licht der tanzenden Flamme. Der Waffenhändler kichert leise in sich hinein. Er zieht einen kleinen Beutel aus dem Mantel und hält ihn Tiberia hin. „Tibia, nimm deine Goldstater und mach bitte das Licht aus. Ich passe dich nicht am anderen Ende der Stadt ab, damit du dann halb Tylis zu uns rufst."

„Ich lasse den Elementar gehen, wenn deine Galgenvögel hier verschwinden."

Die beiden Männer verschmelzen wortlos und routiniert mit der Dunkelheit. Eindeutig weit geschickter, als die üblichen Straßenschläger, denkt sie.

„Ich wollte dich nicht ängstigen meine liebe, aber nachts kann Tylis ein sehr unfreundlicher Ort sein. Besonders für gutsituierte Männer wie mich" Er reibt lächelnd seinen prächtigen Bauch.

Tiberia lässt den Feuergeist verlöschen und drückt ein Tuch auf die Wunde an ihrem Unterarm. Mit der langsam schwindenden Seelensicht sieht sie die drei Thebronkerne in der Luft hängen. Wenn es stimmt, was die Professoren an der Universität lehren, werden sie ganz langsam unter die Erde sinken, dann in den Weltenfluss tauchen und schließlich aus Midon hinausgetragen werden.

„Meine talentierte Tibia, wir sind dir bis ans Ende von Tylis gefolgt, um dir deinen Lohn zu geben." Er schüttelt grinsend sein Lederbeutelchen. „Nun, was gibt es Neues von dem alten Höhlenkriecher?"

Tiberia zuckt gelangweilt mit den Schultern, „was schon? Nichts. Sagte ich dir nicht, dass er nichts macht als in uralten Texten zu wühlen. Es gibt dort nichts neues, seit ich Anwärterin bin und es wird auch nichts neues geben, wenn wir alle längst zu Staub zerfallen sind."

„Ho ho ho", rumpeln die Laute aus der Kehle des kräftigen Mannes. „Tibia, Tibia, Tibia. Gäbe es denn nichts, was ihn aufscheuchen würde?"

„Ein Hinweis auf seine beknackte Wunderflöte vielleicht. Oder die Nachricht, dass seine geliebten Samorer wirklich existieren und gerade dabei sind neben Tylis einen Turm zu den Sternen zu errichten. Ansonsten fällt mir nichts ein. Wie du siehst ist jede Veränderung der Situation mehr als unwahrscheinlich."

Der Dicke wirft ihr den Beutel zu. „Auch gut", murmelt er, „wir werden sehen, was sie dazu sagen. Aber irgendwas fällt ihnen ja immer ein."

Ottlar und seine Eskorte wenden sich zum Gehen.

„Ach Ottlar, sag deinen Freunden sie sollen vorsichtig sein, hier in der Gegend werden Ratten oft einfach im Kanal ertränkt."

Aber die Nacht hat sie schon verschluckt. Erst jetzt bemerkt sie, dass ihr noch immer Blut aus dem Unterarm tropft. Vorsichtig verbindet sie die Wunde und macht sich auf den Rückweg.

11. KAPITEL

Maldan – Tylis, 21. Uath 1053

Verehrter Meister Tanklaff. Wie wir bei unseren langen und ausgesprochen anregenden Gesprächen über das samorische Fundament der Welt und die Handhabung der Sterndeutung besprochen haben, war ich im Wolfswald und bin den Hinweisen auf einen weiteren Schildfuchs nachgegangen. Obgleich ich keinen Schildfuchs fand, habe ich doch einige ausgesprochen interessante Erkenntnisse gewonnen. Ich traf dort auf ein Wesen namens Skeldbart, das eine erstaunliche Ähnlichkeit mit euch und euren Geschwistern aufwies. Und nicht nur das, das Wesen scheint tatsächlich den Zugang zu einer bisher unbekannten Samorer-Zitadelle zu kennen. Ich habe alles in meiner Aufzeichnung 522 niedergelegt. Ich werde euch diese so bald wie möglich bringen, damit wir zusammen darüber beraten können. Ich plane in wenigen Wochen, über die Hügel der Baronate nach Tylis zu reisen. Dann mehr zu allem.

– Schriftgelehrter Koljann, Brief an Tanklaff

Als endlich die Sonne aufgeht und der neue Tag beginnt, ist Maldan schon seit Stunden wach. Den Abend zuvor hat er wieder nur in der Gilde verbracht. Zu groß erscheint ihm die Gefahr, dass doch noch ein Jagdkommando der Beschraner auf ihn lauert. Selbst, wenn die *Zinnober Gold* den Hafen wieder verlassen hat, früher oder später wird wieder eines in Tylis landen. Vielleicht die *Karmesin Rubin* oder die *Scharlach Schatz*. Er weiß, dass die Kapitäne befreundet sind und oft Informationen austauschen. Es ist sicherer, im Schutz der Gilde zu bleiben, bis das Jahr verstrichen ist. Aber die Universität ist ja nur wenige Meter entfernt, das Risiko kann er eingehen, oder?

Die letzte Stunde hat er bei den Söldnern im Kellergewölbe verbracht, Messerwerfen geübt, geredet und getrunken. Sie haben ihm von Schlachten und Feldzügen erzählt, an denen sie teilgenommen haben, er hat sich mit See-Geschichten revanchiert. Von den gespenstischen Albenschiffen, dem riesigen Wels an der alten Brücke oder Gefechten mit Piratenschiffen.

Manche der Söldner mögen ihn und geben ihm von ihrem billigen Wein ab. Einmal haben sie sogar angeboten, ihn im Schwertkampf zu unterrichten, aber Maldan hat abgelehnt. Ein Schwert kostet mehrere Goldtstater, Maldan hat nichts als zwei alte Leinenhosen und ein stumpfes Kombüsenmesser. Er wird wohl nie genug Gold haben, um sich ein Schwert kaufen zu können. Stattdessen übt er eifrig mit den Söldnern Messerwerfen, rotierende Würfe, gerade Würfe, Würfe von oben und von unten, hin- und wieder auch Messerkampf. Seit sie ihn und Domaro vor dem Jagdkommando gerettet haben bewundert er die Kämpfer. Wie große Brüder erscheinen sie ihm, nicht alle freundlich oder auch nur höflich, aber jeder bereit mit dem eigenen Körper die Gilde zu schützen. Die Gilde, die nun seine Heimat ist.

Er wirft dem dicken Flaco das Messer zu und verabschiedet sich.

„Ja, lern´ nur zaubern Kleiner, mit dem Messer brauchst du bei keinem Schwertkampf auftauchen", lacht Trebblo. „muss er ja auch nicht", brummt Flaco freundlich, „der Junge wird mal Kartograf und dann müssen wir für ihn die Schwerter schwingen, warte nur ab."

Maldans Mund verzieht sich zu einem halben Grinsen. Die Bewegung wird seinen Lippen immer vertrauter.

Er durchquert das Gewölbe, eilt die breite Treppe hoch, durch das Erdgeschoss zum riesigen Eingangstor. Die Söldner machen ihm Platz und gemeinsam mit einem halben Dutzend anderer Gildenmitglieder, Anwärter und Novizen läuft er zur Universität. Unterwegs gesellt sich Hadral zu ihm, der heute ein purpurnes Hemd und einen Seidenschal trägt. Die erneut so seltsame und teure Kleidung des Anderen irritiert Maldan, sie steht wie eine Mauer zwischen ihnen, über die sie hinweg rufen müssen.

Hinter Ihnen geht Senja, die offenbar ebenfalls zu einer Zaubervorlesung will. Als sie vor dem Tor der Universität ankommen, begegnen sie einigen Anwärtern aus Turm VI, Falas-Dufats-Gruppe. Er sieht die beiden Jungen aus Segos, den lockenköpfigen Schlaumeier und einen älteren Jungen mit schulterlangen Haaren.

Der größere der beiden Segosi wendet sich gezielt Hadral zu und ruft lachend „na, da habt ihr uns ja einen ganz schönen Streich gespielt mit dem Gartentroll."

Hadral sieht ihn verständnislos an, aber Maldan erkennt sofort, dass sich während der Große spricht die anderen drei zu den Seiten bewegen und beginnen sie einzukreisen. Ohne zu Zögern springt er den ihm am nächsten stehenden Gegner, den Lockenkopf an und wirft ihn mit Schwung zu Boden, doch noch ehe er nachsetzen kann, hat ihm der Langhaarige einen ordentlichen Schwinger in den Magen versetzt und schon ist eine wilde Prügelei im Gange. Die vier Angreifer treten und schlagen auf Maldan, Hadral und Senja ein.

Während Hadral fast gar keine Gegenwehr leistet, verteilt Senja wenigstens ein paar gut gezielte Faustschläge, bevor sie zu Boden geht. Nur Maldan gelingt es, trotz einiger harter Treffer mit blutiger Unterlippe stehen zu bleiben. Während er mit dem erheblich größeren Jungen kämpft, versorgen die anderen Angreifer Hadral und Senja mit Fußtritten. Nach kaum zwei Minuten ist die Angelegenheit beendet. Als klarer Sieger ziehen die Segosi davon, der schwächliche Lockenkopf konnte ein paar Dritte loswerden und der Langhaarige hat ebenso ausgeteilt, wie eingesteckt.

„Merkt euch das, solche Scherze können wir jeden Tag machen ihr miesen Ratten!“

Maldan hilft den beiden anderen auf. Ihm ist gar nicht wohl, die Schläge waren kaum der Rede wert im Vergleich zu dem, was er jahrelang auf der *Zinnober Gold* eingesteckt hat, aber die Schlägerei hat Aufmerksamkeit auf sich gezogen und das ist das Letzte, was ein entlaufener Sklave gebrauchen kann.

So schnell wie möglich drängt er die beiden anderen Anwärter auf das Gelände der Universität, wo ein Jagdkommando wohl nicht zugreifen kann – hofft er.

Schlimmere Verletzungen hat keiner, eine blutige Nase, eine gerissene Lippe, ein geschwollenes Auge, mehr ist es nicht.

Senja staubt gelassen ihre Kleidung ab und zuckt mit den Schultern, „damit musste man wohl rechnen. Wir müssen mit den anderen reden und schauen, wie wir das vergelten. Undall hat bestimmt eine gute Idee."

Hadral hingegen ist so schockiert, dass er kaum ein Wort herausbringt, sein schöner Schal ist zerrissen, sein Hemd mit Schmutz und Blut bedeckt.

Die blonde Anwärterin redet ungerührt weiter „schade, dass er nicht hier war, mit Undall wäre die Sache anders ausgegangen. Hat aber letztes Jahr schon das geforderte Seminar abgeschlossen", sie zuckt wieder mit den Schultern.

Maldan verabschiedet sich und betritt das Seminargebäude II. Seine Aufregung steigt, endlich die zweite Vorlesung in Elementarzauberei und dann Tessrin wiedersehen!

Als er durch die Tür des langgestreckten Gebäudes geht bemerkt er einen Schatten hinter sich. Neben der Tür lehnt ein buckliger Mann. Bewegungslos wie ein Stein steht er da. Er erinnert entfernt an einige der älteren Beschraner auf der *Zinnober Gold*. Seine Leinenkleidung unterscheidet ihn nicht von den meisten Tyliern. Auf dem Kopf trägt er eine einfache Stoffmütze, die seine Augen verschattet. Maldan versucht, nicht mehr hinzusehen, aber seine Gedanken kann er nicht abwenden. Und wenn es ein Sklavenjäger ist? Vielleicht suchen sie hier nach ihm und warten dann vor der Universität.

Vorne hat der Dozent längst zu sprechen begonnen, sein sorgfältig geschnittener Bart wippt, während seine Stimme durch den riesigen Raum dröhnt.

„Heute ist der wichtigste Tag für alle, die tiefer in die Kunst der Elementarmagie eindringen wollen." Er deutet auf einen großen Trog vor sich, der randvoll mit einer Flüssigkeit gefüllt ist. „Hier haben wir 50 Libra Wasser, darin befinden sich Thebronkerne. Einige meiner besten Novizen haben die Kerne mit Zauberkraft im Trog gehalten, denn einfach herumtragen kann man Thebron nicht.“ Erwartungsvoll und mit wissendem Lächeln sieht er seine Zuhörerschaft an. „Nun wollen wir herausfinden, wer von euch die Kraft hat einen Thebronkern zu bewegen. Bildet eine Schlange und stellt euch hier vorne bei mir an. Jeder bekommt eine Chance.“

Die Menschen strömen nach vorne, viele sind aufgeregt und reden durcheinander, andere sind still und gespannt. Maldan schließt sich ihnen an. Wie zufällig dreht er den Kopf kurz zur Seite, um zu sehen, was der Mann am Eingang macht. Ihm wird eiskalt und auf seinem Rücken bilden sich Schweißperlen. Er steht unverändert da und schaut auf die Menge, kein Anzeichen, dass er auch an dem Test teilnehmen will, keine Bewegung zum Wassertrog. Das kann nur bedeuten, dass er sich überhaupt nicht für die Vorlesung interessiert. Vielleicht weil er etwas ganz anderes hier sucht, einen entflohenen Sklaven vielleicht? Maldan spürt, wie ihm das Blut aus dem Gesicht weicht, wie in Trance folgt er den anderen Studenten. Im Hintergrund ist immer noch die bedeutungsschwere Stimme des Dozenten zu hören, aber Maldan nimmt sie kaum noch wahr.

„Es ist sehr schwer für Anfänger auch nur einen einzigen Thebronkern im Trog zu entdecken, bemüht euch, wechselt zur Seelensicht, hier liegen Messer für diejenigen die mehr Blut benötigen, um zu sehen. Heiler sind nicht weit, auch größere Blutverluste können wir behandeln, scheut euch nicht, heute ist der Tag, an dem ihr erfahrt, ob ihr die Fähigkeit habt Elemente mit eurem Geist zu bewegen!“

Immer wieder sieht Maldan unauffällig hinter sich, der Mann scheint desinteressiert, fast schläfrig, nie sieht er Maldan direkt an. Genau so würde auch ein Kundschafter der Beschraner handeln, denkt Maldan und tastet nach dem Kombüsenmesser. Soll ihm das Leben in Freiheit schon so schnell wieder genommen werden?

Als er vor dem Dozenten steht, nimmt er mechanisch eines der unbenutzten Messer, säubert es am bereitliegenden Tuch und ritzt seine Haut am Unterarm auf, bis ein Blutstropfen ins Wasser des Trogs fällt.

„Nicht so schüchtern Junge, du brauchst viel mehr als das, wenn du einen Thebronkern finden willst“, ermutigt ihn der Dozent.

Maldan schließt die Augen und zwingt seine Gedanken einen Moment weg von dem Feind am Eingang. Matt glänzend sieht er das Wasser vor sich im Behälter. Es ist gefüllt mit Thebronstaub, im Wasser sieht er zwei Thebronkerne leuchten, am Boden erkennt er vage drei weitere.

„Nun, wenn du einen Kern entdecken kannst, versuche ihn mit deinen Gedanken zu fassen. Der Blutstropfen wird zu wenig sein, aber wenn du noch etwas tiefer schneidest, kannst du deinen Willen durch das Blut in die fremden Thebronkerne zwingen.“

Maldan konzentriert sich auf den Kern, der der Wasseroberfläche am nächsten ist und befiehlt ihm, aufzusteigen. Während der Kern nach oben schwebt, spürt er, wie der Dozent ihm das Messer noch einmal kräftiger in den Arm drückt. Aus weiter Entfernung bemerkt er den stechenden Schmerz, mit der Seelensicht sieht er, wie gemeinsam mit weiteren Blutstropfen auch weiterer Thebronstaub aus seinem Körper in den Wassertrog sinkt. Augenblicklich beginnen alle Thebronkerne im Bottich, nach oben zu steigen. Maldan lässt sie los und vollendet die Bewegung des ersten Kerns. Dieser durchstößt die Wasseroberfläche, mit ihm steigt eine Handvoll Wasser auf, das sich nun genauso nach oben bewegt, wie ein Tropfen nach unten stürzt. Es ist eine erstaunliche Umkehrung der Natur, die Maldan für einen Moment den verdächtigen Mann vergessen lässt.

Der Dozent neben ihm lacht respektvoll auf „na also, hier haben wir ein Naturtalent! Wie ihr seht war meine Hilfe ausschlaggebend. Ein halber Libra Blut genügt oftmals, um die notwendigen Kräfte freizusetzen. Mit mehr können diejenigen von euch, die über eine besondere Begabung verfügen sogar zwei oder drei Kerne gleichzeitig bewegen."

Er tätschelt freundlich Maldans Arm, „das ist für dieses Mal genug, du bist in meinem weiterführenden Seminar der Zauberkunde angenommen aber ich will nicht jetzt schon die Heiler rufen müssen, weil du vor Erschöpfung zusammen brichst."

Maldan verlässt die Seelensicht und das Wasser platscht zurück in den Trog. Die Kerne vom Boden des Bottichs, die kurz davor waren, ebenfalls die Wasseroberfläche zu durchstoßen, sinken wieder nach unten.

Neben ihm redet der Dozent unbekümmert weiter. „Ihr seht wie der Thebronkern Wasser mit sich zieht. Das geschieht hier zufällig, weil die bewegten Kerne manchmal auch die Stoffe um sich mitziehen, wenn sie durch Zauberei gefasst werden. Später werden wir lernen, wie echte Zauberer gemeinsam mit dem Thebron das umliegende Element beherrschen können. Die meisten sind dabei auf ein einziges Element beschränkt, mancher hat sogar auf zwei der vier Grundstoffe Zugriff. Aber schon die Beherrschung weniger Kerne kann mit der richtigen Kenntnis des Elements dazu befähigen sehr nützliche Zauberei zu wirken. Die *fliegende Meerfaust* zum Beispiel oder *Cridbels endlosen Tropfen*. Dazu werden wir jedoch noch lange nicht kommen, zunächst finden wir heraus, ob ihr überhaupt das nötige Talent mitbringt."

Maldan hört ihn kaum, aus den Augenwinkeln kann er verschwommen erkennen, dass sich die Eingangstür öffnet und wieder schließt. Der Bucklige ist verschwunden. Jetzt tritt ihm Schweiß auf die Stirn und seine Handflächen werden klamm. Er deutet eine Verbeugung an und drängt sich zurück in die Menge. Als die Augen aller auf dem nächsten Studenten liegen, geht er schnellen Schrittes zum Ausgang.

Vorsichtig schiebt er die Tür auf und guckt hinaus. Nichts ist zu sehen, der Platz vor den Seminargebäuden ist leer, da noch keine Vorlesung beendet ist. Auch den Fremden kann er nirgends sehen. Er stürzt aus dem Gebäude und sprintet über den Platz zum hinteren Ende des Universitätsgeländes.

Dort hat er schon beim letzten Mal einen Baum entdeckt, der so nah bei der Mauer steht, dass man über ihn vielleicht das Gelände verlassen kann, ohne durch das Tor zu müssen. Tatsächlich, getrieben von der Angst und mit rasendem Herzen zieht er sich die Äste hoch, macht einen gefährlichen Sprung auf die Mauer und lässt sich auf der anderen Seite fast zehn Ellen nach unten fallen. Mit schmerzenden Knien rennt er von dort rund um die Universität, bis er zum hinteren Gildeneingang gelangt. Niemand hält ihn auf, nass vor Angstschweiß und mit zitternden Beinen kommt er in der Gilde an. Die Söldner am Eingang mustern ihn argwöhnisch, als aber keine Verfolger auftauchen, entspannen sie sich wieder. Maldan hingegen fällt erschöpft auf das Bett in seiner Kammer und schließt die Augen.

Seine Gedanken werden ruhiger, ihm wird klar, dass er nicht mehr sicher zur Universität gehen kann. Zu groß ist die Gefahr, dass eines Tages ein Fangkommando dort warten wird.

Tessrin! denkt er plötzlich. Und das bleibt lange sein einziger Gedanke, während ihm das Herz schwerer wird. Wie soll er sie je wiedersehen? Es wäre zu gefährlich, sie in der Stadt zu suchen. Jederzeit könnte ein Beschranischer Sklavenjäger im Hafen anlegen und Jagdkommandos losschicken. Zugleich frei und in Gefangenschaft denkt er. Erst jetzt fällt ihm das feuchte Gefühl am Unterarm auf, das Blut aus der Wunde färbt das Laken rot.

12. KAPITEL

Nimgart – Tylis, 29. Uath 1053

Wer also waren diese sagenhaften Samorer, die angeblichen Urväter der Fomorer und Entdecker der Sterndeutung?

Die Wahrheit ist, wir können nicht einmal sicher sein, dass es dieses Volk je gab. Alles beruht auf teilweise recht fantasievollen Deutungen.

Richtig ist, dass nicht weit von Tylis entfernt vor vielen Jahrzehnten ein uraltes Gewölbe entdeckt wurde. Dort wurden die bisher einzigen Sterndeutungskarten gefunden. Auf einem Dutzend jahrtausendealter Vulkanglasplatten hatte irgendjemand die Geheimnisse der Himmelskörper niedergelegt. Auf diesen paar Platten beruht die gesamte Kunst der Sterndeutung, die in Tylis gelehrt wird.

Über die Verfasser der alten Karten wissen wir nichts. Immer wieder tauchen in den alten Texten auch Berichte von der sagenhaften Zitadelle der Samorer auf, angeblich die Steuerzentrale ihrer Macht.

– Lenslar, Kartograf der 4. Stufe „Überlegungen zur Geschichte Midons“

Tief in der Nacht, Nimgarts Augen sind geschlossen, die Pupillen haben sich nach oben gewendet, tauchen die alten Bilder wieder auf:

Er steht gemeinsam mit seinem jüngeren Bruder im großen Saal der Baronatsburg. Schweigend betrachten sie die unheimliche Schönheit des blutroten Sonnenuntergangs. Von hier oben können sie fast eine Meile ins Tal blicken. Wie die glühenden Finger eines Riesen ziehen sich die Sonnenstrahlen nach und nach aus dem Tal zurück. Nur die Burg ist noch vollends ins rot der sterbenden Sonne getaucht. Es ist der schönste Anblick, den er je gesehen hat, das Tal seiner Kindheit in die wunderbarsten Farben des verendenden Gestirns getaucht.

Die beiden Wachen am Eingang des Saals erscheinen im Schatten des Torbogens pechschwarz. Ihre Armbrüste und Speere sind nur zu erahnen.

Da betritt der Hofmeister schnellen Schrittes den Raum und zertritt die Idylle des Moments. „Der Baron ist verunglückt! Es lebe unser neuer Fürst, Baron Candalbo Sargart von Abendfall! Preiset den neuen Herrscher!“ Lächelnd umarmt er erst Nimgart, dann seinen arglosen kleinen Bruder. Nimgart ist wie versteinert. Seine Gedanken überschlagen sich, seine Hände sind augenblicklich schweißnass, sein Herz rast. Wie kann er fliehen, bevor Candalbo sich der unerwünschten Konkurrenz seiner Brüder entledigt? Die Burg ist in den Berg gehauen, es gibt nur eine einzige Treppe zum Saal. Es hat noch nie jemand gewagt, den Berg abseits der Stufen zu erklettern. Vielleicht kann man es aber schaffen, wenn das Leben davon abhängt?

Er hat seine Überlegungen noch nicht beendet, da entfernt sich der Hofmeister lachend und kündigt an, mit dem besten Traubenwein der Baronate zurückzukehren, um auf den neuen Baron anzustoßen. Nimgart sieht, wie das Lächeln auf dem Gesicht des Hofmeisters verlischt, noch ehe er sich ganz umgedreht hat. Er greift nach der Scheide des Mausbalgers, um die Waffe zu ziehen. Aus den Augenwinkeln sieht er, wie der Hofmeister den Wachen etwas zuflüstert. Sofort treten sie aus dem Schatten des Torbogens und bewegen sich auf Nimgart und seinen Bruder zu. Erst jetzt wird seinem kleinen Bruder klar, was ihnen droht. Er hechtet ebenfalls zum Tisch, um sein eigenes Schwert zu greifen, da schlägt auch schon ein Bolzen in seinem Bauch ein. Keuchend kracht er gegen den Tisch. Er versucht noch die Klinge zu ziehen, da durchstößt ihn der zweite Wächter mit dem Speer. Die Waffe dringt mit solcher Wucht in seine Brust, dass die Spitze am Rücken wieder heraustritt. Tot sinkt er zu Boden und dabei ist er nicht einmal sechzehn Jahre alt.

Nimgart springt vorwärts, bekommt das Holz des Speers mit der Linken zu fassen und hackt mit dem Mausbalger auf den Oberkörper des Mannes ein. So hart erwischt er ihn in an der Schulter, dass der Arm beinahe abgetrennt wird. Er will auf den Zweiten los, da trifft ein Armbrustbolzen seinen Hals. Er verfehlt nur um Haaresbreite Schlagader und Kehlkopf. Nimgart taumelt zurück und presst die Hand auf die Wunde. Die Todesangst verleiht seinem noch jungen Körper übermenschliche Kräfte, mit nur einer Hand schleudert er einen der Stühle auf den Wächter, scheppernd gehen beide zu Boden. Noch immer hält er sich mit der anderen den blutigen Hals. Und so erwacht er, die Hand an die Kehle gepresst, im sinnlosen Versuch eine Blutung zu stillen, die schon vor langer Zeit versiegt ist.

Diesen Traum hat er seit vielen Jahren nicht mehr gehabt. Verwundert steht er auf und kleidet sich an. Der Hals schmerzt etwas, so fest hat er die Hand gegen ihn gedrückt.

Er verlässt die Kammer und dann die Gildenburg, um den benachbarten Sterndeuterturm aufzusuchen. Es ist noch so früh, dass er nicht einmal schwitzt. Die Luft ist noch frisch und belebt ihn angenehm. Nachdenklich steigt er die Treppen des Turms empor, kein Mensch begegnet ihm.

Die kunstvoll gekrümmten Wände der Kuppel sind mit dünnen Linien verziert, die alle bekannten Sternbilder und Himmelskörper zeigen. Im schwachen Licht der Morgensonne kann Nimgart die feinen Kerben sehen, die die Umrisse des *Schwimmers* zeigen und direkt darüber das Sternbild der *Walsterne*.

Der Raum ist gefüllt mit Dutzenden Glaskästen, in denen sich Abschriften der sagenhaften Sterndeuter-Karten befinden.

Jetzt schimmern die Glaskästen im frühen Licht des Tages rot. Niemand außer ihm ist hier. Zugang haben ohnehin nur Kartografen und Mitglieder der Sterndeuterakademie.

Immer, wenn Nimgart etwas Zeit hat, kommt er hierher und genießt die einzigartige Mischung aus Ruhe und Hoffnung. Die Verheißung der Wunder, die Sterndeutung vermag. Früher hat ihn jeder Besuch mit einem tiefen Gefühl der Verwunderung erfüllt, er hatte das Gefühl Zeuge mächtigster Magie zu sein. Dieses Gefühl lässt immer mehr nach. Er weiß, dass es mit Pétrs Tod begonnen hat. Die Kälte der Baronate kehrt zurück, ebenso wie die Sehnsucht nach der verlorenen Heimat. Sie hat in seinen Augen begonnen, als die letzte Träne für Pétr geflossen ist, und dann seinen Kopf erfasst, bald wird sein Herz wieder aus Eis sein.

Er setzt sich vor einen der Kästen und studiert die aufgemalte Sternkonstellation und die am Rand hinzugefügten Additionen. Seine Muskeln schmerzen vom Training mit den Söldnern fast ebenso wie sein Hals.

Wenn er doch nur mehr über die Sterndeutung lernen könnte, sicher würde er Zaubersprüche finden, mit denen er die Herrschaft über sein Baronat zurückerlangen könnte. Wie viel ist noch verschollen, denkt er, lediglich acht Vulkanglasplatten der Samorer hat man gefunden. Es muss mehr geben, verborgen in irgendeinem alten Stollen oder am Grund eines vergessenen Sees. Seine Gedanken tragen ihn zurück zu Tanklaffs Turm. Bisher unbekannte Schriften hat er dort gesehen, auf Tierfellen an den Wänden, ein unermesslicher Schatz.

Er spürt einen leichten Zug an den Knöcheln und fährt blitzschnell herum, die Hand schon am Heft des Mausbalgers. Jemand hat die Luke zum Turmzimmer geöffnet.

Mialas Mädchengesicht erscheint in der Öffnung. Wie eine rote Krone legt sich das Sonnenlicht auf ihre kurzen, eigentlich steingrauen Haare.

„Verehrter Nimgart, was für eine schöne Überraschung."

Er entspannt sich. „Ich wusste nicht, dass du dich für Sterndeutung interessierst, ich dachte, du würdest dich mehr mit Elementarmagie beschäftigen."

Geschickt zieht sie sich hoch und steht im Raum. „Das stimmt auch. Meister Falas-Dufat hat mich angewiesen eine bestimmte Deutung zu überprüfen, es steht ja der Monatswechsel an, es werden also bald andere Deutungen an Kraft gewinnen. Was verschlägt dich hierher?"

„Ich bin zum Nachdenken hergekommen, es sind schwierige Zeiten."

„Ja, das Attentat hat uns alle schockiert", pflichtet sie ihm bei. „Ihr habt großes Glück gehabt oder seid ein ausgesprochen geschickter Kämpfer, Hissan galt nach Galen als der beste Kämpfer der Kompanie."

„Hätte ich Glück gehabt, wäre Pétr noch am Leben", antwortet Nimgart düster.

Miala nickt mitfühlend.

Sie schweigen einen Moment, schließlich fährt die kleine Frau fort. „Ich verstehe euer Interesse an den Sterndeuterkarten, es ist schon unglaublich, was in grauer Vorzeit erschaffen wurde." Ihre Stimme wird plötzlich leiser „noch viel spannender müssen die Karten sein, die Meister Tanklaff in seinem Turm aufbewahrt. Sie sollen noch machtvollere Deutungen enthalten, als wir hier haben."

Nimgart sieht sie fragen an, „Ach ja?"

„Aber ja, er hat einige Fragmente in seinem Besitz, die nicht aus dem Gewölbe im Osten stammen. Wo auch immer er sie gefunden hat, aber er spürt diesen Dingen ja seit Jahrzehnten nach."

„Er wird sie wohl auf dem Fomorermarkt gekauft haben", überlegt Nimgart.

„Ja, vielleicht. Natürlich kann man verstehen, dass er so einzigartige Schätze nicht einfach der Sterndeuterakademie oder der Gilde überlässt. Schade ist es trotzdem, der Raum hier könnte sonst vielleicht doppelt so voll sein, denkt ihr nicht", antwortet sie und dabei sucht ihr Blick seine Augen.

„Du warst mit Falas-Dufat im Norden nicht wahr?" Wechselt Nimgart das Thema. „Ihr sollt den letzten Lichtalb gefunden haben."

„Die mögliche Ruhestätte des letzten Lichtalbs", korrigiert die Kartografin, „in der Gilde neigt man zu Übertreibungen.

Das erzähle ich euch gerne ein anderes Mal ausführlicher, vielleicht heute Abend im Kantinensaal. Es wird sicher auch Tanklaff interessieren, immerhin soll dieser Stromlokk doch vom König der Lichtalben geschaffen worden sein."

„Das wird Tanklaff in der Tat interessieren", murmelt Nimgart, „das und die nächste Lieferung Südlandtermiten", ergänzt er. Dann schweift sein Blick zu der aufgehenden Sonne am Horizont. Irgendwo dahinter, wenige Tagesreisen im Nordwesten liegen die Baronate. Mörderisch und wunderschön. Wie gerne er noch einmal aus dem großen Saal der Baronatsburg den Sonnenaufgang sehen würde.

13. KAPITEL

Tiberia – Tylis, 30. Uath 1053

Unzählige Berichte belegen, dass Lebewesen wiedergeboren wurden. Dies lässt sich aus ihren Erinnerungen folgern, aus Geheimwissen, das viele schon in jungen Jahren haben und das sie in ihrem gegenwärtigen Leben niemals hätten erlangen können. Dadurch können wir mit Sicherheit sagen, dass es außer Midon noch mindestens zwei weitere Welten gibt. Auch der tief unter der Erdoberfläche gelegene Weltenfluss, der die Seelenkerne Verstorbener in die nächste Welt spült, ist durch Augenzeugen belegt. Damit enden unsere Gewissheiten jedoch. Ob es tatsächlich vier kreisförmig angeordnete Welten gibt, durch die sich die Seelen nach dem Tod bewegen, und ob tatsächlich die verschwundenen Samorer diesen Kreislauf erschaffen haben, ist ebenso ungewiss wie die Frage, ob es den rebellischen König Nechta gibt. Mir ist schleierhaft, worauf manche Kollegen, wie der ehrenwerte Tanklaffs, ihre Überzeugung stützen. Ich hoffe, nach meinem Tode mehr darüber sagen zu können.

– Giashor, Meisterkartograf, „Betrachtungen zur Metaphysik Midons“

Tiberia sitzt im Lesesaal und versucht halbherzig, sich ihre Langeweile nicht anmerken zu lassen. Sie stellt sich vor, was ein einzelner Funke hier anrichten könnte. Jeder der Schreibtische ist über und über mit Schriftrollen bedeckt, Wachstafeln und beschriebenen Tierhäuten. Am besten würden sicherlich die Pergamente brennen, die Tierhäute sind schwieriger, aber die Wachstafeln wären gut als Brandnahrung geeignet.

Nimgart ist gerade in der Biliothek aufgetaucht und die Anwärter und Novizen nerven ihn mit Fragen.

„Es würde uns helfen, wenn wir mehr über den Ursprung dieser Reliquie wüssten", hört sie diesen vertrottelten Schnösel mit der teuren Kleidung sagen.

„So, warum? Ihr wisst, wie die Reliquie aussieht, wofür sind weitere Informationen notwendig?" Das Knurren kommt von Nimgart, dem alten Bluthund. Er verstrahlt seinen eigentlich nicht unangenehmen, aber viel zu intensiven Geruch, den er zu allem Unglück auch noch mit Unmengen Lotus zu überdecken versucht. Noch mehr als die anderen Männer im Raum schwitzt er wie ein Schwein. Manchmal denkt Tiberia, wenn sie nicht so furchtbar viel schwitzen und stinken würden, würden Männer sie genauso anziehen, wie Frauen. Ihre Augen wandern zu Senjas hübschem Gesicht. Leider kann sie ihr Aroma unter den Schweißwolken von Mohit, Nimgart und Undall gar nicht wahrnehmen. Außerdem wird sie wohl, mal wieder mehr nach Undall als nach sich selbst riechen.

Irgendwer hat etwas gesagt, das ihr entgangen ist. Nimgart antwortet, „die Reliquie soll möglicherweise vom König der Lichtalben stammen und in der Scherbenschlucht verloren gegangen sein. Wozu sie gemacht wurde, ist aber unbekannt. Vielleicht einfach als Herrschaftsinsignie, vielleicht war sie aber auch mehr. Wir wissen es nicht."

„Warum wenden wir uns nicht an Falas-Dufat oder Miala, das sind doch die Experten für Albenkunde, haben sie nicht letztes Jahr einen Lichtalb gefunden?" Fragt Undall mit seiner Reibeisenstimme.

„Die *Ruhestätte* eines Lichtalben", korrigiert Nimgart genervt, „nein, Tanklaff und Falas-Dufat sind ibekanntlich eher Konkurrenten. So, Ende der Fragestunde. Morgen muss ich zum Fomorermarkt, du, du und du. Ihr kommt mit."

Es ist schon lustig, denkt Tiberia, wie er versucht, seine angeborene Arroganz zu verbergen. Mit ihm verlässt auch eine Wolke blauer Lotus den Raum. Sie fragt sich, ob er wirklich glaubt, dass aufdringliche Zeug rieche viel besser als Schweiß.

Als er weg ist, legt sie die Füße auf den Tisch und setzt den Lederschlauch an den Mund. Der warme Geschmack des Weins füllt prickelnd ihren Mund. Nimgart wird nicht wieder kommen, er trainiert seit dem Attentat jeden Abend mit den Söldnern.

Das scheint auch den anderen bewusst zu sein, denn nach wenigen Minuten verabschieden sich Undall und Senja, sie kann riechen, wie das Blut der beiden aufwallt, noch bevor sie ganz aus dem Raum sind. Danach navigiert sich der riesige Mohit durch die Tür und zuletzt geht auch der Schnösel aus Treva.

Nur der istrische Junge bleibt sitzen.

Tiberia wünschte, er würde auch gehen.

Nach der Schmach die Dozentenstelle nicht bekommen zu haben, will sie nicht in die üblichen Tavernen. Lieber schleicht sie wieder in die Schlachthöfe und sucht nach Thebronkernen. Dafür ist es aber leider noch viel zu früh.

Eine Zeit lang trinkt sie ihren Wein und sieht zu, wie der Junge vorgibt zu arbeiten.

Aus purer Langeweile sticht sie schließlich den Nagelring in ihre Fingerkuppe und lässt einen einzelnen Blutstropfen auf den Boden fallen. Langsam wird ihr Blickfeld um die Seelensicht ergänzt.

„Bist du eine Zauberin?“

Sie sieht überrascht auf, der stille Junge hat tatsächlich etwas gesagt.

„Du wendest die Seelensicht an, nicht wahr?“

„Was sagt man dazu ein kleiner Hexenmeister mitten unter uns“, spottet sie.

Der Istrier sieht sie mit einem kaum wahrnehmbaren Anflug von Verärgerung an, „Kleiner? Ich bin einen Kopf größer als du und kaum jünger. Ich habe die Seelensicht schon angewendet, es gibt hier keine Thebronkerne.“

„Ach so, der Hexenmeister weiß einfach alles!“ Sie lehnt sich grinsend zurück. „Dann erzähl mal großer Meister, hast du die Anfängervorlesung besucht? Haben Sie euch schon die Anfängersprüche beigebracht?“ Sie gibt ein amüsiertes Schnurren von sich.

„Wenn du nichts dagegen hast, werde ich selbst einmal nachsehen, statt mich auf die Meinung eines Erstsemesters zu verlassen.“

Ihre Augen werden glasig und sie betrachtet den Raum durch die Seelensicht. Der Junge hat recht, ist ihr erster Gedanke, nirgends am Boden ist das Leuchten eines Kerns zu erkennen. Doch als sie die Decke genauer untersucht, kann sie ein schwaches Schimmern sehen. Irgendwo im Stein befindet sich ein Thebronkern, der es bisher nur halb durch die Holzbalken geschafft hat, vermutlich wird es noch Tage dauern, bis er sie durchquert hat.

„In diesem Raum sind ein halbes Dutzend Seelenkerne, vermutlich tote Ratten oder die Seelen von Lebewesen, die über uns gestorben sind“, lacht sie.

Plötzlich hat der Istrier ein Messer in der Hand, er schneidet sich in die Handfläche und schließt die Augen. Sie ist überrascht, wie schnell er sie wieder öffnet.

„Du lügst, es ist nur ein einziger, er hängt in der Decke, vermutlich erst seit ein paar Stunden."

Tiberia lässt sich nicht anmerken, wie beeindruckt sie von seiner schnellen Antwort ist. Er hat einen erstaunlich leichten Zugang zur Seelensicht.

„Bravo junger Rungannn!"

Sie drückt sich den Nagelring in die Hand und greift nach dem Kern. Mühelos zieht sie ihn nach unten und lenkt ihn in die Flamme einer der Öllampen. Dann beschwört sie *Trevas wanderndes Kerzenlicht* und die Flamme löst sich aus der Lampe, schwebt in die Mitte des Raums und bleibt dort wie ein magisches Glühwürmchen hängen.

An seinen geweiteten Augen kann sie sehen, wie fasziniert der Junge ist. Ansonsten lässt er sich nichts anmerken.

Zufrieden betrachtet sie das Flackern ihrer Kreatur. Nichts erfüllt sie so sehr, wie beschworene Thebronkerne. Natürlich verfügt jedes Lebewesen über einen Seelenkern, aber matt und kraftlos erscheinen ihr diese gebundenen, im Vergleich zu denen die nicht mehr am lebendigen haften.

Plötzlich geschieht etwas Merkwürdiges. Der Kern versucht sich, aus dem Feuer zu lösen. Schwer wie Blei wird er und drängt mit aller Kraft nach unten heraus aus der Flamme.

Sie kneift die Augen zusammen, um die Ursache zu finden. Auf einmal wird ihr klar, was geschieht. Es ist der Junge, er versucht mit Gewalt die Kontrolle über den Kern zu erlangen und ihn vom Feuer zu lösen. Sein Talent ist erstaunlich. Tiberia presst den Nagelring stärker ins Fleisch, ein Blutschwall ergießt sich aus ihrem Unterarm. Einen Augenblick lang ringen sie um das Thebron. Dann lässt der Griff des Istriers nach und Tiberia beherrscht die Flamme wieder, die nun heller und kräftiger als zuvor erstrahlt.

Sie kichert, „der Erstsemester denkt, er könnte schon Vorlesungen halten.“ Aber innerlich ist ihr gar nicht zum Lachen. Sie hat alle Kraft und einen Becher Blut gebraucht, um die Kontrolle zu behalten.

„Bleib lieber bei deinen Texten und tu weiter so, als könntest du wirklich lesen. Sonst fliegst du schneller raus, als du Istros sagen kannst.“

Der Istrier zuckt mit den Schultern, „Ich werde es lernen.“

Tiberia nickt, es ist das erste Mal, dass Sie jemand begegnet, der vielleicht ebenso talentiert ist wie sie.

14. KAPITEL

Nimgart – Tylis, 01. Tinne 1053

Die Anzahl der Fomorer in Tylis hat immer mehr zugenommen, inzwischen dürften einige zehntausend hier leben. Ihre wichtigste Einnahmequelle ist der Fomorermarkt. Dort verkaufen sie alle erdenklichen Waren. Hochwertig, brandneu, und alles zu geringen Preisen. Wie das geht? Es sind Waren, die beim Transport von den Handelsschiffen in die Lagerhäuser „verloren“ gegangen sind oder „beschädigt“ wurden. Kurzum, die Hafenarbeiter, Lageristen und Wachleute klauen wie die Raben und zwacken einen gehörigen Anteil ab. Den verkaufen sie an Fomorerbanden und die verschachern das Zeug dann billig auf dem Markt.

Auf dem Markt gilt einzig das Gesetz des Stärkeren, wer nicht wehrhaft ist, kann schnell einem der Fomorer-Mobs in die Hände fallen. Nicht ausgeschlossen, dass dir der gleiche Kerl die Ware wieder abnimmt, der sie dir vorher verkauft hat. Was willst du dagegen tun?

– Pétr, Kartograf des zweiten Ranges

Die Stimmung ist explosiv. Nimgart muss sich zwingen, nicht nach dem Heft des Mausbalgers zu greifen. Überall drängen sich Menschen und andere Lebewesen. Meist bewaffnet oder in Begleitung von Söldnern. Dazwischen Fomorer aller Arten, selbst ein riesiger Ochsenfomorer ist darunter. Die meisten sind friedlich und brüllen fröhlich ihre Werbelieder in die Luft.

Doch darunter kann er auch immer wieder die sogenannten *Beißer* sehen. Fomorer die zu den Mobs gehören, den Banden, die hier das Sagen haben. In ihren Augen sieht man die Gewalt, zu der sie fähig sind.

Er wünschte, Pétr wäre noch am Leben. Er kannte die Hälfte der Mobs und war mit etlichen der gefährlicheren Banden befreundet.

Nimgart will in den hinteren Bereich des Marktes, wo die Stände mit den ausgefalleneren Waren sind. Dort verkauft die Mannschaft der Löwenelster ihre Ware. Meist alte Texte und Schriften, die sie irgendwo im hintersten Winkel Midons zusammenklaubt. Normalerweise wäre es Pétrs Aufgabe hier einzukaufen, der kennt sich auch mit dem Gesindel und den fomorischen Straßenräubern aus, von denen es auf dem Markt nur so wimmelt.

Er hat drei der Anwärter mitgenommen, Undall, Mohit und Hadral. Eigentlich wollte er Maldan mitnehmen, weil der zäh und wach aussieht, aber der ist plötzlich ganz blass geworden und hat irgendwas davon gestammelt, dass er noch so viele Texte zu lesen hätte. Hadral ist sofort aufgesprungen, um für den Istrier mitzugehen. Der sieht zwar aus, als hätte er noch nie in seinem Leben gekämpft, aber zumindest weist er eine gewisse Würde in Kleidung und Auftreten auf, die den anderen – vielleicht abgesehen von Undall – völlig abgeht. Das dürfte ihm zwar bei den groben Fomorern wenig nützen, aber es erfreut Nimgart, es erinnert ihn an seine Kindheit.

Senja hätte er auch gerne mitgenommen, die ist zwar klein, aber noch zäher als Maldan und schlau wie eine Viper. Aber dann hätte Undall wohl nur Augen für sie gehabt und er braucht alle Beteiligten wachsam.

Sie gehen hintereinander durch die engen Wege zwischen den Ständen. Alle sind merklich angespannt, Hadral hat sogar ausnahmsweise etwas praktischere und weniger teure Kleidung an. Ausgerechnet der Riese Mohit scheint besonders nervös. Auf junge Männer ist einfach nie Verlass, ganz egal, wie abgebrüht sie tun.

Sie haben bewusst auf größere Waffen verzichtet. Bewaffnete erwecken eben auch den Eindruck, etwas Wertvolles bei sich zu führen.

Von hinten hört er Undall gerade laut genug, um den Lärm zu übertönen. „Uns folgt jemand."

Unauffällig dreht Nimgart den Kopf. Es ist nicht schwer, auszumachen, was der Bärtige meint. Ein kleiner Fomorer hat sich einfach direkt hinter Mohit eingereiht. Er gibt sich keinerlei Mühe zu verbergen, dass er ihnen folgt. Er hält den gleichen Abstand zu Mohit, den dieser zu Hadral hält. Nimgart bleibt stehen, zieht die Augenbrauen zusammen und zischt den kleinen Kerl an. „Brauchst du irgendwas?"

Mohit neben ihm entfährt ein gedämpfter Seufzer, „Nicht gut."

Der kleine Fomorer lacht fröhlich, „alles was ihr habt können wir brauchen."

Geschwind schlüpft der Tiergesichtige an den anderen vorbei und steht direkt vor Nimgart.

„Verzieh dich!“ Schnauzt Nimgart.

„Aber ich will mitkommen.“ Grinsend guckt ihm der Kleine ins Gesicht.

Nimgart überlegt kurz, Mohit hat recht. Sie können den Fomorer hier nicht ohne guten Grund wegprügeln, wer weiß, wer ihm alles zu Hilfe kommen würde.

Frustriert bricht er das Gespräch ab und marschiert einfach weiter. Die anderen vier folgen ihm wortlos.

Sie schieben und drängeln sich durch die Menge, wohl wissend, dass jeder zweite ein Mörder oder Dieb ist. Aber Nimgart trägt die Goldstater sicher in einem Beutel auf der Brust. Manchmal folgen ihnen weitere Gestalten, zumeist Fomorer, einmal eine Zeit lang ein schiefnasiger Segosi.

Schließlich gelangen sie zu der Häuserecke, an der der gesuchte Stand sein muss. Pétr hat ihm beschrieben, wo die *Löwenelster* ihre Waren verkauft. Es ist eins der wenigen Schiffe, das ihre gesamte Ware hier feilbietet und nichts an Händler verkauft. Das eigentlich Besondere ist aber, dass sich die *Löwenelster* auf ganz besondere Ware spezialisiert hat. Karten, Schriften, Reliquien, antike Funde. Also genau das, wofür sich Tanklaff am meisten interessiert.

Die Stände bestehen aus riesigen Steinen, die gerade so weit bearbeitet wurden, dass die Oberfläche als Tisch dienen kann. Dahinter lehnt der vielleicht hässlichste Mensch, den Nimgart je gesehen hat. Vermutlich männlich, das von mehreren riesigen Warzen entstellte Gesicht, wird von dünnen gräulichen Haarbüscheln eingerahmt, die Locken zu nennen eine Beleidigung jeder Haartracht wäre.

Eine Zeit lang sieht Nimgart ihn lediglich entsetzt und abgestoßen an. Schließlich bringt er eine Frage heraus, „ist Piopila nicht da?“

„Hää?"

„Ist Piopila nicht da?"

„Wat willste denn nu?"

„Ich suche Piopila."

„Haste keine Augen in der Fresse?"

„Ich wollte eigentlich Piopila sehen."

„Und ik wollte Pétr sehen, stattdessen seh ik deine hässliche scheiß-Fresse", grunzt das Wesen und sein Gesicht drückt so viel Abscheu und Verachtung aus, wie ein Gesicht nur ausdrücken kann.

„Ist Piopila denn nicht mehr die Navigatorin der *Löwenelster*?"

Das Wesen fasst sich voller gespielter Verzweiflung ob Nimgarts Dummheit mit beiden Händen an den Kopf. Aber aus dem Bereich hinter der Steintheke ruft jemand zu ihnen hinüber, „die Navigatorin hat zu tun, ist heute nicht hier. Wenn de was kaufen willst mach mal oder zieh Leine."

Das Piopila nicht da ist, steigert Nimgarts Unbehagen ungemein. Die berühmte Navigatorin war früher selbst Mitglied der Geometergilde.

Er nimmt alle Kraft zusammen und sieht dem Wesen vor ihm ins Gesicht. „Wir kommen, um die Bestellung von Pétr abzuholen."

„Na na na! Dann erst mal her mit der Kohle!" Krächzt sein Gegenüber.

„Nun, wie teuer ist es denn?"

„Das Doppelte!", blafft der Mann, noch bevor Nimgart den Satz beendet hat.

„Das Doppelte?"

„Das Doppelte von dem, was Pétr bezahlt hätte du Armleuchter."

Nimgart sieht keinen Ausweg, als mitzuspielen. „wie viel ist das denn?“

„Zwölf Goldstatter.“

Nimgarts Augen weiten sich vor Verzweiflung. Da erklingt von hinten wieder die zweite Stimme „Ist gut Raddu, hast deinen Spaß mit dem Armleuchter gehabt, wir wollen den Mist nicht wieder mitnehmen.“

Der Warzengesichtige deutet mit dem krummen Finger zu dem Lederbeutelchen auf Nimgarts Brust. „Kriegst einen Freundschaftspreis, gib mir alles was da drin ist.“

Missmutig kippt Nimgart den Inhalt des Lederbeutels auf den Steintisch, insgesamt sechs ganze Goldstater und fünf Silberstater. Die Münzen verschwinden in den Händen des Wesens, dann hebt er mühelos eine große Holzkiste auf den Tisch und ruft mit kehligem Lachen nach hinten, „der Armleuchter hat stärker nach Lotus gestunken, wie alle Hurenhäuser von Beschra zusammen. Geil!“ Dann sieht er dem Kartografen unverwandt ins Gesicht. Am liebsten würde Nimgart ihn von oben bis unten aufschlitzen. Aber er ist sich bewusst, dass der Löwe nichts gewinnt, wenn er mit dem Schwein rauft.

Er entscheidet sich, den Warzenkerl zu ignorieren, und winkt stattdessen Mohit, dieser nimmt die Kiste und sie machen sich wieder auf den Heimweg.

„Chef“, Nimgart ignoriert das brummende Geflüster Mohits und beschleunigt den Schritt, um den verdammten Markt endlich hinter sich zulassen.

„Chef“, wiederholt der Riese drängender.

„Jetzt nicht, wir wollen erst einmal hier raus.“

„Chef, andere Richtung.“

„Hier lang geht's zur Gilde, also schweig endlich Anwärter“, faucht Nimgart.

Sie lassen den letzten Stand hinter sich und biegen in eine ruhige Seitengasse und wären fast mit einer Gruppe Fomorer zusammengestoßen. Es sind drei, alle nicht übermäßig groß, in der Mitte ihr Verfolger.

Nimgart sieht sofort, dass die drei auf Ärger aus sind. Schnell entscheidet er, die Konfrontation zu vermeiden. Er dreht auf dem Absatz und bedeutet den Anwärtern mit einer Handbewegung in die andere Richtung zu gehen. Von Mohit ertönt ein tiefer Seufzer, dann sieht er zwei weitere Fomorer. Diese sind richtige Brocken. Beide genauso groß wie Mohit, beide haben hervorstehende Zähne und knotige Wülste über den Augen, die Ohren schief und krumm. Man muss kein Genie sein, um zu sehen, dass sie zu den Mobs gehören. Einer trägt einen unpassenden trevanischen Adelsschal, der andere hält einen Sack in der Hand.

„Hey Mo“, grunzt der Erste grinsend.

„Runter“, brüllt Mohit von hinten, während er gleichzeitig die Kiste fallen lässt, Undall und Nimgart zur Seite schubst und mit geducktem Kopf auf die beiden zu rennt. In diesem Moment schleudert der zweite Fomorer den Sack nach vorne, daraus ergießt sich eine Ladung Schmutz und Sand. Nichts davon gelangt jedoch, wie geplant in die Augen der Geometer, stattdessen spritzt es gegen Mohits vorschießende Schulter.

Dann geht es los, Mohits Gesicht ist bis zur Unkenntlichkeit verzerrt, alle Muskeln sind angespannt, die Zähne so stark aufeinandergebissen, dass sie eigentlich brechen müssten. Aus der Vorwärtsbewegung knallt er dem mit dem Sack die Hand ins Gesicht. Der taumelt und Mohit setzt nach, er lässt schwere Faustschläge auf das Gesicht des Zweiten hageln. Die Lippe des

Fomorers platzt auf, dennoch wankt er nicht, sondern rammt Mohit mit der Schulter und beide Krachen gegen die Hauswand.

Von der anderen Seite greifen jetzt auch die kleineren Fomorer an. Erstaunlicherweise stellt sich Hadral ihnen entgegen. Natürlich ist er völlig chancenlos, aber er zeigt immerhin den Willen zu kämpfen, denkt Nimgart anerkennend. Durch die Enge der Gasse kann er selbst nicht sofort eingreifen. Vorne wütet die furchtbare Keilerei zwischen Mohit und den beiden großen Beißern, hinten prügeln sich Undall, Hadral und die drei kleineren Fomorer. Jedoch nicht sehr lange, mit einem wilden Sprungtritt schickt einer der tiergesichtigen Hadral brutal zu Boden, ein anderer versucht, Undall abzuschütteln. Der Dritte setzte über den stöhnenden Hadral hinweg und hechtet nach der Kiste. Nimgart erwartet ihn jedoch schon. Blitzartig zieht er den Mausbalger und versetzt dem Angreifer einen harten Schlag mit der flachen Seite der Waffe. Der Treffer schickt ihn jaulend und mit gebrochenem Kiefer zu Boden.

Dann nimmt er sich eine Sekunde, um die Situation zu überblicken. Zwischen dem Riesen und den beiden großen geht es mit unverminderter Gewalt und selten gesehener Brutalität weiter. Undall beschäftigt einen der kleineren Gegner und Hadral klammert sich an das Bein eines anderen.

Nimgart erkennt, dass die Angreifer nicht das Ziel haben zu töten. Offensichtlich wollen sie ihnen einfach die gerade teuer gekauften Waren wieder abnehmen. Er sieht auch, dass er die Gasse nach hinten verlassen kann, ohne an einem Fomorer vorbei zu müssen. Mit einem Griff hat er die Kiste und ist unterwegs. Zwei schnelle Schritte zwischen den sich wälzenden Körpern, dann sprintet er los.

Seine Füße treten den Boden, so schnell sie nur können. Er biegt um eine Ecke, sprintet weiter und weiter, um die nächste und endlich heraus aus dem vermaledeiten Fomorerviertel, auf die breitgepflasterte Straße, die den Hafen mit der inneren Stadt der Turmköpfe verbindet. Dazwischen liegt die Gildenburg. Er atmet tief durch und nimmt den für einen Baron angemessenen Gang an, der ihn würdevoll zurück zur Gilde trägt. Wie er diesen Fomorermarkt hasst.

15. KAPITEL

Maldan – Tylis, 02. Tinne 1053

Mir ist die Auffassung der tylischen Heerführung, insbesondere des Generals Tallycor bekannt, dass Zauberei für die Kriegsführung uninteressant sei.

Ich vermag diese Sichtweise nicht zu teilen. Zwar kann ein Zauberer in einer Feldschlacht kaum den Ausschlag geben. Aber bei Hinterhalten oder Zweikämpfen ist Zauberei von enormem Wert. Insbesondere, weil starke Zauber, die vier oder mehr Seelenkerne zum Einsatz bringen, in der Lage sind jede bekannte Rüstung zu durchdringen.

Abwehren kann man derartige Angriff mit ebenso starker Zauberei. Zuletzt gab es ein Zaubererduell im Jahre 1041, unglücklicherweise hat sich damals die unsägliche Waltania gegen einen eigentlich begabteren Luftzauberer durchgesetzt. Dem Unterlegenen war die magische Abwehr nicht vollständig gelungen.

– Julianus, Dekan der Universität von Tylis, „Der Zauber im Kampfe", Abhandlung über magische Duelle und Konflikte

Erschöpft vom Tag betritt Maldan seine Kammer. Er zieht das Messer aus dem Gürtel und legt es neben sein Bett. Der Verband an seiner Hand ist mit Blut verklebt. Ihm ist klar, dass er sich mit der Klinge ungünstige Verletzungen zugefügt hat, die ihn beeinträchtigen und nur langsam heilen werden. Als er den Seelenkern gesehen hat, wollte er ihn unbedingt Tiberia entreißen. Es hat nicht viel gefehlt, das weiß er. Aber sie ist viel besser ausgebildet als er und hat sich mit dem Nagelring sehr gezielt an einer Stelle verletzt, an der sich der Blutverlust gut stoppen oder erweitern ließ. Ihm ist sofort klar gewesen, wie nützlich so ein Hilfsmittel ist, um zu zaubern.

Müde setzt er sich aufs Bett. Nimgart hat einen Berg neuer Dokumente vom Fomorermarkt mitgebracht. Sechs Stunden hat Maldan in der Bibliothek zugebracht und Texte entziffert – oder es versucht. Gut jeden dritten Text, sei es ein vergilbtes Pergament, eine beschriebene Lederhaut oder eine alte Wachstafel, hat er heimlich unter den Haufen gelegt, um sich später noch einmal daran zu setzen.

Aber nirgends, nirgends findet sich auch nur der geringste Hinweis auf eine Reliquie, gar in Form einer Flöte. Einmal hat Senja aufgejubelt, ihren Kopf in den Nacken geworfen, dass die Haare wie ein gelber Wasserfall ihren Rücken hinunter fluteten, und alle haben aufgesehen, halb voller Hoffnung, dass endlich jemand etwas entdeckt hat, halb voller Ärger, dass sie es nicht selbst gewesen sind. Aber sie hatte nur eine albische Beschreibung der berühmten Spielleute von Alt-Mogon und ihrer Instrumente gelesen. Einer hat wohl Langflöte gespielt, Senja hielt es für eine Beschreibung der Reliquie. Tiberia hat die Episode mit einem verächtlichen Lachen quittiert, Mohit mit einem genervten Schnauben, die anderen mit enttäuschten Gesichtern.

Eigentlich könnte es Maldan recht sein, so lange sie suchen wird er auch gebraucht und ist sicher in der Gilde. Aber es ist eine erbärmliche Tätigkeit, die seinem Naturell ebenso widerspricht, wie dem der anderen – vielleicht einmal abgesehen von Hadral und Wargal, die es wirklich zu lieben scheinen in alten Texten zu wühlen.

Ein kräftiges Pochen reißt ihn aus seinen Gedanken. Dann dringt es dumpf durch die Tür „Junge! Mach mal auf!"

Die Stimme kommt ihm bekannt vor, aber verzerrt durch die Tür kann er sie nicht genau einordnen. Wie erstarrt bleibt er sitzen. Da dröhnt es wieder.

„Mann Junge, mach doch mal auf, haben nicht den ganzen Abend Zeit."

Jetzt bemerkt er den weinschweren Singsang Flacos. Schnell öffnet er den Riegel und vor ihm steht der dicke Söldner, in der Hand eine Öllampe. Neben ihm, breiter und weitaus muskulöser der Hauptmann vom Tor, mit dem kräftig nach vorne schießenden Bart.

„Hauptmann Galen kennst du ja schon. Wir haben eine Nachricht von Domaro, die du am besten sofort liest." Flaco gibt ihm einen handtellergroßen Gegenstand, der mit Leder umwickelt ist und das Sigel Domaros trägt, dann verabschiedet er sich und Maldan bleibt mit dem Bärtigen zurück.

Er bricht das Sigel auf, unter dem Leder findet sich eine kleine Wachstafel, auf der nur ein Satz steht.

Galen wird dich abholen, geh mit ihm, es ist wichtig!

Maldan überlegt einen Moment. Das Sigel ist echt, die Söldner sind zudem bisher seine besten Verbündeten gewesen. Dass der Hauptmann einen strengen Blick hat, ist kein Grund, ihm zu misstrauen. Er nickt, dann nimmt er das Kombüsenmesser und steckt es hinter den Gürtel.

„Das wirst du nicht brauchen Kleiner, dir droht keine Gefahr. Es ist der 1. Tinne, Lughnasadh, Herbstbeginn. Für uns Istrier jedoch ist es nun auch das Fest der Trauer. Komm jetzt, bei mir bist du sicher. Istros etun."

Als er dem Bärtigen durch die Gänge der Gilde folgt, hat er Gelegenheit, ihn genauer zu betrachten. Er trägt nicht mehr die Lederrüstung der Söldner, sondern einen feinen Überwurf in hellgrün und ein dunkelblaues Halstuch aus Seide. An seiner Hüfte baumelt nicht mehr der schlichte Streitkolben, sondern eine gut gearbeitete, mit Silber verzierte Lederscheide. Daraus ragt der Horngriff eines Breitschwertes hervor. Als Galen seinen Blick bemerkt, lächelt er. „Das ist ein istrisches Breitschwert, Kaschar, wird es genannt." Das Wort spricht er in dem hohen, melodiösen Klang der istrischen Sprache aus.

„Du solltest auch lernen das Kaschar zu führen und nicht ein Küchenmesser. Eines Tages wirst du für Istros kämpfen, wie Istros für dich kämpft."

Maldan kann sich nicht vorstellen, jemals eine so wertvolle Waffe zu besitzen. Sie verlassen die von Lampenlicht erfüllten Räume der Gilde und durchschreiten das hintere Tor. Der Hauptmann nickt den beiden Wächtern zu, dann wendet er sich wieder an Maldan. „Normalerweise schließen wir die Tore bei Sonnenuntergang und öffnen sie erst wieder bei Sonnenaufgang, aber heute ist Lughnasadh, das Fest der Trauer, heute bleibt das Tor offen, damit jeder nach Hause kommen kann, wann er will. Es wird spät werden."

Der Hinterausgang führt auf einen schmalen Weg, der in der einen Richtung zur Universitätsmauer und in der anderen Richtung zum Albenviertel führt. Sie bewegen sich weg von der Universität. Zunächst durchqueren sie einige leere und dunkle Gassen. Hier gibt es fast keine Laternen, aber der Mond leuchtet hell und so haben sie keine Schwierigkeiten ihren Weg zu finden.

Bald hören sie aus großer Entfernung Musik und Gesang, dazwischen Rufe und Lachen. Die Stimmen eines großen Straßenfests. Schließlich biegen sie auf eine breitere Straße und nun sind die ersten Ausläufer des Fests zu sehen. Tanzende in den Straßen, die ohnehin noch immer warme Luft durch viele tausend singende und trinkende Menschen erhitzt. Kraftvoll kann Maldan die Zeilen des Liedes vernehmen, irgendwie traurig und gleichsam stark. Es ist eine Aufzählung, märchenhafter Unglücke, die der Stadt Istros vor langer Zeit widerfuhren. Immer unterbrochen von dem Refrain:

„Jenes verging dieses vergeht!"

Die Rede ist von Piraten, die die Stadt heimsuchten, von einem furchtbaren Wintereinbruch, der das Meer gefrieren ließ, von grausamen Unwettern, die die halbe Flotte zerstörten und immer wieder „so groß das Unglück war. *Jenes verging, dieses vergeht.*"

Er kann spüren, wie sehr der Sänger daran glaubt und wie die Menschen um ihn manchmal einstimmen und Hoffnung schöpfen. Aber wie sollte die vollständige Zerstörung einer Stadt vorbeigehen? Vernichtet ist vernichtet, wer tot ist, steht nicht wieder auf, denkt Maldan. Dennoch hinterlassen der Gesang und die Feiernden bei ihm großen Eindruck. Er sieht, wie selbst Galens Gesicht nun weicher wird. Lachend begrüßt er immer wieder jemanden und schiebt dabei Maldan durch die Menge. Hin und wieder passieren sie bewaffnete Posten, die die Farben von Istros tragen, blau und silber.

„Na, sowas hast du noch nicht gesehen Junge, oder?“ Galen deutet lachend auf einen Hauseingang, in dem Menschen tanzen. Mehr als die Hälfte sind Frauen, zwei davon offensichtlich Halbalbinnen. Die Mischlinge aus Mensch und Alb sehen alle unterschiedlich aus. Meistens aber ist ihre Haut glatter und härter als bei Menschen. Diese hier haben beinahe porzellanartige Haut, auf denen das Licht der Öllampen ebenso tanzt, wie sie selbst zu den Klängen der Flötenspieler.

„Istros ist die Stadt der Schönheit Maldan. Schönheit soll ihr Erbe retten.“

Es ist ein unbeschreiblicher Anblick und für einen Moment vergisst Maldan Beschra, Tylis, die Gilde und alles andere. Aber Galen zieht ihn davon „komm weiter Balach, du hast später noch Zeit zum Tanzen und was noch alles.“

Weiter geht es durch die Menge. Viele neigen vor Galen respektvoll den Kopf. Schließlich lassen sie die belebtesten Straßen hinter sich. Noch immer sehen sie überall Feiernde, noch immer sind die Straßenränder mit Ständen gesäumt, an denen Wein und Bier ausgeschenkt wird. Die Häuser sind mit farbigen Bändern und Fahnen geschmückt.

Sie gelangen an ein balkengestütztes Lehmhaus, das ein wenig dunkler und kleiner als die Nachbarn, zwischen ihnen zu kauern scheint.

„Das Haus der Witwe Sevra.“ Erklärt Galen, dann deutet er auf eine Gruppe von Lebewesen, die vor dem Haus auf Bänken sitzt, lacht und trinkt.

Erst beim zweiten Mal hinsehen erkennt Maldan Domaro unter den Sitzenden. Der Alte trägt eine kostbare Seidentracht und einen dazu passenden kleinen Hut. Als der Meisterkartograf ihn sieht, winkt er sie zu sich. Seine Stimme ist ungewöhnlich leicht und fröhlich, „da seht meine Freunde, hier haben wir Maldan. Unseren jüngsten Heimkehrer."

Domaro gibt ihm einen Becher Wein, „Auf Istros, jedes Unglück verging noch, auch dieses vergeht!" Alle heben die Becher und durch die Nacht hallt wieder der Ruf „Jenes verging, dieses vergeht! Istros etun."

Die Becher werden geleert und wieder gefüllt. Schließlich fragt Domaro ihn mit gutmütiger Stimme: „Dann bist du froh, hier bei uns zu sein?

Was soll er darauf antworten? Es ist das Paradies, nichts könnte schöner sein. Nicht, dass er als gleich akzeptiert wird, nicht das keiner ihn schlägt, ohne eine passende Antwort zu bekommen, nicht, dass er einen Raum ganz für sich hat, sondern dass es eine echte Hoffnung auf Zukunft gibt.

„Ja, ich bin froh."

„Das ist das Geschenk von Istros an ihre Kinder. Selbst aus dem Grab, das sie unserer Stadt geschaufelt haben, hat sie die Macht dich zu retten, denke immer daran. Sei niemals mir dankbar, sei Istros dankbar."

Und die Augen des Alten schimmern, wie von Tränen. Dann wird er wieder lauter, „Hast du Tanklaff schon kennen gelernt?"

„Nein, ich habe gehört, dass er selten in den Lesesaal kommt und keinen Unterricht gibt."

„Ja, nicht mehr oft. Er zieht sich immer weiter zurück. Er ist wie besessenen von der Zitadelle der Samorer und seit neuestem vom Stromlokk, der mythischen Flöte des Königs der Lichtalben." Die Augen des alten Mannes werden auf einmal hart und kalt. „Aber höre Maldan, die Flöte hat sich bis zur Plünderung in

Istros befunden und damit gehört sie uns Istrieren. Und wie wir sie brauchen, um unsere Feinde zu bestrafen. Der Schildfuchs hat kein Anrecht auf sie, seit vielen Jahren versuche ich all die geraubten Schätze wieder zu finden. Es ist sehr mühsam. Die *Löwenelster* ist eine Hilfe, ihre Mannschaft sucht gezielt nach allem was verloren ging." Er presst die Lippen aufeinander und sein Blick schweift in die Ferne.

Ein paar Betrunkene neben ihnen beginnen fröhlich zu singen. Da hebt auch Domaro wieder seinen Becher und Maldan tut es ihm gleich.

Die Stunden vergehen im Rausch, es werden keine ernsten Reden mehr geschwungen, Maldan sieht Menschen, Halbalben und sogar Alben zusammen feiern und tanzen. Niemand ist hier, der nicht die Farben von Istros trägt. Bäcker und Metzger bieten die besten Dinge umsonst an, immer wieder werden Wein und Schnapsschläuche herum gereicht. Doch als die Nacht voranschreitet, wandern Maldans Gedanken weg von den Feiernden, weg von Domaro und Istros, weg sogar von der Gilde. Er sieht Tessrins dunkle Augen vor sich, ihre geschwungene Nase, ihre Wangen.

Ohne es jemandem zu sagen, steht er auf und seine Beine tragen ihn die Gassen hinunter, bis er die Feiernden hinter sich lässt. Der Alkohol lässt ihn die Gefahren der Stadt vergessen, beinahe unbekümmert läuft er im einsamen Licht der Laternen dem Hafen entgegen.

Zu seiner Überraschung erklingen vom Ufer ebenfalls die Geräusche Feiernder. Als er näher kommt, sieht er, dass auch hier Wesen trinken, tanzen, lachen und singen. Aber es sind keine Alben und nur wenige Menschen, dafür massenhaft Fomorer und Fachans. Nicht Flötenklänge, sondern Trommeln klingen in den Wirbeln des Flusses wieder, stoßen sich von den mächtigen Mauern der Lagerhäuser ab und donnern über die Stege des Hafens. Überall brennen kleine Lagerfeuer, über denen die wilden Wesen Fleisch und Brot braten.

Klein kommt er sich zwischen ihnen vor, es gibt zwar auch Fomorer in seiner Größe und sogar ganz winzige, aber fast ebenso viele riesenhafte Hafentrolle und Mob-Fomorer, mit langen Hauern und bösen kampfgezeichneten Fratzen. Hin- und wieder auch menschliche Riesen, von Mohits Stamm, den Ulthar, genauso groß, mit ebenso zähen und narbenbedeckten Gesichtern.

Aber niemand beachtet ihn oder stört sich an seiner Anwesenheit. Komisch, denkt Maldan, die Istrier würden keinen Fremden zu ihrem Fest lassen, dabei besitzen sie viel mehr als das verlorene Hafenvolk.

Er erinnert sich, an welcher Stelle er sich aus dem Wasser gezogen hat. Von dort wandert er zu der Treppe. Seine Augen suchen die Flachdächer ab, aber nirgends kann er er Tessrin entdecken. Er kommt zu dem Platz, an dem sie ihn damals angesprochen hat. Das Dach ist jetzt leer. Doch davor sieht er Hafenbewohner feiern und dazwischen, klein neben den mächtigen Gestalten der Fachans bewegt sie sich im Takt der Trommelschläge, die Hände über die Schultern erhoben.

Als sie ihn sieht, nimmt sie ihn mit einem erstaunten Lächeln bei den Händen.

Später sitzen sie auf ihrem alten Platz und betrachten das Fest zu ihren Füßen. Tessrin bemerkt das Tuch in den Farben von Istros an seinem Handgelenk.

„Du warst auf dem Fest in der Oberstadt? Dort verschenken sie besten Wein und bestes Brot habe ich gehört. Warum kommst du zu uns herunter?“ Sie sagt es mit einem verschmitzten Lächeln, da sie doch die Antwort schon kennt.

„Wie ist dieses Istros, aus dem du stammst? Ist es ein schöner Ort?“

Maldan überlegt, er überlegt sehr lange. Es fällt ihm keine Antwort ein. Selbst die Worte *ich weiß es nicht* erscheinen ihm zu schwach und ungenau für diese Frage, also schweigt er.

Tessrin sieht nachdenklich aufs Meer, dann sagt sie ganz leise „warum bist du nicht mehr in die Universität gekommen? Ich habe dich vermisst.“

„Ich hatte Angst.“ Der Satz liegt so schwer wie die ganze Welt auf seiner Brust. Dann erzählt er ihr von der *Zinnober Gold* und von den Jagdkommandos der Beschraner und die Nacht verstreicht und der Himmel wird hellblau, bevor Maldan wieder in die Gilde zurückkehrt. Glücklicher und mutiger als er sie verlassen hat.

16. KAPITEL

Nimgart – Tylis 05. Tinne 1053

Die Meisterkartografen wahren untereinander eine Art Ganovenehre. Sie betrügen und belügen sich, wo sie nur können. Auch fremdes Kartenmaterial zu veruntreuen und sich selbst als Urheber auszugeben ist nicht unüblich. Lediglich zwei Grenzen wurden bisher immer trittsicher eingehalten: 1. keine Gewalt untereinander! 2. der Gewinn der Gilde darf sich nicht verringern!

Es ist ein furchtbares Pack, das als erstes aufgehängt wird, wenn die Revolution beginnt.

– Domaro, Meisterkartograf, aus einem Brief an die Witwe Sevra

Nimgarts Augen schleppen sich gelangweilt über die neuesten Briefe. Belanglose Mitteilungen von Informanten aus anderen Städten. Nichts, was irgendeinen Wert hätte.

Wie von selbst wandert sein Blick zu dem kleinen Fenster in der kleinen Lesekammer des Bibliotheksturms. Draußen brennt noch die Mittagssonne, er ist froh, sich innerhalb der kühlen Mauern der Gilde zu befinden.

Da hört er eilige Schritte auf dem Gang. Sie nähern sich von Westen. Nimgart hat lange daran gearbeitet, frühzeitig zu erkennen, von wo jemand den Gang vor seiner Kammer betritt. Er unterdrückt den Impuls den Katzbalger aus der Scheide zu ziehen und richtet den Blick auf die Holztür seiner Kammer. Tatsächlich klappert sie beinahe sofort unter einem aufgeregten Klopfen.

„Herein“, noch ehe Nimgart das Wort vollendet hat, fliegt die Tür auf und Senja steckt den Kopf ins Zimmer. Innerlich schüttelt Nimgart missbilligend den Kopf, wie die meisten Anwärter, abgesehen von Hadral, fehlt es ihr völlig an Umgangsformen und Würde im Auftritt.

„Einer der Söldner vom Nordtor war gerade bei uns im Lesesaal, er sagt aus Osten nähert sich ein geflügelter Bote!“

Nimgart lässt die Wachstafel sinken und legt nachdenklich einen Finger auf die Unterlippe. Jetzt gilt es schnell und gefasst zu handeln. Zum Glück hat er für diese Situation schon einen Ablaufplan vorbereitet.

Er zieht einen Silberstater aus der Hosentasche, „hier gib dem Söldner das, er will sicher sofort seinen Lohn dafür, dass er uns zuerst informiert hat. Sag ihm außerdem, er bekommt einen Zuschlag, wenn er als nächstes in aller Ruhe Falas-Dufat Bescheid sagt.“

„Verstanden“, nickt Senja, „weil Falas-Dufats Turm am weitesten vom Nordtor entfernt ist, wird es eine halbe Ewigkeit dauern, bis von dort jemand beim geflügelten Boten ist.“

„Dann läufts du, so schnell du kannst zu Turm VIII und bittest Onara darum, dass sie dir bei der Übersetzung eines Textes aus dem beschranischen hilft."

Senja legt die Stirn in Falten, „ähmm, Onara ist nicht dafür bekannt, besonders freundlich auf Störungen zu reagieren..."

Nimgart sieht sie verständnislos an „ja, und?"

Senja nickt, „bin unterwegs"

„Warte. Schicke Undall außerdem zu Turm IX von Giashor. Er soll dort nachfragen, ob Giashor Interesse an einer gemeinsamen Kartografierung des Seewegs zur Hammerburg hat."

„Verstanden", nickt Senja wieder, „soll zu Giashor laufen und diesen mit einer vorgeschobenen Geschichte über eine geplante Kartografierung des Seewegs zur Hammerburg ablenken, während Undall Onara eine unsinnige Frage nach einer Übersetzung stellt" und mit einem Anflug von einem Lächeln jagt sie davon.

Nimgart runzelt erneut die Stirn. In der Gilde fehlt es einfach an Angst und Respekt vor Vorgesetzten. Er steht auf, richtet seine Kleidung und bewegt sich schnellen, aber würdevollen Schrittes zum Nordtor.

Es ist wichtig, dass er dort ist, bevor irgendein anderer Kartograf mit dem geflügelten Boten spricht. Immerhin möglich, dass er Informationen hat, aus denen sich ein wichtiger Kartografierungsbedarf ergibt.

Ärgerlicherweise muss er aus diesem Grunde so schnell gehen, dass sein Hemd sofort unter den Ärmeln schweißnass ist.

Er passiert Turm V und läuft den Wehrgang auf der Mauer entlang zum Nordtor, eilt die Treppe mit großen Schritt hoch und gelangt zur breiten Aussichtsplattform auf einem der Türme des Nordtors. Dem Wächter an der Tür zur Treppe drückt er eine

Münze in die Hand, „Niemand wird auf die Plattform gelassen, so lange ich oben bin, Befehl von Meisterkartograf Tanklaff."

Der Wächter nickt, er kennt die Abläufe.

Als er die Plattform betritt, sieht er mit Erstaunen, das bereits jemand dort ist.

Miala, die kleine Kartografin aus Turm VII. Sie kann unmöglich schneller als er hierher gelangt sein, außerdem dürfte sie noch gar nichts von dem geflügelten Boten erfahren haben.

„Verehrte Miala", er deutet eine Verbeugung an.

„Verehrter Baron", sie erwidert die Verbeugung mit einem ironischen Lächeln.

„Ich hatte eigentlich einen geflügelten Boten erwartet."

„Der wird noch etwas brauchen", sie deutet auf einen Punkt am Horizont, „aufgrund des Windes, wird er einen Bogen fliegen müssen."

Nimgart mustert sie unverhohlen misstrauisch und schweigt.

„Ist es nicht ergreifend? Dieser Moment, an dem wir den Samen der Zukunft so klar vor uns sehen, ohne zu wissen welche Frucht er treiben wird?" Miala lächelt.

„Was immer er bringt, wir beanspruchen es für Turm IV. Ich habe die Wachen teuer bezahlt, wie du hierher kamst, weiß ich nicht." Nimgarts Stimme bleibt dabei sachlich wie immer.

„Macht euch keine Sorgen Baron, wir interessieren uns ohnehin nicht für die gleichen Dinge. Falas-Dufats Forschungsgebiet sind die Firbolg und der Norden. Tanklaffs interessiert sich, ja wofür eigentlich? Alte Legenden und Geschichten aus Märchen, nicht wahr?"

„Ich hoffe, das gilt auch für dich und nicht nur für Falas-Dufat. Nechta und die Niblisse hast du übrigens vergessen. Oder sind das deiner Meinung nach auch Legenden und Märchen?"

Miala hebt abwehrend die Hände, „für diese Frage bin ich die ganz falsche Ansprechpartnerin." Dann sieht sie ihm mit ihren unschuldigen Augen direkt ins Gesicht, „aber wenn es sie gibt, den sagenhaften Nebelkönig und seine Kinder, die zeitlosen Nebelgeister, die Niblisse, wie die Geometer sagen, wenn es sie immer noch gibt, mehr als tausend Jahre nach dem Verschwinden der Samorer, dann sollte man ihnen wohl lieber aus dem Wege gehen. Meinst du nicht Baron? Dann sollte man sie nicht verärgern, indem man nach uralten Waffen sucht, um sie zu verletzen oder gar zu töten."

Am Himmel hat der geflügelte Bote die Gildenburg umrundet und nähert sich nun mit dem Wind von Westen. Schon kann Nimgart auch ohne Fernglas seinen ruhigen Flügelschlag erkennen.

Er zuckt die Schulter, „Nur ein Narr kämpft gegen einen überlegenen Feind."

„So klug und sachlich, aus dir spricht der Geist der Baronate", antwortet Miala und wendet den Blick nach Westen, zu dem immer näher kommenden Boten.

17. KAPITEL

Nimgart– Tylis, 05. Tinne 1053

„Achtet auf die Gesichter derer die sich verneigen.“ Nirgends ist diese Weisheit wahrer, als in den Baronaten, wo „ja“ „nein“ bedeutet und „danke“ „fahr zur Hölle“.

– Lenslar, Meisterkartograf

Mit den erstaunlichen Nachrichten des geflügelten Boten eilt Nimgart zu Turm IV und berichtet Tanklaff. In einer Höhle soll eine bisher unbekannte samorische Sterndeutung entdeckt worden sein. Der Schildfuchs ist sofort Feuer und Flamme. Am liebsten würde er sofort aufbrechen, um die Schrift zu überprüfen.

„Meister Tanklaff, ist es nicht zu gefährlich jetzt die Sicherheit der Gilde aufzugeben?“ Nimgart bringt die Worte nur halbherzig heraus, irgendwie berührt es ihn nicht besonders. Oft wenn er an Pétr denkt, kommt ihm der Gedanke, dass sein Freund noch am Leben wäre, wenn der alte Schildfuchs nicht so versessen auf die Geheimnisse einer längst vergangenen Welt wäre. Und hätte er nicht ahnen müssen, dass er sich damit Feinde machen würde? Feinde, die ohne Warnung töten? Hätten sie damit gerechnet, dass es solche Feinde gibt, wären Pétr und er nicht so überrascht gewesen, vielleicht wäre sein Freund dann noch am Leben.

Tanklaff schiebt eine zappelnde Riesentermite in sein Maul und zerbeißt sie. Das laute Knacken, mit dem der Panzer des Tieres zerbricht, erinnert an das Bersten eines Astes. Nachdem er die Überreste des Insekts herunter geschluckt hat, schüttelt er vehement den Fuchskopf, „ich muss diese Katakomben *hmmm* selbst sehen. Sonst kommt wieder einer, der eine eingestürzte Latrine für einen unentdeckten Palast hält. Du bleibst mit einem Teil der Anwärter hier. Ich werde nur *hmmm* drei oder vier mitnehmen", lispelt er aufgeregt.

Mit der Klaue angelt der Schildfuchs zwei weitere Termiten aus der Kiste neben sich. Eine verschwindet in seinem Maul, die andere bietet er Nimgart an. Durch die Fenster fällt das fahle Licht der Sterne in den Turm. Auf Lampen oder Kerzen hat der Alte verzichtet, er hat ausgezeichnete Nachtaugen.

„Soll ich bei der Gilde Söldner zum Schutz anfordern?"

Der Schildfuchs schüttelt den Kopf „wir können ihnen nicht vertrauen. Am besten" knackend verendet eine weitere Termite in seinem Maul, „wissen so wenige wie möglich von meinem Aufbruch. Besorge uns nur eine segosische Fernkutsche und Bewaffnung für die Anwärter, leichte Rüstungen und Schwerter. Es kann gut sein, dass auch der verehrte", er knurrt ein verächtliches *hmmm* „Falas-Dufat eine Expedition vorbereitet, wir müssen schneller sein. Nun erzähle mir noch einmal genau, woher der fliegende Bote weiß, dass sich dort ein Zugang zu samorischen Tunneln befindet?“ Seine Klauen fahren nach vorne, als wollte er Nimgart die Antworten aus den Händen fingern.

Nimgart berichtet noch einmal von seinem Gespräch mit dem Kundschafter. Zwei Tagesreisen nördlich hat ein Bauer festgestellt, das auf einem seiner Felder der Boden eingebrochen ist. In dem Loch sei der Zugang zu einem Tunnel erkennbar gewesen. Dort in den Gängen seien Zeichnungen an der Wand gewesen, ein Schriftgelehrter aus der Gegend habe diese abgezeichnet und sie haben sich als Teil einer Sterndeutungskarte entpuppt. Auch, wenn die Karte unvollständig ist und nur eine bereits bekannte Deutung zeigt, ist die Aufregung des Alten schon verständlich.

Hin und wieder ringelt sich der kräftige rattenartige Schwanz des Wesens ungeduldig auf dem Boden, wie eine nervöse Schlange.

„Wer weiß, vielleicht ist es eine unbekannte, besonders machtvolle Sterndeutung. Vielleicht gar eine, die wir als Waffe einsetzen können. Das würde uns ganz neue Möglichkeiten eröffnen.“

Der Schildfuchs kneift die Augen zusammen und starrt Nimgart an. „Uns Baron? Deine Wissbegierigkeit steigt immer dann, wenn du von etwas hörst, das zum Töten und unterwerfen geeignet scheint.“

Nimgart sagt nichts. Der dämliche alte Kauz beginnt ihn immer mehr zu nerven.

Mit einem fellbedeckten Finger tippt der Schildfuchs gegen die eiserne Halskrempe, die Nimgart verborgen unter seinem Halstuch trägt „Ich habe dich mit den besten Waffen von Tylis ausgestattet Baron. Ein eiserner Schutz, den keine von Menschen geschaffene Klinge durchdringen kann und ein Schwert, dass jedes Kettenhemd wie Pergament durchschneidet. Aber du suchst immer noch nach mehr, willst Sterndeutungen lernen, die geeignet sind Städte zu unterwerfen.“ Ein wütendes Zischen entfährt dem Fuchsgesicht, er schnappt sich eine weitere Termite und schlingt sie wütend herunter.

Beinahe unmerklich spannt sich Nimgarts Oberlippe, während die Mundwinkel sich eine Winzigkeit nach oben ziehen. Unglücklicherweise entgeht Tanklaff die Bedeutung dieser Gefühlsregung.

„Kaufe Rüstungen und Waffen für die Anwärter, Baron. Statte sie so gut wie möglich aus, auch wenn keine Klinge, einen Niblisse aufhalten wird.

„Sind Niblisse unverwundbar?“ Fragt Nimgart, unbeeindruckt von Tanklaffs Zurechtweisung.

„Nein, es sind Wasser- und Luftgeister, verstehst du?“

„Zauberei war eher Pétrs Gebiet.“

„Ließ die alten Texte Baron! Es wichtiger denn je die Geschichte König Nechtas zu kennen. Er ist die größte Bedrohung unserer Zeit, auch wenn das die anderen Meister nicht wahrhaben wollen. hmmm.“

Der Schildfuchs schlägt aufgeregt mit dem Schwanz auf den Boden. „Die Samorer ordneten die Welt und gaben ihr den Kreislauf des Lebens. Die Seelen erhalten eine Gestalt in dieser Welt, sterben, sinken in den Weltenfluss und werden in die nächste Welt gespült. Wie sinnlos wäre alles Leben, wenn es nicht so die Möglichkeit der Entwicklung und des Neuanfangs gäbe? Dann tauchte Nechta auf. Leider ausgestattet mit einem unfassbaren Talent zur Zauberei, größer vielleicht sogar als das der sagenhaften Albenfürsten. Mit einem Handstreich konnte er Orkane und Sturmfluten beschwören. Er nutzte seine Kraft, um den Weg der Seelen nach eigenem Willen zu lenken. Um sie in die Zwischenwelt zu führen oder ihnen ein weiteres Leben in Midon zu geben. Kurz, um Böses zu tun. So schuf er die Niblisse, Diener aus Wasser und Luft. Die Albenfürsten besiegten ihn jedoch und verbannten ihn aus dieser Welt. Doch nun versucht er, durch eines der Weltentore unter den Albenburgen zurückzukehren. Ich bin sicher, seine Niblisse sind bereits hier, und schmieden Ränke, um ihm zur Rückkehr zu verhelfen."

„Wurde ein Nibliss in Midon gesehen?"

Der Schildfuchs schnaubt aufgeregt. „Ich muss keinen sehen, um zu wissen das sie hier sind. Ihr Menschen seit zu jung, um die Muster der Welt zu lesen. Es gibt feine Veränderung, ungewöhnliche Vorgänge. Hier ein Schiff das verschwindet, dort ein plötzlicher Aufstand oder ein unerwarteter Kriegsausbruch..." Er blickt Nimgart scharf an „und dann der Anschlag auf uns! Jetzt marschieren die Firbolg gegen die Alben, wusstest du das?"

„Ja, natürlich, sie haben die Niederlage und den Sturz ihres Reiches nie verwunden und wollen sich nun an den Alben rächen."

„Nicht *natürlich*! hmmm. Du verstehst nicht Baron! Es ist ungewöhnlich, dass die Firbolg sich dazu nach hunderten von Jahren im Exil zusammen gerauft haben. Es ist verdächtig! Bewaffne dich so gut du kannst und sei auf alles vorbereitet, auf Sturm und Flut. Regentropfen und Felsen können uns ebenso wie Funken und Windböen bedrohen. Die Waffe des Feindes ist Zauberei!"

Der Schildfuchs zuckt mit den gepanzerten Schultern und drückt ihm einen großen Beutel mit Gold in die Hand. „wir brauchen wie gesagt auch eine Fernkutsche, um die *hmmm* Samorer-Katakomben zu untersuchen." Er lässt noch eine zappelnde Termite zwischen seinen Raubtierzähnen verschwinden und verschließt dann sorgfältig die Kiste wieder. „Eine große Reisekutsche für 4 bis 6 Personen, nimm wie gesagt eine segosische mit guten Pferden."

Dann verabschieden sie sich und Nimgart verlässt Turm IV. Es ist viel zu spät, um jetzt noch eine Schmiede oder Kutscherei zu besuchen. Er geht in seine Kammer, dabei immer auf der Hut vor möglichen Angreifern, die Rede des Meisters hat ihn mehr beeindruckt, als ihm recht ist. Am liebsten würde er Helm und Rüstung tragen, um sich besser zu schützen. Er kennt dieses Gefühl, das jeden Augenblick ein Anschlag auf ihn erfolgen kann aus dem Baronat. Jetzt wo Pétr nicht mehr da ist, fühlt er sich immer öfter zurückversetzt in die feindselige Umgebung seiner Jugend. Die kräftigen Mauern der Gilde sind denen der Burg von Abendfall nicht unähnlich.

Er entscheidet sich, erst am nächsten Nachmittag die Besorgungen zu machen, wenn die Hitze der Mittagssonne abgeklungen ist und nicht jeder Schritt Schweißausbrüche hervorruft.

Als die Sonne dem Horizont entgegenstrebt und die Schatten der Häuser länger werden, lässt er Senja und Mohit zu sich rufen. Mohit ist kampfstark, Senja wachsam und schlau und die Anwärter werden nicht so viel Aufmerksamkeit auf sich ziehen, wie eine Eskorte Söldner.

Als er eine gute Stunde später zusammen mit den beiden Anwärtern vor der Kutscherei steht, sind die Strahlen der Nachmittagssonne schon schwächer geworden. Die Straße ist voll mit Fuhrwerken und Reitern. An den Ecken stehen die Händler und preisen ihre Waren. Über allem hängt ein Gestank nach Tier, Staub und Mensch, der stark genug ist, um sogar Nimgarts eigenen Schweißgeruch zu überdecken.

Sicherheitshalber hat er trotzdem einige Spritzer vom Saft des Lotus aufgetragen.

Das Tor zur Kutscherei steht offen, es ist eine der größten in Tylis und regelmäßiger Lieferant der Gilde. Im Inneren der riesigen Halle sind ein gutes Dutzend Kutschen zu sehen, eine wird gerade mit Pferden bestückt.

„Gibt es eigentlich keine besseren Tiere dafür als Pferde", fragt Senja mit einer Mischung aus Neugier und Rotzigkeit. „Warum verwendet man nicht Bären oder Hochpanther… oder Tatzelwürmer?"

Mohit antwortet mit einem genervten Schnauben – seine übliche Reaktion auf Aussagen anderer Anwärter, „Pferde sind am besten, Tatzelwürmer oder Hochpanther würden halbe Portionen wie dich und deine Freunde eher auffressen, als durch die Gegend fahren. Pferde aber sind freundliche Wesen, offen und gelehrig."

Bei den letzten Worten klingt ein Hauch der Zuneigung seines Volkes zu diesen Tieren durch.

„Die Firbolg benutzen Bären, aber es ist zu viel Arbeit sie abzurichten und sie sind zu gefährlich für die Reisenden", ergänzt Nimgart.

Die Kutscherei bietet neben kleinen zweisitzigen Stadtwagen alles bis zu übergroßen fahrenden Festungen an, die über zwei Achsen, gepanzerte Seitenwände und Plätze für 12 Personen verfügen. Das sind die segosischen Fernreisekutschen. Sie wurden dort entwickelt, weil die Stadt weit ab von anderen Siedlungen liegt und keinen Zugang zum Wasser hat. Oftmals fahren von dort drei oder mehr solcher Kutschen los, das erhöht die Wehrhaftigkeit der Reisenden und ist aufgrund der Banden und Raubtiere um Segos herum auch nötig.

Nimgart braucht nicht lange, um das richtige Modell ausfindig zu machen. Eine schöne Kutsche aus sterngedeutetem Eisen, das durch die Deutung so leicht gemacht wurde, dass es von Pferden gezogen werden kann.

Er handelt einen vertretbaren Preis aus, dann winkt er den Anwärtern, ihm zur Waffenschmiede zu folgen.

Als sie schließlich dort ankommen lässt die Hitze des Tages langsam ein wenig nach. Bald wird es dunkel werden.

Im Innenhof stapeln sich Dutzende von Kisten. Bevor Nimgart sich richtig orientiert hat, steht ein Junge vor ihm. Die Schatten des Hofes tauchen ihn in ein weiches Grau. „Wollt ihr etwas kaufen?“ Seine Stimme ist tonlos wie ein Lufthauch.

Nimgart sieht ihn kaum an, seine Blicke werden immer noch von der riesigen Menge an Kisten eingefangen. Er nickt.

„Gut, ich bringe euch zu Ottlar“, sagt der Junge und sie folgen ihm zu einem kleineren Gebäude am hinteren Ende des Hofes.

Im Inneren befindet sich ein langgezogener Saal, dessen Wände bedeckt sind mit Waffen und Rüstungen. Das Meiste ist wenig beeindruckende Massenware, hin und wieder fällt ihm aber ein Stück auf, dass das Symbol der Sterndeuter aufweist. Er nimmt einen übergroßen Morgenstern in die Hand, um das Gewicht zu prüfen. Er ist sehr leicht, eindeutig sterngedeutet, aber weit entfernt von der Qualität seines Mausbalgers. Tanklaff hat nicht gelogen, sein Hiebdolch hat eine Leichtigkeit und Dichte, die ihresgleichen sucht.

Rumpelnd öffnet sich die Tür im hinteren Bereich des Saals und der dicke Ottlar kracht ins Zimmer. Nimgart kennt ihn flüchtig, hin und wieder taucht er in der Gildentaverne auf.

„Geometer! Unsere liebsten Kunden!“ Seine weite Hose weht ihm hinterher, als er schnellen Schritts den Raum durchquert, um Nimgart zu begrüßen. Auch die beiden Anwärter werden mit Höflichkeiten bedacht. Senja reagiert immerhin mit einem anzüglichen Witz, Mohit blickt den Händler mit der gleichen lustlosen Verachtung an, die er auch allen anderen entgegenbringt.

„Wie ich sehe interessiert ihr euch für unsere sterngedeuteten Waffen verehrter Kartograf", stellt Ottlar erfreut fest.

„Ich frage mich, ob eine sterngedeutete Waffe in der Lage ist eine sterngedeutete Rüstung zu durchschlagen?"

„Ah, was für eine spannende Frage. Nun, es hängt vom Grad der Deutung ab. Umso mehr Deutungen vorgenommen wurden, umso kräftiger ist das Material. Wir verkaufen hier üblicherweise nur einfach gedeutete Gegenstände. Wenn diese aufeinandertreffen, hält die Rüstung, wie eine ungedeutete Rüstung auch den Hieb eines ungedeuteten Schwertes übersteht. Eine sterngedeutete Rüstung hält sogar bis zu einem gewissen Grad einem Elementarzauber stand. Abhängig von der Anzahl der Seelenkerne, die der Zauberer einsetzt."

„So, d.h. wenn genug Seelenkerne auf eine solche Rüstung geschossen werden, sagen wir durch einen Erdzauber zum Beispiel, wäre dies in der Lage auch diese Rüstung zu durchdringen."

Ottlar zuckt mit den Schultern, „selbstverständlich, nichts ist unüberwindlich nicht wahr? Es heißt, die Craisach-Speere der Alben seien mit so viel Seelenkernen angereichert, dass keine Rüstung ihnen widersteht. Aber auch eine mehrfach gedeutete Klinge, wird so ziemlich jeden Panzer durchdringen können."

„Aha, wie viele Seelenkerne würden wohl für so eine einfach gedeutete Rüstung reichen?"

„Sehr erfrischend, wie sich der verehrte Kartograf für unsere bescheidene Kunst der Waffenkunde interessiert", flötet der dicke Händler. „Nun“, fährt er leiser fort, „selbst die stärkste Sterndeutung, dürfte wohl vier Seelenkernen auf einmal nicht widerstehen. Jeder Stoff hat seine Grenzen.“

„Wir brauchen einfache Kettenhemden und Schlagwaffen. Kurzschwerter, Keulen und Handäxte kommen in Betracht.“

„Für eine Expedition etwa?“ Fragt Ottlar. „Es ist eine besondere Ehre für unsere Schmiede, die Kartografen der Gilde bei ihren Aufgaben zu unterstützen!“

Der Händler fördert einige zwar gute, aber auch geradezu bleischwere Gegenstände zu Tage, die zudem mindestens eine Preisklasse über dem liegen, was Nimgart bezahlen kann. Aber noch ehe er etwas einwenden kann, erklärt Ottlar, „macht euch über die Kosten keine Gedanken, gerne geben wir euch diese fantastischen, doppelt geschmiedeten Kettenhemden. Betrachtet alles, was über euren Etat hinaus geht als Spende, mein verehrter Kartograf!“

Auch Senja und Mohit sind offensichtlich von der Qualität der Panzer beeindruckt. Wie zu erwarten hat der große Ulthar, dennoch etwas zu meckern, „ganz schön schwer, habt ihr nichts leichteres?“

„Nicht in dieser Qualität, aber die winzige Beeinträchtigung der Bewegungsfreiheit wird doppelt ausgeglichen durch den besonderen Schutz. Mit diesen Rüstungen übersteht ihr sogar Armbrustschüsse unbeschadet. Und ihr habt ja nicht vor darin schwimmen zu gehen, nicht wahr?“ Er lacht fröhlich über seinen eigenen Scherz.

Besonders der geringe Preis überzeugt Nimgart, Tanklaffs Turm ist schließlich chronisch pleite. Sie suchen noch ein paar einfache Schwerter und eine kurze Keule für Mohit dazu aus und verlassen die Aal-Hau-Schmiede in dem Gefühl, ein sehr gutes Geschäft gemacht zu haben. Allein dies macht Nimgart misstrauisch, aber er kann einfach keinen Haken dabei finden, gute Rüstungen für wenig Geld bekommen zu haben. Dass sie so schwer sind, schadet bei einer Kutschenfahrt schließlich nicht. Mit den letzten Strahlen der Sonne verlassen sie die Schmiede.

18. KAPITEL

Maldan – Tylis, 06. Tinne 1053

Welcher Schulter Kennen wand
deines Herzens Sehnenstrang?

Welche Kett' und Hammer fand
in welch' Esse dein Verstand?

Welcher Hammer, welcher Welt
Bracht´ dich unters Sternenzelt?

- Miala, Dichtung aus der Zwischenwelt

Maldan liegt wach, obwohl die Sonne schon vor langer Zeit untergegangen ist. In wenigen Stunden sollen mit Tanklaff aufbrechen, um ein samorisches Gewölbe untersuchen. Für ihn heißt das, den Schutz der Gilde zu verlassen, was ein furchtbarer Gedanke ist. Seit der Nacht, in der er Tessrin im Hafenviertel besucht hat, war er nicht mehr außerhalb der mächtigen Stein-

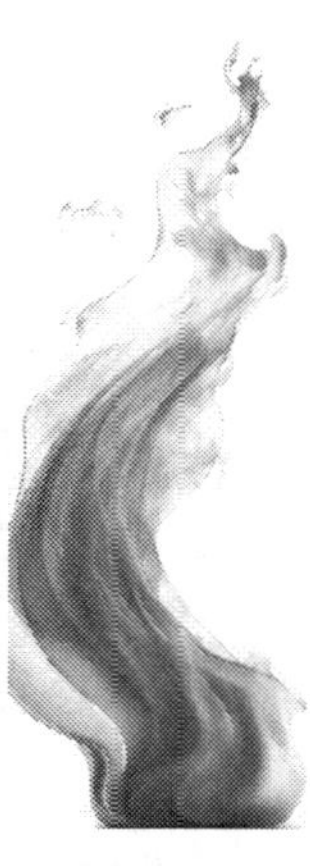

mauern. Andererseits bedeutet es auch, dass er den sagenumwobenen Tanklaff, Meister von Turm IV, treffen wird.

Draußen hängen schwere Regenwolken vor dem Fenster und verstellen den Blick auf den Sternhimmel. Der Geruch eines bevorstehenden Wolkenbruchs liegt wie ein leises Knistern über der Welt.

Er setzt sich auf und beginnt mit dem Kombüsenmesser zu spielen. Schließlich zieht er die Klinge über seinen Unterarm. Ein dünner roter Streifen bleibt zurück. Dann rollen Blutstropfen seinen Ellbogen hinunter. Maldan schließt die Augen und wechselt in die Seelensicht. Überrascht zuckt er zusammen, unerwartet sieht er tatsächlich zwei leuchtende Punkte, der eine in der Luft vor dem Fenster, der andere wenige Fingerbreit über dem Boden der Kammer. Seelenkerne, langsam auf dem Weg zum Erdboden. So langsam, dass Maldan ihre Bewegung mehr ahnt, als dass er sie sieht. Es greift mit den Augen nach den beiden Kernen und zieht sie zu sich. Wie an einem Faden gezogen, aber langsamer als Schneeflocken gleiten beide in seine Kammer. Als sie nur noch eine Armlänge von ihm entfernt sind, lässt er sie los und betrachtet sie. Noch immer rinnt ihm das Blut den Arm herunter. Er presst ein Stück Stoff auf die blutende Stelle und öffnet die Augen wieder. Obwohl die Wunde sich wieder geschlossen hat, verweilt sein Blick noch minutenlang in der Seelensicht. Gedankenverloren betrachtet er die beiden glänzenden Kristalle, die Seelen zweier Lebewesen. Es fehlt ihm die Vorstellungskraft, um zu begreifen, was oder wer diese Elemente einst gewesen sind und vielleicht wieder sein werden.

Ein vorsichtiges Klopfen an der Tür schreckt Maldan auf. Sofort steht Schweiß auf seiner Stirn und sein Herz rast. Erneut dringt das Pochen in den Raum. Dann weht kaum hörbar eine Stimme zu ihm, so leise und unwirklich, wie die Stimme eines Geistes. Unter der Tür dringt ein schwacher Lichtschein in den Raum und schlägt eine Lichtkerbe in den Schatten des Zimmers.

„Bitte öffne, Anwärter." Dann folgt ein merkwürdig rumpelnder Laut „*Hmmm.* Bei den Sternen Samors, ich schwöre, ich tue dir nichts."

Maldan setzt den Fuß auf die Stelle am Boden, auf der die Blutstropfen aus seinem Arm einen winzigen See gebildet haben. Mit der Linken greift er nach dem Türriegel, während er gleichzeitig die Rechte mit dem Kombüsenmesser hinter dem Rücken verbirgt, bereit es jedem Angreifer wie einen Meißel in die Stirn zu schlagen.

Langsam öffnet er die Tür und lugt vorsichtig um das Türblatt in den Gang.

Vor ihm steht ein seltsamer alter Mann, klein und bucklig, gebeugt von der Last der Jahre. Auf dem Kopf trägt er eine flache Stoffmütze, wie sie bei Wanderarbeitern beliebt ist. Darunter blicken zwei große braune Augen in den Raum, leer und unscharf wie die eines Blinden. Die Gestalt tippelt mit kleinen Schritten in den Raum. Maldan erkennt den Mann wieder, den er in der Universität gesehen und für einen Beschraner gehalten hat.

Der Bucklige zieht die Mütze vom Kopf und sofort geht eine unglaubliche Verwandlung mit dem Wesen vor sich. Die braunen Augen scheinen zu erwachen und schauen von einem zum anderen Moment gar nicht mehr stumpf, sondern wach und lebendig in den Raum. Das Gesicht fließt zu einer spitzen Schnauze zusammen, der Buckel verwandelt sich in den gepanzerten Rücken eines riesigen Gürteltiers, die Hände werden zu fellbedeckten Pfoten.

„Tanklaff, Meisterkartograf und Herr von Turm IV.", er lächelt ein spitzes Fuchslächeln und fährt mit seiner heiseren Mädchenstimme fort, „und im Besitz eines Wandelsteins bin ich auch, wie du siehst." Dann mustert er ihn und die Zelle eine kleine Ewigkeit.

„Maldan, du bist einen weiten Weg gekommen, um *hmmm* dich in meine Dienste zu stellen. Und ich bin froh das du hier bist. *Hmmm.*" Das Räuspern des Schildfuchses klingt, als würde jemand große Steine einen Berg hinunterrollen. „Wie ich höre beschäftigst du dich mit Elementarzauberei. Du solltet deine Fähigkeiten schärfen und vor allem den Nage-Zauber erlernen, es ist der wirkungsvollste Abwehrzauber und bitter nötig, denn deine Angriffszauber werden trotz all deines Talents nie die Kraft eines Niblisses oder einer Schurkin wie Waltania erreichen."

Ehe Maldan eine Antwort geben kann, spricht der Meisterkartograf weiter, dieses Mal mit einer um eine Winzigkeit schärferen Stimme. „Was du da hinter deinem Rücken hältst, lege es zur Seite. Ich bin nicht dein Feind und was immer es ist, es würde dir ohnehin nichts nützen." Mit einem stolzen Lächeln ergänzt er „meine Panzerung würde selbst dem Geschoss eines Katapults widerstehen."

Maldan steckt das Messer wieder hinter den Gürtel und zeigt dem Schildfuchs seine leere Hand.

„Ich wollte euch nicht bedrohen, Meister Tanklaff."

„Ist mir klar, Anwärter. Wir haben beide mächtige Feinde. Es ist richtig, dass du lernst, dich zu schützen. Ein Messer wird dir aber nicht helfen. Schlage mit den Augen, wie es nur Zauberer können. Oder lerne die noch mächtigere Kunst der Sterndeutung." Er wedelt unbestimmt mit den Pfoten in der Luft. „Aber zunächst gibt es wichtigeres. Morgen werden wir aufbrechen, um samorische Katakomben zu untersuchen." Seine Augen blitzen. „Diese Unternehmung ist nicht ungefährlich." Er blickt sich um, um sicherzugehen, dass die Tür zur Kammer geschlossen ist. „König Nechta und seine Niblisse wollen mich töten *hmmm*." Die merkwürdigen Räuspergeräusche des Schildfuchses erinnern Maldan an einen der Sklaven auf der *Zinnober Gold*, der nach einem Ruderschlag gegen den Kopf nicht mehr normal sprechen konnte.

„Dein Talent ist enorm, überlebe nur die Jahre der Ahnungslosigkeit", fährt der Meisterkartograf fort.

Ein ehrliches Lächeln erscheint in den Augen des Schildfuchses, erfasst seinen Mund wie eine Welle und verschwindet wieder in den tiefen seines klugen Fuchsgesichts.

„Wir sehen uns morgen früh – bis dahin sei auf der Hut!"

Der Schildfuchs setzt die Mütze wieder auf und verlässt als unscheinbarer alter Mann die Kammer. Maldan weiß nicht so recht, was er von seinem Auftritt halten soll, aber er ist froh, den Meister von Turm IV endlich kennen gelernt zu haben. Und wenn er ganz ehrlich ist, ist er auch geschmeichelt von dem großen Kompliment Tanklaffs. Er soll also Talent haben. Das hat ihm noch nie jemand gesagt, aber es fühlt sich sehr gut an.

Tiefen Schlaf findet Maldan diese Nacht nicht mehr, zu groß ist die Aufregung vor der morgigen Mission.

Lange vor Sonnenaufgang pocht es schließlich erneut an die Tür. Dieses Mal lauter, befehlender und dringlicher als zuvor.

„Los geht's Anwärter, die Kutsche ist da", ertönt die Stimme Nimgarts.

Als er die Tür öffnet, hält ihm der Kartograf einen schweren Reisesack hin. „Da ist dein Zeug drin, unter anderem auch ein Kettenhemd und ein Kurzschwert. Die Waffen gehören der

Gilde, sie werden euch aber geliehen. Bring ja alles unbeschadet zurück! Nun auf, die Kutsche wartet am hinteren Tor."

Maldan stolpert die steinernen Flure entlang zum Wehrgang und folgt diesem zur Treppe in den Innenhof. Dort trifft er auf seinen Freund Hadral, auf Undall und den missmutigen Mohit. Alle tragen Reisesäcke bei sich. Gemeinsam laufen sie zum riesigen Gildentor. Die Söldner ziehen wortlos einen Türflügel auf und dahinter wartet bereits eine wuchtige Fernkutsche. Maldan hat eine so hohe und robuste Kutsche noch nie gesehen. Sechs kraftstrotzende Pferde ziehen das Gefährt.

Die Kutscher, ein knorriger alter Griesgram und ein Junge, helfen ihnen die Reisesäcke in die gepanzerte Kabine zu wuchten.

Als der Junge in Undalls Sack das Kettenhemd ertastet fragt er: „Solltet ihr die Rüstungen nicht lieber anziehen, anziehen? Wer mit unseren Kutschen fährt, tut vielleicht gut daran, auf alles vorbereitet zu sein, zu sein." Undall beachtet die merkwürdige Macke des Jungen, die letzten Worte eines Satzes zu wiederholen nicht.

„Wir wollten uns eigentlich auf euch verlassen", antwortet der Novize lachend. Aber mit dem Jungen ist nicht zu scherzen, er zuckt nur lustlos die Achseln.

Schließlich sind alle Säcke in der Kabine und die drei Anwärter klettern nacheinander hinein. Von Meister Tanklaff ist jedoch nichts zu sehen. Die Kutsche hat drei Holzbänke im Inneren, auf denen jeweils drei erwachsene Männer Platz haben – wenn keiner davon ein Ulthar wie Mohit ist. Hadral und Maldan setzen sich nebeneinander, Mohit belegt eine ganze Bank und Undall setzt sich auf die dritte. Die Reisesäcke sind unter den Bänken verstaut.

„Los geht's Kutscher", ruft Undall nach vorne.

Als er Hadrals verwunderten Gesichtsausdruck sieht, sagt er leise. „Der Meister stößt später zu uns, Sicherheitsmaßnahme."

Die Kutsche nimmt Fahrt auf. Schneller und leiser, als Maldan erwartet hat, rauscht sie durch die Straßen, immer entlang der hohen Mauer zur inneren Stadt, in der die Turmköpfe wohnen. Rumpelnd jagt sie westwärts, Sonnenuntergang und Tod entgegen.

Die Anwärter helfen sich gegenseitig, die Kettenhemden anzulegen. Unbequeme und eng sitzende Fabrikate, die nur schwer zu öffnen und zu schließen sind. Lediglich Mohit wirft seines nach kurzem Anschauen knurrend in die Ecke. Offenkundig hatte man keines für einen Ulthar und hat ihm stattdessen eins der Firbolgkettenhemden mitgegeben, das ihm aber viel zu groß ist.

Als sie sich ächzend und keuchend gerüstet haben, nehmen sie die Waffen heraus. Es sind ähnlich schlecht gearbeitete Klingen, nur eine Handbreit länger als Dolche, nicht besonders scharf, aber zumindest brandneu. Sie befestigen die Scheiden an den Gürteln. Maldan hat noch nie mit einem Schwert gekämpft und fühlt sich deshalb mit der Bewaffnung nur unwesentlich sicherer als zuvor. Undall, der erheblich mehr Erfahrung zu haben scheint, führt die Waffe ein paar Mal versuchsweise durch die Luft. Dann lächelt er kopfschüttelnd, „Wir können nur hoffen, dass es zu keinem ernsthaften Kampf kommt." Selbst bei diesem Satz strahlt er noch so viel Zuversicht und Selbstsicherheit aus, dass Maldan etwas ruhiger wird.

Doch Mohit verzieht verächtlich die Lippen. „Das könnt *ihr* sowieso nur hoffen."

Draußen glitzern die ersten Sonnenstrahlen auf dem Fluss. Die Kutsche hat die Stadttore passiert und bewegt sich nun entlang des Rhin nach Norden. Manchmal ganz nah am Wasser, so dass sie nur wenige Meter vom Ufer entfernt fährt, manchmal ein Stück weiter weg. Aber immer in Sichtweite des gewaltigen Gewässers, auf dem Maldan unfreiwillig seine Kindheit verbracht hat.

Nach einigen Stunden macht sich der fehlende Nachtschlaf bemerkbar und seine Lider werden schwer. Schließlich schläft er ein. Mit den letzten Gedanken bei Tessrin und der vagen Hoffnung auf eine Welt, in der sie neben ihm in den Sonnenaufgang sieht, ohne Angst, ohne Rüstung, ohne Heimlichkeit.

Ein plötzliches Halten der Kutsche weckt ihn. Inzwischen steht die Sonne hoch am Himmel, die Regenwolken der Nacht sind weitergezogen und der Himmel ist fast ganz blau.

Die gepanzerten Kutschentüren werden aufgezogen und ein buckliger Mann mit erdbrauner Haut und einer Stoffmütze auf dem breiten Kopf klettert behände in die Kabine. Noch ehe er sitzt, zieht er die Kopfbedeckung herunter. Vor ihnen steht Meister Tanklaff, ganz Fell und Schuppen, die klugen Fuchsaugen angestrengt zusammengekniffen, um die Insassen der Kutsche zu mustern. Dann spricht der alte Meister mit seiner heiseren Mädchenstimme, „Bei den Sternen von Samor *hmmm*. Ihr seid hier, um zu lernen und gleichzeitig werdet ihr einen Beitrag dazu leisten, dass die Ordnung der Welt bestehen bleibt."

Die vier Anwärter lauschen ihm mit drei sehr unterschiedlichen Gesichtsausdrücken. Maldan bemerkt an Hadrals und Undalls weit geöffneten Augen eine ehrliche Neugierde, Mohits gespannte Lippen verraten sein Misstrauen. Maldan selbst erkennt sich in beidem wieder. Die Jahre in der Sklaverei haben ihn vorsichtig gemacht.

Während die Kutsche schwankend und holpernd über die Straße springt, immer in Sichtweite der blauen Fluten des Rhin erzählt der Schildfuchs von den sagenumwobenen Samorern. „Wir wissen nicht, wann sie Midon verlassen haben. Die Welt, die sie von der Samorer-Zitadelle aus gelenkt und gestaltet haben. Aber es gibt seit tausenden von Jahren keine Hinweise mehr auf ihre Anwesenheit. Doch der Weltenfluss besteht noch immer, noch immer sinken die Seelen der Toten in den ewigen Kreislauf hinab, um in der nächsten Welt wiedergeboren zu werden. Wenn wir nur diese Zitadelle finden könnten, würden wir vielleicht auch endlich verstehen, welchem Zweck die Weltordnung dient.“ Seine Pfoten fahren in die Höhe, als wollte er das Wissen aus der Luft pflücken, dann fährt er fort, „zunächst aber müssen wir den Stromlokk finden, um König Nechta zurück in die Zwischenwelt zu werfen, wenn er oder ein anderer selbstsüchtiger Eroberer sie findet, können wir ihn nicht mehr aufhalten. Dann werden ihm alle Geheimnisse der Sterndeutung offenstehen.“

„Welche anderen Eroberer könnten, denn noch eine Gefahr darstellen?“, fragt Undall.

„All die kleinen und großen Könige Midons. Besonders vielleicht König Balor und seine Ochsenfomorer. Sie suchen schon lange nach dem alten Wissen der Sterndeutung. “

Maldan sieht durch das schmale Fenster im vorderen Bereich der Kabine, wie der alte Kutscher dem Jungen die Zügel übergibt und sich zum Schlafen zurücklehnt. Offensichtlich hat Tanklaff angeordnet, dass nicht einmal dafür Pausen gemacht werden. Dabei dämmert es bereits und bald wird es dunkel sein. Die Pferde gehören zu den besten und ausdauernsten der Welt, dennoch werden auch sie sich irgendwann ausruhen müssen.

Der Schildfuchs senkt nun die Stimme, Maldan muss sich vorbeugen, um ihn weiter verstehen zu können. „Vor sehr langer Zeit trafen die Samorer erstmals *hmmm* auf den furchtbaren Nechta. Einen Feind, der die Weltordnung ändern wollte und mächtig genug war ihnen zu trotzen. Die Samorer *hmmm* besiegten schließlich ihn und seine Kinder, die Niblisse. Da Seelenkerne jedoch unzerstörbar sind, war er nicht vernichtet, sondern wurde nur in die nächste Welt geworfen. Es gibt Anzeichen dafür, dass er zurückkehren will. Es ist meine *hmmm*", Tanklaff legt seine pfotenartige Hand auf die Brust, bevor er auf jeden der jungen Kartografen deutet „und damit auch eure Aufgabe, ihn daran zu hindern. Wir müssen die alte Weltordnung bewahren!"

Der Schildfuchs macht eine Pause und beruhigt sich ein wenig, dann fährt er fort. „Es ist jedoch fast unmöglich Nechta oder die Niblisse zu vernichten. Nur ein Mittel ist mir bekannt, das ihm schaden kann, die Flöte der Lichtalben, der sogenannte Stromlokkk. Der machtvollste aller Zaubergegenstände, wie es heißt. Der König der Lichtalben hat ihn geschaffen und seine *hmmm* Zauberkraft überstieg sogar die König Nechtas. Jetzt ist er tot und es wird niemals wieder ein solches Instrument erschaffen werden. Denn die Zauberei der Nachtalben ist von anderer Art und weit weniger gefährlich für Nechta."

Maldan wagt, die Erzählung zu unterbrechen. „Aber stammt dieses Instrument nicht aus Istros und gehört damit den Istriern?" Die harschen Worte Domaros klingen noch in seinen Ohren.

„Nein, wie kommst du darauf? Der Stromlokkk ist viel älter als Istros, wenn er einmal dort gewesen sein sollte, dann ist er genauso wenig Eigentum von Istros geworden, wie der Wind Eigentum der Schiffe ist, die er vorwärtstreibt. Vielleicht könnte ein Lichtalb Anspruch erheben, aber meines Wissens sind sie alle von ihren Brüdern und Schwestern im Bruderkampf der Albenstämme getötet worden. Auch ich *hmmm* erhebe keinen Anspruch darauf den Stromlokkk dauerhaft zu besitzen, wir brauchen ihn nur, um Nechta zu vertreiben."

Darüber muss Maldan nachdenken. Dann ist es also falsch, was Domaro verlangt. Maldan ist erfüllt von Respekt und Achtung für den Schildfuchs. So viel Milde und Klugheit strahlt das Wesen aus. So viel mehr als Domaro mit seinen harten Augen und zusammengekniffenen Lippen.

Sie lauschen den Erzählungen des Schildfuchses über die längst vergangenen Samorer und wie sie die Kräfte der Sterne zu deuten wussten. Aber schließlich hört Tanklaff auf zu reden, dreht sich ohne ein weiteres Wort zur Seite und rollt sich zu einem Ball aus blanken Panzerschuppen zusammen. Er fängt beinahe augenblicklich an zu schnarchen. Die anderen tun es ihm gleich und auch Maldan schließt die Augen.

Etwas rüttelt ihn unsanft und er fährt hoch. Verschlafen erkennt er Hadral, dessen Hand auf seiner Schulter liegt und ihn unsanft schüttelt. In der anderen Hand hält er ein kurzes Fernrohr mit goldenen Beschlägen. Es ist nicht einmal halb so lang wie die Fernrohre, die er von der *Zinnober Gold* kennt, aber sicherlich doppelt so wertvoll.

Lächelnd deutet Hadral aus dem Fenster. Die Sonne geht gerade auf und ihre glitzernden roten Strahlen brechen sich auf den Wassern des Rhin. Die Kutsche bewegt sich jetzt entlang der Mogon-Klippen, kaum zwei Armlängen neben ihr endet die Straße und hinter einem hüfthohen Holzzaun geht es gut hundert Ellen steil nach unten. Ein fantastischer Anblick, zumal im Feuer der Morgenröte.

Maldan und Hadral genießen einige Momente staunend den Ausblick. Mohit und Tanklaff scheinen noch zu schlafen, lediglich Undall reibt sich ebenso beeindruckt den dichten Bart, während er nach draußen sieht.

„Ich habe noch nie etwas so schönes gesehen", sagt Hadral, „um Treva gibt es weder Berge noch Klippen."

Maldan öffnet dem Mund, um zu antworten, doch ehe er einen Laut herausbringt, zerreißt ein panischer Ruf den Moment. Maldan versteht nicht, was gerufen wurde, aber er sieht Undalls entsetzten Gesichtsausdruck; er zeigt nach vorne auf den Fahrersitz der Kutsche. Verwirrt sieht Maldan sich um, irgendetwas stimmt hier nicht. Jemand hat den Holzzaun vom Straßenrand entfernt und die Kutsche jagt nur noch wenige Ellen vom Rand der Klippe entfernt vorwärts.

Bevor Maldan ganz begreift, wie gefährlich nah sie dem Abgrund sind, zieht ein wildes Handgemenge auf dem Kutschbock seinen Blick auf sich.

Die beiden Kutscher schlagen aufeinander ein. Der alte, aber viel größere Mann schwingt die Peitsche gegen den Jungen, dieser hält die Zügel in der einen und einen schwer zu erkennenden, schwarzen Gegenstand in der anderen Hand. Mit dem schwarzen Ding stößt er immer wieder auf den Alten ein. Dieser sackt schließlich zusammen und kippt lautlos zur Seite.

„Raus aus der Kutsche!", brüllt Undall angsterfüllt und tritt die Kutschentür auf. Dann springt er, ohne zu zögern, aus dem rasenden Gefährt. Mohit müht sich ebenfalls zur Türöffnung, auch Maldan will ihm folgen, nur Hadral ist erstarrt vor Schreck. Der Schildfuchs fährt aus dem Schlaf hoch, doch ehe irgendwer noch etwas tun kann, reißt der Junge die Zügel zur Seite. Die Pferde scheuen einen Moment, sie versuchen verzweifelt vor dem Abgrund zum Stehen zu kommen. Doch unbarmherzig lässt der Zwerg die Peitsche knallen. Konfus von der Angst vor dem Abgrund und der Furcht vor der Knute, bäumen die Pferde sich zu spät auf. Der Schwung des Galopps trägt sie über die Klamm.

Die Zeit hält einen endlosen Augenblick inne. Die Kutsche scheint still in der Luft zu stehen. Der Moment vergeht und die Kutsche stürzt mit beiden Kutschern, den Pferden, der sterngedeuteten Kabine und allem darin hundert Ellen in die Tiefe. In der Luft kippt sie nach hinten, die schwere Kabine nähert sich schneller dem Gold glänzenden Fluss als die Pferde. Maldan wird in den Sitz gepresst, Tanklaff kracht neben ihm in die Holzbank. Alle Kartografen werden im Chaos des Sturzes durcheinandergewirbelt.

Mit einem unbeschreiblichen Getöse kracht alles auf die Wasseroberfläche und zerreißt den Schimmer der Morgensonne, wie ein schwarzer Hammer einen gläsernen Teller.

Der Rahmen der Kutsche bricht auseinander. Holz- und Eisenteile schießen ins Innere der Kabine. Maldan spürt eine Art Reißen und dann eine ungewöhnliche Kühle am Rücken. Die Kutsche durchstößt die Flussoberfläche und von überall pressen sich die Fluten gegen sie. Fast augenblicklich wechselt Maldan in die Seelensicht. Wenige Ellen entfernt, schweben die Seelenkerne der Pferde und mindestens eines Kutschers im Wasser, mit der Seelensicht sieht er sie hell wie Fackeln strahlen.

Der riesige Mohit zieht sich unter Wasser zur Türöffnung und packt dabei Maldans Arm, um ihn mit sich zu zerren. Doch die Reste der Kabine sinken mit solcher Kraft, dass er nicht vorwärts kommt. Maldan kann kaum Arme und Beine bewegen, ihm ist, als fließe alle Stärke aus seinem Körper heraus.

Überall um ihn herum schimmert sein eigener Seelenstaub, er muss verletzt sein. Einen winzigen Moment will er aufgeben. Ist der Fluss der richtige Ort für ihn, um zu sterben? Dieser Gedanke fühlt sich falsch an. Er fasst alle Seelenkerne, die er erreichen kann, und lässt sie so stark rotieren, dass sie einen Strudel nach oben bilden. Die Zauberer der Universität würden sagen, er beschwört *Salmans Wasserwirbel.*

Drei, vier, fünf Seelenkerne zieht er an sich, alle Pferdeseelen, und die Seele des Kutschers. Der Strudel gewinnt an Kraft, wie ein wirbelendes Seil aus Wasser umschlingt er ihn. Doch der Zauber ist immer noch zu schwach und sie sinken weiter. Seine Lungen wollen ihn zum Atmen zwingen, aber noch hält er aus. Da erscheint wie aus dem Nichts direkt neben ihm ein weiterer Seelenkern. Die furchtbare Bedeutung dieses Vorgangs wird ihm erst später bewusst. Instinktiv greift er den sechsten Kern und nun ist *Salmans Wirbel,* stark genug. Er erfasst Maldan und Mohit und einen weiteren Körper und zeiht sie zur Oberfläche.

Tanklaff! Denkt er und versucht, den Wirbel nach unten auszudehnen, doch zu spät, zu schwach, die Kutsche verschwindet in den endlosen Tiefen des Flusses und reißt den Schildfuchs mit sich.

Er kann dem Drang nicht mehr widerstehen, nach Luft zu schnappen. Dann wird es dunkel.

19. KAPITEL

Nimgart – Tylis, 07. Tinne 1053

Die Gesetzgebung der Baronate unterscheidet sich wesentlich von der tylischen. Eine Besonderheit ist das sogenannte Hausrecht. Niemand darf einen anderen in dessen eigenem Haus angreifen. Der Hausherr hat jedoch alle Rechte gegenüber seinen Gästen. Niemand darf ihn richten, wenn er diesen etwas antut.

Das Ganze geht zurück auf eine angebliche Aussage des ersten Barons, der zu seinen Untertanen gesagt haben soll: „Nun bauet mir eine steinerne Burge, darinne ich sicher sei, denn in seinen Mauern kann keiner einem etwas antuen."

Mangels anderer Quellen wird solchen, eher banalen Aussagen, eine tiefere Bedeutung zugesprochen, als vermutlich beabsichtigt war. Aus der hier zitierten meinen manche ableiten zu können, dass dieses Hausrecht nur für gemauerte Gebäude gilt. Aber das geht doch etwas zu weit, oder meinen Sie nicht?

– Pétr, Kartograf, „Bräuche und Gesetze in den Baronaten von Trunum“

Nimgart kämpft sich durch die Wildnis, immer wieder hackt er hüfthohe Stauden mit dem Mausbalger aus dem Weg. Die blauen Kugelblüten der Disteln pflastern wie abgeschlagene Köpfe ihren Weg. Hin und wieder hört er Bosco, den Waldläufer hinter sich angestrengt schnaufen. Der massige Halbalb schiebt die ärgerlichen Stängel mit seinem Speer zur Seite. Der Weg wird noch dadurch erschwert, dass das Gelände hügelig ist und sie sich oftmals steil bergauf kämpfen müssen.

Schließlich erreichen Sie einen schiefen Baum, unter dem Sie Rast machen. Wie ein unglücklicher Bergsteiger seine Finger, hat der verirrte Baum seine Wurzeln, in den Fels geschlagen. Und obwohl er karg und knöchern erscheint, bekommt er so doch genug Wasser, um sich am Leben zu erhalten.

Der Waldläufer betrachtet den Baum, dann sieht er Nimgart lächelnd an und bemerkt bewundernd: „Was für ein Kämpfer, sieht man selten, Bäume, die an so ungastlichen Stellen treiben und es dennoch zu voller Blüte bringen.“ Er grüßt den knorrigen Kletterer mit seinem Hut.

„Ein Baum.“ Nimgart zuckt die Achseln. „Da hinten liegt ein Findling und den Hang herunter ein Haufen Disteln, vielleicht willst du denen auch noch deine Aufwartung machen?“

Der Halbalb wischt umständlich den Schweiß von seinen kurzen Stoppelhaaren „da wäre man wirklich lieber mit Pétr gereist.“

Nimgart beachtet ihn nicht weiter, kaum zu glauben, dass der tellergesichtige Bosco einer der kaltblütigsten und geschicktesten Waldläufer von ganz Midon sein soll. Pétr hat ihm erzählt, dass er einmal dabei war, als er durch einen Sumpf voller Krokodile

gewatet ist. Ein anderes Mal soll er so geschickt einen turmhohen Wasserfall hinunter gesprungen sein, das weder Strom noch Steine ihm einen Kratzer zugefügt haben.

Nimgart kramt seine Aufzeichnungen hervor, dann zeichnet er ihre Route auf der Karte nach.

Der Halbalb schüttelt den Kopf, „Merkt man gleich, dass du ein Freund von Pétr bist. Immer Karten, Karten, Karten." Er zieht den Schlapphut in den Nacken und deutet auf seine Stirn. „Da soll man die Karte haben." Dann nutzt er den noch auf die Stirn deutenden Finger, um sich an der breiten Nase zu kratzen.

„Pétr ist tot", antwortet Nimgart lakonisch.

Bosco hält inne und sieht ihn erschrocken an, „Tot? Was für ein Unglück man! Wie ist das passiert?"

„Dolch in den Hals", Nimgart sieht nicht von seiner Zeichnung auf, während er das sagt. Es ist schon so weit weg für ihn. Er erinnert sich, dass Pétr ihm einmal wichtig war, sogar der wichtigste Mensch in seinem Leben. Das war zu einer Zeit, als er noch dachte, die Gilde sei anders, als die Baronate. Als er noch dachte, es gäbe einen Ort, an dem die Gewalt keinen Zutritt hat. Ihm ist klar, wie wichtig diese Lektion ist. Nirgends ist man sicher. Immer muss man bereit sein zu kämpfen.

Der Halbalb reibt sich mit hängenden Mundwinkeln die Stirn. „Armer Pétr. Weiß man wer es war?"

„Unklar. Tanklaff sagt es seien Niblisse gewesen, ich glaube die bildet er sich nur ein. Für mich sahen sie wie gewöhnlich Meuchelmörder aus. Allerdings verstanden sie ihr Geschäft."

„Niblisse existieren", antwort der Halbalb nachdenklich. „Es sind Nebelgeister, die König Nechta dienen. Jedenfalls hat mir das einmal der Zauberer von Murias erzählt und man wüsste nicht, das er je gelogen hätte. Nachhall der Mörder und Wasserlied die Magierin, heißen sie, sagt man."

„Ein Albenzauberer der mit einem Halbalb Geheimnisse teilt?"

„Auch wenn ich ein Waldläufer bin, diene ich Fürst Cridbél von Murias, ich kümmere mich um die Salfar-Eulen und dort hört man Dinge, die sonst keiner hört."

„So?" Nimgart mustert den breiten Mann mit der harten und beinahe weißen Haut. „Weißt du auch, was der Stromlokk ist und wo er sich befindet?"

„Nein, nie gehört." Die Worte schießen viel zu schnell aus seinem Mund, „aber ich weiß, dass man Nechta und die Niblisse ebenso wenig mit einem Schwert töten kann, wie die Nebelschwaden über dem Rhin" er fährt sich über die Nase und betrachtet dann seine Finger.

„Legenden. Oder hast du schon einmal einen gesehen? Manches Wesen mag einen Schwertstreich überleben, aber jedes Wesen lässt sich töten, wenn man es nur lang genug mit Eisen oder Feuer bearbeitet. Egal, wie dick die Panzerung auch sein mag."

„Hat man schon einmal eine Wolke verbrannt oder erschlagen?", antwortet Bosco lakonisch.

Eine Zeitlang sitzen sie schweigend nebeneinander und trinken Wasser. Ein leichter Wind kühlt ihre Gesichter, es ist hier nicht ganz so heiß wie in Tylis. Nimgart genießt das mildere Klima.

Er deutet auf die Sonne, „wir haben noch zwei bis drei Stunden Licht, wenn wir uns beeilen erreichen wir noch vor Einbruch der Dunkelheit den Gasthof im Weidental. Dort wurde der Schriftgelehrte zuletzt gesehen."

Der Halbalb nickt, „ja, wie besprochen, dort beginnen wir die Suche."

Nimgart mustert den Waldläufer, „das Wichtigste ist, keinen Verdacht zu erwecken. Ich werde mich als dein Diener ausgeben, so habe ich mehr Gelegenheit mich umzusehen. Dich werden sie beeindrucken wollen und zu den besten Zimmern führen."

Der Halbalb scheint noch etwas bleicher zu werden, als er ohnehin ist. Auf seiner Stirn bildet sich ein Schweißtropfen.

Dann schüttelt er den Kopf, „man lügt nicht mein Freund. Ich bin nicht der richtige dafür!", während er das sagt, nestelt er unentwegt an seinem Mantel herum.

Der Dicke ist unerträglich kauzig, denkt Nimgart, nie sind seine Hände ruhig.

„Es geht nicht anders. Du musst nicht viel sagen, in den Baronaten neigen die Leute nicht dazu Fremde auszufragen. Ganz besonders nicht dieser Gastwirt, ich kenne ihn noch aus meiner Kindheit, es ist ein übler Geselle. Er darf mich auf keinen Fall erkennen, sonst besteht die Gefahr, dass der Baron davon erfährt. Es ist besser ich gelte auch weiter als tot."

Der Halbalb kratzt nachdenklich mit seinen Fingernägeln über den Speerschaft. „Ich will dich nicht hängen lassen, aber man fühlt sich nicht wohl dabei."

Nimgart lächelt grimmig, „ja, es ist eine gefährliche Gegend mit überaus misstrauischen Menschen. Aber wenn du ruhig bleibst und so wenig wie möglich sagst, kann nichts passieren. Versuche, dich würdevoll zu benehmen. Unterdrücke einfach jede Handbewegung, die dir in den Sinn kommt – besonders die sinnlosen, die in dein Gesicht führen."

Der Halbalb sieht ehrlich gekränkt aus, er öffnet den Mund, um etwas zu sagen, schließt ihn dann aber wieder und schweigt. Sie tauschen die Mäntel und brechen auf.

Trotz der hinderlichen Disteln und dem unwegsamen

Gelände erreichen Sie das Tal noch vor Sonnenuntergang. Kurz bevor sie in Sichtweise des Gasthofs sind, packt Nimgart noch einmal die Karte aus und ergänzt den Rest des Weges. Sicherlich keine einfache Route, aber die einzige, über die man die Baronate von Tylis aus erreichen kann, ohne um die Hügel herum zu müssen.

Er rollt das Leder zusammen, verstaut es in der Kartentasche und sie betreten das Tal.

Die blauen Distelbüsche werden weniger, vor ihnen taucht ein langgezogener Backsteinbau auf, umgeben von einem Dutzend Weiden. Aus dem Schornstein schwebt dunkler Rauch in den Himmel.

Der Waldläufer stützt sich auf seinen Speer und betrachtet die Umgebung misstrauisch. „Normalerweise vermeidet man es Bewohnern der Baronate so nahe zu kommen."

„Völlig zu recht", antwortet Nimgart trocken, „abgesehen vom Winter 1036, in dem sich ein Pärchen Tatzelwürmer in die Hügel verirrt hatte, waren die Baronatsbewohner hier immer die gefährlichsten Lebwesen." Er nickt Bosco aufmunternd zu, die Rückkehr in die alte Heimat beflügelt ihn. Die Vertrautheit der Umgebung, des Windes und selbst der Disteln trägt ihn zurück in die schönen Stunden seiner Kindheit. Also die wenigen friedlichen Jahre, bis er mit zwölf Jahren das erste Mal Ziel eines Mordanschlags wurde.

Müde von der langen Wanderung durchqueren sie das Tal und gelangen in der Dämmerung zum Gasthof.

Noch ehe sie sich der Tür auf fünfzig Schritte genährt haben, ertönt wildes Hundegeheul.

Nimgart fährt zusammen, aber der Waldläufer setzt seinen Weg unbekümmert fort.

Die Tür öffnet sich und ein Schrank von einem Mann, glattrasiert, aber mit schulterlangen grauen Haaren öffnet ihnen. In der Linken hält er eine Laterne, in der Rechten eine eisenverstärkte Leine, an der zwei zähnefletschende Hügelhunde fauchen und zetern.

Nimgart erinnert sich, diese Sorte Hund wird nur in den Baronaten gezüchtet, sie sind zu langsam für die Jagd, aber dafür mit ihren kräftigen Kiefern und muskelbepackten Körpern die gefährlichsten Wachhunde Midons.

„Unterkunft für Zwei mein Herr", ruft der Halbalb tonlos und lässt Münzen in einem Lederbeutel klingeln.

Der Alte starrt sie einige Momente durchdringend an, ohne etwas zu sagen. Die ganze Zeit toben die Hunde vor Blutlust. Schließlich tastet sich ein dünnes Lächeln auf seinen breiten Kiefer.

„Nur herein werte Herren, wir freuen uns immer über Besuch."

Nimgart hat nichts anderes erwartet, die Baronatsbewohner sind immer freundlich. Wenn sie einem gut gesonnen sind, sind sie es gerne, wenn sie einem schlechtes wollen, vereinfacht Freundlichkeit die Arbeit des Mörderdolchs.

Der Mann zischt ein paar Mal und die Hunde Knurren nur noch, statt wie tollwütig zu bellen.

Sie betreten den Schankraum. Ein breiter Kamin ist von drei Holztischen umgeben, die Wände sind mit Bärenfellen geschmückt. „Girda, Girda!", ruft der Alte ins Innere, „Gäste! Feuer an und bring etwas zu trinken!"

Er bedeutet Nimgart und dem Halbalb sich zu setzen und abzulegen. Mit Genugtuung nimmt Nimgart zur Kenntnis, dass er fast ausschließlich den Waldläufer anspricht. Ihre

Täuschung ist geglückt. Allein weil sie die Mäntel getauscht haben und Nimgart sich im Hintergrund hält. Er betet, dass der dicke Halbalb mit seiner skurrilen Art nicht alles verdirbt. Hoffentlich fängt er nicht wieder an seine Nase durchzukneten.

Sie legen die Mäntel ab und setzen sich. Inzwischen dringt kaum noch Licht durch die Fenster, in den Hügeln wird es immer rasend schnell dunkel, erinnert sich Nimgart mit einem Anflug von Wehmut,

Girda, eine kräftige Matrone mit sanften Augen bringt ihnen Suppe. Die übliche, leicht versalzene Hühnersuppe, die in den Baronaten der Standard ist. Einen Moment verliert sich Nimgart ganz gegen seine Gewohnheit in den Erinnerungen an seine Kindheit.

„Was führt euch denn in unsere schönen Hügel, verehrte Reisende?" Knarrt die Stimme des Gastwirtes.

Nimgart schweigt und hofft, dass der Halbalb den richtigen Ton trifft.

„Man war letzten Monat mit dem berühmten Schriftgelehrten Koljann verabredet." Innerlich zieht Nimgart verärgert die Luft ein, niemals würde eine Person von Stand von sich und seinem Diener als `*man*` sprechen.

„Er müsste durch die Baronate gekommen sein. Hat man von ihm gehört?" Fährt der Halbalb fort. Dem Gastwirt scheint Boscos ungewöhnliche Art zu reden nicht aufzufallen oder er schreibt es den abseitigen Bräuchen der Alben zu.

„Nie gehört. Vielleicht fragt ihr einmal im Gasthof am westlichen Eingang der Hügel."

Gerne würde Nimgart fragen, was es sonst Neues in den Baronaten gibt, ob es Anschläge auf einen der Barone gab, wie die Stimmung bei den Bürgern ist und ob es Kriegsplanungen gibt. Aber das würde einem Diener nicht zustehen und so schweigt er lieber.

Als sie die Suppe beendet haben, erhebt sich der Gastwirt. „Darf ich euch nun die Zimmer zeigen verehrter Herr?"

Der Halbalb steht umständlich auf, juckt sein Knie und dann verlassen die beiden den Raum.

Als sich Nimgart, müde von der Reise streckt, betritt die Alte das Zimmer und schenkt ihm aus einer großen Flasche Wein ein. „Ruht euch nur aus, so lange mein Mann dem hohen Herrn das gute Zimmer zeigt."

Inzwischen knistert das Feuer lustig im Kamin und Nimgarts Gedanken wandern wieder in die Vergangenheit. Als Jungen sind sie oft an den Rand der Baronate geritten und von dort durch die Distelfelder gewandert. Oft mussten sie vor den Hunden des Gastwirtes wegrennen. Nie hat dieser ihnen geflucht, nie offensichtlich die Hunde auf sie gehetzt, denn das ist nicht die Art der Baronatsbewohner. Stattdessen war er höflich und freundlich in den Worten aber böse und heimtückisch in seinen Taten. Nimgart ist überzeugt, dass die Hunde sie nicht zufällig durch die Hügel gejagt haben.

Während er seinen Gedanken nachhängt, wärmt der Wein seinen Bauch und das Feuer seine Glieder. Ein paar Minuten wird er sich ausstrecken können. Er legt sich auf die Holzbank und lässt die Arme baumeln. Auf seiner Zunge ist noch immer der süße Geschmack des Weines. Es ist der in den Baronaten übliche Traubenwein, aber dieser ist viel süßer und schwerer als in seiner Erinnerung.

Mit einem Schlag ist Nimgart wach. Süßer! Man hat etwas beigemischt. Es muss eines der Schlafgifte sein, auf deren Herstellung man sich hier gut versteht.

Er zwingt sich liegen zu bleiben, bis die alte Matrone den Raum wieder verlassen hat, dann kramt er mit schwerer werdenden Fingern die Gegengifte aus seiner Gürteltasche. Es ist keine Zeit, um jetzt das Richtige zu finden. Stattdessen zerbeißt er den in Kohlblätter gewickelten Haselwurz und erbricht sich unter die Holzbank. Stoßweise ergießt sich die rote Flüssigkeit gemeinsam mit der Suppe auf den Boden, sofort breitet sich der üble Gestank des Ausgespienen im Raum aus.

Nimgart nimmt alle Kraft zusammen, die sein von der Reise erschöpfter und vom Erbrechen ausgezehrter Körper noch aufbringen kann. Er streift die Stiefel ab und zieht vorsichtig den Mausbalger aus der Scheide. Dann steht er auf und schleicht zur Tür, durch die die Alte verschwunden ist.

Aus dem Nebenraum hört er jetzt leise Stimmen. Er presst das Ohr an die Tür und lauscht.

„Der feine Herr ist in der Grube, hast du den anderen Lügner schon abgefüllt?"

Die leise Antwort der Frau kann er nicht verstehen, aber dann hört er wieder den Gastwirt. „Diese dämlichen Betrüger, haben was zu verbergen, vielleicht ist man uns auf die Spur gekommen Girda!"

„Und der angebliche Diener hatte bessere Stiefel an, als der verdreckte Alb", ergänzt die Matrone.

„Sieh mal nach, ob er schon hin ist, ich hole die Hunde, damit sie sich um den anderen kümmern, hoffe, sie können das Albenfleisch überhaupt beißen. Ist der erste von der Sorte seit Jahren."

Einige Atemzüge wartet Nimgart mit erhobenem Dolch. Er hört, wie in einiger Entfernung eine Tür auf und zu geht, dann geht die Klinke herunter und die Alte betritt vorsichtig den Raum.

Nimgart zertrennt ihre Kehle mit einem Hieb. Der Hals blutüberströmt, das Gesicht vor Entsetzen verzerrt, taumelt sie gegen die Wand. Nimgart springt vor, presst die Hand auf ihren Mund und lässt sie vorsichtig auf den Boden gleiten. Erst als sie nicht mehr strampelt, lässt er sie los. Seine Hände zittern von der Anstrengung, das Gift macht ihm zu schaffen.

Draußen hört er jetzt die Hunde anschlagen. Er überlegt, wie er den Gastwirt und die Hunde getrennt ausschalten kann. Wenn der Alte die Hunde auf den Halbalb hetzt, sollte er Zeit haben, sich um ihn zu kümmern. Vorsichtig schiebt der den Mausbalger zurück in die Scheide, dann befeuchtet er sein Gesicht mit etwas Wein vom Boden, damit es aussieht, als sei er stärker vergiftet, als es der Fall ist.

So leise und vorsichtig wie möglich öffnet er die Eingangstür, dann packt er die Tote bei den Füßen, schleift sie aus dem Haus und legt sie hinter einem Stapel mit Brennholz ab, damit man sie nicht vom Hauseingang aus sehen kann.

Aus dem Inneren hört er die Hunde fauchen und kläffen. Er erinnert sich an die mächtigen Kiefer der Bestien, kein schönes Ende für den armen Bosco, denkt er.

Er stützt sich auf dem Holzstoß ab und täuscht einen heftigen Hustenanfall vor. Laut genug, damit er auch im Haus zu hören ist.

Schweiß schießt auf seine Stirn, die Kraft verlässt seine Beine und er muss dem Drang widerstehen sich hinzusetzen. Versuchsweise greift er nach dem Griff des Mausbalgers auf dem Rücken, schon diese Bewegung strengt ihn an. Er richtet die schweißverklebten Augen auf den Türeingang.

Da erscheint auch schon die robuste Gestalt des Gastwirtes.

„Mir geht es sehr schlecht werter Herr", presst Nimgart hervor. Der Satz schmerzt ihn nicht nur körperlich. Es ist ihm zuwider diesen Bauern unterwürfig anzureden.

„Mein lieber Freund“, antwortet der Gastwirt und streckt ihm die linke Hand entgegen, die Rechte hält er verborgen hinter dem Rücken, „ihr müsst euch den Magen verdorben haben, kommt herein und legt euch für einen Moment hin.“

„Allein, mir fehlt die Kraft“, zischt Nimgart, „kommt zu mir und stützt mich.“

Die Augen des Gastwirtes verengen sich und er zieht die Hand zurück. „Kommt doch zu mir ins Haus, dann finden wir eine Lösung.“ , er dreht den Kopf eine Winzigkeit und ruft ins Innere des Hauses, „Girda!“

Ihre Blicke treffen sich und alle Zweifel sind ausgeräumt. Beide wissen, die Augen des Gegenübers sind die eines Raubtiers.

Aus der Ferne schwillt das Bellen und Toben der Hunde an.

Ein böses Lächeln erscheint auf dem Gesicht des Alten. „Ich befürchte euer *Herr* ist in Gefahr. Noch können wir ihn retten, kommt mit mir ins Haus mein Freund.“

Nimgart lehnt sich schwer gegen den Holzstoß, als würde ihn die Kraft verlassen. „Nun aber euer Weib ist hier draußen und sie benötigt ebenso schnell Hilfe.“

Die Augen des Alten verengen sich und er ruft erneut, dieses Mal noch lauter: „Girda! Girda!!“

Aber aus dem Haus antwortet ihm nur das immer wilder und wütendere Gekläff der Hügelhunde.

„Ja, wo ist die denn?“ Presst Nimgart zwischen den Zähnen hervor. Wein tropft ihm wie Blut aus dem Mund.

Der Gastwirt zieht einen schartigen Mausbalger hinter dem Rücken hervor und ist mit einem Satz aus dem Haus. Darauf hat Nimgart nur gewartet, so schnell er kann zieht er den eigenen Dolch und hackt in einer Bewegung nach dem Kopf des Gegners.

Aber er ist nicht so schnell wie sonst, das Gift ist noch immer in seinem Bauch. Statt dem Alten den Kopf zu spalten, trifft er lediglich den Waffenarm und stanzt eine rote Kerbe hinein.

Doch der Alte scheint nichts zu fühlen. Er packt Nimgart mit der Linken am Hals und wirft ihn zu Boden. Er ist stark wie ein Pferd. Nimgart hat keinen Platz mehr, um auszuholen, im Liegen ringen sie weiter. Nimgart geht die Luft aus, seine Kraft schwindet. Ohne zu sehen, was er tut, gelingt es ihm, den Mausbalger in der Hand zu drehen und so die Seite der Klinge mit dem Sägeschliff ans Bein des Anderen zu bringen. Während die schraubstockartigen Arme des Gastwirtes das Leben aus ihm pressen, führt er die Klinge nur aus dem Handgelenk vor und zurück. Wie man einen Ast sägt, bearbeitet er den Oberschenkel des Alten. Arbeitet sich durch die Hose, das Fleisch den Knochen. Nicht ein Stöhnen entringt sich der Kehle des Alten. Vielleicht empfindet er wirklich nichts. Doch als die Klinge den Oberschenkelknochen aufsägt, lassen die Hände plötzlich nach. Mit letzter Kraft bäumt Nimgart sich auf und ist frei.

Keuchen springt er auf und entwischt einem letzten tierhaften Zupacken des Alten. Arm und Bein liegen in kleinen Seen aus Blut, dessen Röte noch stärker schimmert, da das Gesicht des Gastwirtes nun weiß wie Schnee ist.

Nimgart verharrt keuchend und wartet, bis der Gastwirt verblutet ist. Eine Weile betrachtet er das tote Geschöpf, er sieht nun wieder aus wie ein Mensch. Aber Nimgart ist sicher, dass es sich um einen furchtbaren Mörder gehandelt hat, unfähig und unwillig Gefühle bei sich oder anderen zu erlauben.

Er hebt beide Mausbalger auf, reibt sich den schmerzenden Hals und betritt das Gasthaus. Die Hunde sind nicht mehr zu hören, vermutlich sind sie bereits dabei den dicken Halbalb zu verschlingen, denkt Nimgart.

Vorsichtig schleicht er durch die Flure des Gemäuers, bis er schließlich eine weit offen stehende Tür findet. Dahinter sieht er eine geöffnete Falltür. Schwach dringt ein Geräusch zu ihm hoch. Es ist das leise Schluchzen des Waldläufers.

Nimgart kniet sich an den Rand der Öffnung und leuchtet mit der Öllampe hinunter.

Am Boden sitzt Bosco, in jedem Arm hält er einen der monströsen Hunde. Der Kopf des einen ist zerschmettert, der andere winselt in einer Mischung aus Zuneigung und Trauer.

Der Halbalb wischt sich eine Träne von der Nasenspitze und flüstert, „musste ihn töten, man konnte nicht mit ihm reden. Zumindest der hier ist jetzt friedlich", er streichelt sanft den breiten Schädel des lebenden Ungeheuers.

Nimgart runzelt die Stirn und nickt. Den Mausbalger behält er in der Hand, für den Fall, dass das Monster es sich doch wieder anders überlegt. Dann sieht er sich in der Grube um. In jeder Ecke sind Haufen von Menschenknochen aufgeschichtet. Die meisten weisen starke Bissspuren auf. Am Ende der Grube befindet sich ein schulterhoher Durchgang.

Vorsichtig leuchtet Nimgart mit der Lampe hinein. Dahinter ist ein weiterer Raum. Alle Wände sind mit Regalen versehen, in denen sich Reisetaschen, Säcke und Kleidung stapeln. Die meisten bedeckt mit krustigen rostroten Flecken. Getrocknetes Blut.

Neben ihm taucht jetzt die massige Gestalt des Waldläufers auf. „Der Gastwirt hat seine Besucher umgebracht, statt sie zu bewirten."

„Vermutlich nur die, die von weit her kamen", antwortet Nimgart, „hätte er örtliche Händler getötet, wäre das schnell aufgefallen. Wenn Koljanns gelehrter Schädel unter den Opfern ist, müssen hier seine Aufzeichnungen liegen. Der Gastwirt wird kaum etwas damit anzufangen gewusst haben."

Gemeinsam beginnen sie die Taschen und Mäntel zu durchsuchen. Gold oder Schmuck ist natürlich nirgends mehr zu finden, nicht einmal ein räudiger Silberstater. Doch schließlich zieht Bosco ein Dutzend aufgewickelter Lederhäute heraus. In winziger Schrift finden sich darauf hunderte von Aufzeichnungen.

„Da", Nimgart deutet auf ein Kürzel am oberen Rand der Lederhaut. „Das ist Koljanns Kürzel. Die Baronate waren also seine letzte Station. Sogar nicht versendete Briefe liegen hier noch. Dieser ist sogar an Tanklaff adressiert. Das wird den alten Kauz brennend interessieren."

„Es ist gut, dass man diesem Mörder ein für alle Mal das Handwerk gelegt hat", seufzt der Halbalb.

Nimgart zuckt mit den Achseln. „Hoffen wir, dass Koljanns Aufzeichnungen den ganzen Ärger wert sind."

Missbilligend schüttelt der dicke Halbalb den Kopf.

„So, wir sollten uns jetzt beeilen, wer weiß, wer sonst noch zu dieser Bande von Raubmördern gehört."

Sie packen alles zusammen und verlassen das Tal noch in der gleichen Stunde. Zu dritt, denn der trauernde Hügelhund weicht nicht mehr von Boscos Seite.

20. KAPITEL

Maldan – Tylis 09. Tinne 1053

Ich hatte in Murias die Gelegenheit mit dem Druiden der Nachtalben zu sprechen. Wie zufällig habe ich eine Bemerkung über die wunderbaren Schätze fallen lassen, die die Tempel von Istros einst beherbergten. Mir war ja bekannt, dass der Druide dort belesene Gesprächspartner vermisst und äußerst redselig wird, wenn man ihn herausfordert. Also behauptete ich rund heraus, der größte Schatz von Istros sei doch wohl die Wasidian-Statue in der Bucht gewesen, die immer wenn das Wasser sie erreichte, warnend den Arm hob. Sogleich fiel mir der Druide ins Wort und erklärte frank heraus, der sagenhafte Stromlokk sei an Macht und Zauberkraft nicht zu übertreffen.

Da lockte ich ihn mit der These, dass nun sicher die Beschraner dieses Wunderding hätten, da sie ja die Stadt plünderten.

Worauf er augenzwinkernd antwortete, dass einige der beschranischen Sklavenjägerschiffe direkt nach der Plünderung von albischen Schiffen aufgebracht und die eroberten Schätze dann sicher ins albische Gorias gerudert wurden.

Kurzum, ich bin sicher, der Stromlokk findet sich in der Hügelburg der Nachtalben von Gorias! Dort solltet ihr suchen, mein Freund. Doch es ist ein sehr gefährliches Unterfangen. Lasst uns dies besprechen, sobald ich von meiner Reise zurück bin.

– Brief des Schriftgelehrten Koljann an Tanklaff

Als Maldan wieder aufwacht, liegt er auf einem kleinen Felsplateau. Neben ihm brennt ein Lagerfeuer. Kopfschmerzen, so stark wie er es selten erlebt hat, pochen in seinem Schädel.

Es dauert eine Weile bis er neben sich eine riesige Gestalt wahrnimmt. Es ist Mohit, er hat die Augen geschlossen, aber er atmet. Verstreut liegen Teile der Kutsche um sie herum: ein zertrümmertes Wagenrad, die Hälfte der Kutschentür, ein Weinschlauch, ein Zügel und verschiedene Holzreste.

Etwas weiter entfernt sieht er einen weiteren Körper. Er liegt auf dem Bauch, aber Maldan erkennt die Kleidung Hadrals. Unter Schmerzen stemmt er sich hoch und schleppt sich quälend langsam zu seinem Freund. Plötzlich breitet sich eine Gänsehaut auf seinem ganzen Körper aus, und ihm wird furchtbar kalt. Eine dunkle Vorahnung durchdringt seinen Körper wie das Wasser die Kutsche. Er packt Hadral an der Schulter, ganz so, wie sein Freund es vor kurzer Zeit bei ihm gemacht hat, um ihm den schönsten Sonnenaufgang seines Lebens zu zeigen.

Doch Hadral reagiert nicht. Er ist so kalt, wie Maldan sich fühlt. All seinen Mut zusammennehmend dreht Maldan ihn auf den Rücken. Hadrals leere Augen sind die eines Toten.

Maldan hat viele Freunde auf dem Sklavenschiff sterben sehen. Aber er hatte gedacht, diese Welt mit dem Eintritt in die Gilde hinter sich gelassen zu haben. Verzweiflung erfüllt ihn. Wie jung Hadral war, wie groß seine Pläne waren. Alles weggewischt, alles ausgelöscht.

Die Kräfte verlassen ihn und er sackt zusammen. Ein brennender Schmerz fährt durch seinen Rücken. Aber die Verletzung scheint verkraftbar, denn es gelingt ihm sich aufzurichten und die Welle von Schmerzen zu überstehen, ohne wieder bewusstlos zu werden.

Als sein Verstand sich klärt, wird ihm bei dem Blick auf Hadrals Leichnam klar, dass es ihn schlimmer hätte treffen können. Er kann alle Gliedmaßen bewegen und offenbar hat Mohit seinen Rücken notdürftig verbunden. Als er seine Beine nach Verletzungen untersucht, fällt sein Blick auf eine ölige Substanz, die an seinem Schienbein klebt. Für einen Moment wechselt er ungewollt in die Seelensicht und sieht die Flüssigkeit wie eine schwach glimmende Perlenkette, fünf matt leuchtende Punkte, verbunden durch klebrige schwarze Fäden. Er erinnert sich diese schon als matte Punkte im Wasser gesehen zu haben, sie erschienen ihm aber nicht als Seelenkerne, weil ihr Glanz zu schwach war. Nun ist er sich da nicht mehr sicher.

Mohit hat die Augen aufgeschlagen und beugt sich zu ihm. Es klingt eine Milde in der Stimme mit, auch wenn seine Worte scharf sind wie immer. „Na, Zauberjunge, haste uns ganz umsonst da rausgezogen. Jetzt sitzen wir hier und können uns überlegen, ob wir verhungern oder ertrinken wollen."

Maldan blickt in das notdürftig errichtete Lagerfeuer und beobachtet das Knistern und Beißen der Flammen. Eine Zeitlang sitzen sie ratlos und schweigend nebeneinander, jeder mit sich selbst beschäftigt. Da schreckt sie ein Geräusch vom Uferrand auf. Platschend zeiht sich ein großer Schatten an Land. Gebeugt und tropfend wie eine Schildkröte zieht sich die bucklige Gestalt Tanklaffs aus den Fluten des Flusses.

Ohne ein Wort stapft der Meisterkartographen zum Feuer, immer wieder Wasser ausspuckend, geschüttelt von Hustenanfällen und mit blutunterlaufenen Augen setzt er sich zu den beiden Überlebenden. *„Hmmm, hmmm, hmmm."*

Die Augen der Anwärter weiten sich, halb ungläubig, halb entsetzt. Es vergehen Minuten, ehe der Schildfuchs ausreichend Wasser ausgespuckt hat, um wieder sprechen zu können.

„So eine Schande, eine Schande und so ein schrecklicher Verlust *hmmm*. Mörder und Attentäter. Hinterhalt, Hinterhalt und immer mehr der Toten. Bei den Sternen von Samor, noch nie hat jemand so viel unternommen, um mich zu töten." Ein neuer Hustenanfall lässt ihn erbeben und er würgt mehr und mehr Wasser herauf, „Wir müssen Möglichkeiten finden, um die *hmmm* Nebelgeister zurück in die Zwischenwelt zu jagen, aus der sie gekommen sind. Wir brauchen den Stromlokkk!"

Der Schildfuchs lässt sich erschöpft neben sie fallen. „Ich werde alle zusammen rufen, die mit uns für die alte Welt kämpfen. Wo sind Smailja und die Katzendrachen? Wo ist Kamtruj?"

Maldan hat keine Ahnung, von wem der Meisterkartograf redet. Und haben sie nicht zunächst andere Sorgen? Mohit scheint ähnlich zu denken.

„Müssen erst einmal lebend zurück zur Gilde kommen", knurrt er leise und deutet auf die steilen Felswände um sie herum.

Tanklaffs unergründliche Fuchsaugen blicken zum matt leuchtenden Sternenhimmel. Dann nimmt er sich ein halb verkohltes Holzstück und beginnt mit Ruß Zahlen und Linien auf den Stein zu malen. Immer wieder schaut er zu den Teilen der Kutsche, die mit ihnen auf den Felsvorsprung gespült wurden.

Während der Schildfuchs unverständliche Berechnungen anstellt, versucht Maldan, aufzustehen. Es geht auch, ein paar

Schritte schafft er, dann muss er sich wieder hinsetzen, weil Wellen von Schmerz über ihn hinwegspülen.

Mohit sieht ihn griesgrämig an. „Warum versuchst du zu laufen? Du müsstest fliegen können, um hier weg zu kommen."

Als es anfängt zu dämmern und das bis dahin blaue Wasser die Farbe Schwarz annimmt, springt Tanklaff auf. Er weist Mohit in knappen Worten an, Algen vom Felsrand zu kratzen, während er gleichzeitig Sand zusammenklaubt. Alles füllt er mit etwas Wasser verdünnt in den noch unversehrten Weinschlauch. Sie hören ihn murmeln: „Die vierte Addition muss Hitze sein, zuletzt die Konstellation der Himmelskörper."

Er nimmt, mit bloßen Händen, einige noch glühende Holzstücke aus dem Feuer und legt sie auf den Weinschlauch. Mohit schüttelt wortlos den Kopf, auch Maldan erscheinen die Handlungen des buckligen Wesens unsinnig. Doch schließlich zieht Tanklaff den Schlauch aus den Kohlen und läuft damit zu dem steilen Felshang. Er drückt die schmierige Substanz aus dem Schlauch auf den Stein und verreibt sie dort. Nichts geschieht. Mohit stützt den Kopf in die Hände. Maldan beobachtet Tanklaff, um zu sehen, ob dieser seine Enttäuschung zeigt. Doch zu seinem Erstaunen lässt er nur ein zufriedenes *„hmmm"* hören und winkt den beiden Anwärtern, zu ihm zu kommen.

Als Maldan unter Schmerzen zur Steilwand gehinkt ist, glaubt er nicht, was er sieht. Der Schildfuchs zeigt ihnen, wie er den Stein mit den Mächten der Sterndeutung verändert hat. An der Stelle, an der er die Paste aus dem Schlauch aufgetragen hat, ist der Fels zwar oberflächlich unverändert, doch er ist weich geworden. Man kann eine Hand hineinkrallen und wie an einer Leiter die Felswand hochklettern.

Derart sind also die Kräfte der Sterndeutung! Maldan muss

sofort wieder an Tessrin denken, derart sind also die Kräfte der Sterndeutung. Doch ihm wird es nichts nützen, er kann kaum gehen, wie soll er klettern?

Wortlos fasst Mohit ihm mit seinen riesigen Pranken unter die Achseln und hebt ihn auf seinen Rücken. „Bei Taranis Angesicht!“ Ruft er lachend und klettert behände den Fels empor, mit der Rechten sich festhaltend, mit der Linken immer wieder neue Paste aus dem Schlauch auf den Fels reibend, so klettert er höher und höher, geschickt wie ein Affe. Tanklaff folgt ihm kaum weniger gewandt.

Maldan kann nicht glauben, dass er dank des Schildfuchses und auch dank Mohit nicht sterben wird. Die Reste der Kutsche und ihre Habseligkeiten bleiben zurück – und ja, auch Hadral. Er verbietet sich, einen Blick zurück zu werfen. Wie gern hätte er seinen Freund begraben. Er muss es einfach versuchen. „Meister, können wir Hadral mitnehmen? Oder ihn wenigstens begraben?“

Doch als er Tanklaff darum bittet, deutet dieser auf den klaren Sternhimmel. „Keine Zeit, diese Sterndeutung wirkt nur eine Stunde, danach müssten wir wochenlang warten, bis sich wieder eine Gelegenheit bietet.“

Dunkel senkt sich Trauer auf Maldans junges Herz, sein einziger Freund ist tot und er kann ihm nicht einmal ein Grab bereiten. Sonne und Möwen werden seinen verwesenden Körper unter sich aufteilen. Seine Seele aber ist nicht zerstört, wie Maldan weiß. Jetzt ist ihm klar, dass es Hadrals Seelenkern war, der seinem Zauber die letzte Kraft gegeben hat, um Mohit und ihn an Land zu tragen. Sie ist nun auf dem Weg in den Weltenfluss, und der Gedanke bietet ihm etwas Trost. *Eines Tages begegnen wir uns vielleicht wieder, mein Freund.*

Auf der Straße treffen sie Undall wieder, der die ganze Nacht ausgeharrt hat, um zu sehen, ob es Überlebende gibt. Gemeinsam machen sie sich auf den Weg zurück nach Tylis, wohl wissend, dass es keine Samorerhöhlen gab und alles eine Falle von Tanklaffs unbekannten Feinden war.

Es ist schlimm genug, wenn jemand nach deinem Leben trachtet. Doch, noch schlimmer ist es, wenn du nicht die geringste Ahnung hast, wer.

21. KAPITEL

Tiberia – Tylis 10. Tinne 1053

Ob König Nechta und die Niblisse überhaupt je existiert haben, ist ungewiss. Erstmals erwähnt wird der Nebelkönig in einer Schrift aus dem berühmten Samorergewölbe. Dort wird er als gefährlichster Feind genannt. Gäbe es nur diese Erwähnung, würde sich wohl kein Kartograf damit beschäftigen. Jedoch taucht er auch in den Erzählungen der Alben auf, und zwar in denen der Albenfürsten. So soll die Königin der Alben selbst ihn als den mächtigsten und ältesten Feind Midons bezeichnet haben. Es sollen schließlich auch die Albenfürsten gewesen sein, die ihn vor tausend Jahren aus Midon vertrieben und in der Zwischenwelt eingekerkert haben.

Besonders Meister Tanklaff ist fest davon überzeugt, dass diese Geschichten wahr sind, Beweise hat er jedoch nicht.

– Lenslar, Kartograf der 4. Stufe, „Sagen und Legenden von Midon“

Tiberia betritt gut gelaunt die Gasse vor ihrer Unterkunft. Das erste Mal seit Monaten hat sie tatsächlich genug Münzen, um sich unter das Nachtvolk zu mischen und die Tavernen leer zu trinken. Mal wieder verlässt sie das Haus, während der Lampenanzünder mit der Arbeit beginnt. Gerade wackelt er seine kleine Leiter hinauf und kurz darauf erstrahlt das matte Licht der Laterne und leuchtet ihr den Weg. Der Abend kann beginnen.

Ottlar hat Wort gehalten und zahlt gut, sie hat noch nie so viel Gold besessen. An ihrem Handgelenk klimpert ein kupferner Schlangenarmreif, sie trägt ihre beste Robe und ihre Haut glänzt nicht nur aufgrund des winzigen Schweißfilms, sondern auch voller Zufriedenheit. So fühlt sich Schönheit an, denkt sie.

Sie biegt auf die große Handelsstraße und folgt ihr in Richtung Hafen. Die meisten Fuhrwerke und Pferde sind bereits in den Ställen verschwunden und es sind nur noch die eiligen Schritte, derer zu vernehmen, die ihre Geschäfte in der Nacht beginnen oder zu den Tavernen strömen.

Tiberia nimmt einen Schluck aus dem Weinschlauch in ihrer Hand, da stellen sich ihre Nackenhaare plötzlich auf. Von hinten nähert sich ihr jemand. Sie riecht den nicht unangenehmen Geruch eines milde aufgeregten Wesens.

Es ist der kräftige, schmaläugige *Tagelöhner,* den sie in Ottlars Schmiede getroffen hat. Sein Unterarm ist von einem dicken Verband umhüllt. Ohne zu fragen, hakt er sich bei ihr ein „Ottlar schickt mich. Du hast jetzt eine wichtige Verabredung Tibia", flüstert er.

„Ohja, mit meinem Wein und den Tavernen dieser schönen Stadt", antwortet Tiberia und drückt seinen Arm mit dem Ellbogen an ihre Hüfte. Er ist ihr eindeutig lieber, als die beiden anderen aus der Truppe, denen sie im Hof der Schlachterei begegnet ist.

„Natürlich, aber wenn du auch weiterhin willst, dass der fette Händler deinen Traubensaft bezahlt, folgst du erst einmal seiner Einladung."

Sie lächelt ihn an.

„Aber gerne. Und du bist?"

Seine Stimme wird noch etwas leiser, so das sie kaum das Sausen des Windes übertönt, „Hissan, zu Diensten."

„Sag mir Hissan, was seit ihr für eine Schar von Tagelöhnern. Ist der Zwerg der Kapitän eurer kleinen Bande?"

„Manche Fragen stellt man nicht, diese gehört dazu."

Ohne Eile führt er sie durch die Straßen, sein Arm fühlt sich gut an ihrer Seite an. Nicht einmal, das Ottlar ihn geschickt hat, vermag ihre gute Laune zu trüben.

Er führt sie entlang der hohen Mauern, hinter denen die innere Stadt liegt. Schließlich erreichen sie den Rand des Albenviertels. Die flachen Bauten der Nachtalben mit ihren schmalen Fenstern, werden hier immer wieder von den mehrstöckigen Häusern der Nemedier unterbrochen. Hissan führt sie zu einer, von der Straße nicht erkennbaren Kellertreppe. Es ist dunkel geworden und regenschwere Wolken haben sich über der Stadt versammelt.

Hissan führt sie die Treppe hinunter, hinter der Kellertreppe gelangen sie durch einen dunklen Flur in einen prunkvoll ausgestatten Konferenzraum. Ein gutes Dutzend rot angemalter Holzsessel, eine goldbeschlagene Kommode und ein ovaler Eichentisch sind die einzigen Möbelstücke im Zimmer. Nur Ottlar ist anwesend, sie hat ihn schon gerochen, als die Tür aufging. Der sonst übliche modrige Kellergeruch wird von einem penetranten Kräutergeruch überdeckt. Offenbar hat sich jemand alle Mühe gegeben, den Keller in ein edles Konferenzzimmer zu verwandeln.

„Meine liebe Tibia!"

Überschwänglich wie immer bedeutet er ihr, sich zu setzen. Dann warten sie wortlos. Der dicke Krämer hat heute nicht die Absicht zu plaudern. Tiberia ist das ganz recht. Misstrauisch sieht sie sich um. Zur Sicherheit prüft sie, ob Seelenkerne erreichbar sind. Tatsächlich kann sie einen entdecken, der sich nur eine Handbreit unter einem der Sessel befindet. Feuer ist in Form zweier Öllampen ebenfalls vorhanden. Zur Not könnte sie den ganzen Raum also in Flammen aufgehen lassen. Ihr Herzschlag wird ruhiger und sie beginnt sich zu entspannen.

Beinahe lautlos öffnet sich die Tür. Es sind Miala, die kleine Geometer aus Turm VII, und der zwergenhafte Anführer der Tagelöhner. Er betritt den Keller mit der Sense über der Schulter. Verwundert stellt Tiberia fest, dass der Geruch im Raum sich mit der Ankunft der beiden überhaupt nicht verändert.

„Ottlar, der Schildfuchs lebt noch immer." Mialas Mädchenstimme lässt einen Hauch von Verzweiflung erkennen.

„Wie ist das möglich, ist er denn nicht geboren, dass er nicht stirbt?" Ruft der dicke Händler und wirft dramatisch die Arme in die Luft. Mehr neugierig, als enttäuscht.

„Woher kommt er, welche Hand hat ihn geschaffen? Das fragen wir uns auch. Es scheint kaum zu glauben, dass so ein sonderbares Wesen natürlichen Ursprungs ist. Ganz egal, er muss verschwinden."

„Muss verschwinden", wiederholt der Zwerg tonlos.

„Wir wissen, er hat bereits nach Verbündeten geschickt",

fährt Miala fort, „es könnten Wesen an seine Seite eilen, die mächtig genug sind, ihn vor allem zu schützen, was uns derzeit zu Gebote steht".

Ottlar fasst sich mit der einen Hand an den Bart, mit der anderen reibt er nachdenklich seinen Bauch.

„Nun, geboren oder nicht, was atmet muss auch sterben, nicht wahr? Und mit dem Töten kennt ihr euch doch aus, oder?" Dabei sieht er den kleinen Mann neben Miala an.

Tiberias Hände beginnen zu schwitzen, also sind die angeblichen *Tagelöhner* wirklich nichts anderes als Mörder.

„Wir haben es mit Eisen und Wasser versucht, aber er scheint mit den üblichen Mitteln nicht zu verletzen, zu verletzen."

„Es scheint als bräuchte es schon einen albischen Meisterkrieger oder eine Kampfzauberin wie die unsägliche Waltania, um ihn aufzuhalten", ergänzt Miala, „beides steht uns aber nicht zur Verfügung. Offen gesagt fürchten wir um unser Leben, wenn er erst den Stromlokk hat."

„Jaja, ein albischer Meisterkrieger mit seinem tödlichen Craisach-Speer oder Waltania, das sind natürliche richtige Schwergewichte. Aber ich hätte da noch eine andere Idee", das Mondgesicht des Händlers strahlt noch heller als sonst. Er deutet mit seiner wulstigen Hand auf Tiberia. „Tiberia, hier ist eine echte *Neuner*. Und zufällig weiß ich, dass sie auch den *Königsfunken*-Zauber beherrscht. Ihr Talent ist unerschöpflich."

Tiberias Hals zieht sich zusammen, sie fühlt sich kein bisschen wohl damit das Hauptthema des Gesprächs zu sein.

Miala und der Zwerg sehen sie an. Normalerweise würde sie jetzt einen rotzigen Spruch machen, um zu zeigen, dass sie sich vor nichts auf der Welt fürchtet und nur tut, was sie selbst will. Aber die beiden haben etwas an sich, das Tiberia schweigen lässt. Eine Art Distanz zur Welt, die sie gegen Worte immun erscheinen lässt.

Miala nickt und ein Anflug von Erleichterung klärt ihre Augen. „Das könnte funktionieren. Neun Thebronkernen hält kein Schild und auch kein Panzer auf." Sie sieht Tiberia mit ihren großen grauen Augen an, „stimmt es?"

Tiberia nickt, „Neun habe ich schon zwei Mal beschworen. Aber selten findet man so viele Kerne an einer Stelle."

„Sicher nicht hier oder in der Gilde. Aber es gibt Mittel, um Seelenkerne zu transportieren." Sie wendet sich wieder Ottlar zu. „Das ist gut, dann sind wir nicht auf die Fantasie der anderen Meister angewiesen. Wann werden sie übrigens hier sein?"

„Bald, bald. Aber besser, wenn sie nicht von Tiberias Rolle erfahren. Das sollte unser Geheimnis bleiben." Er wendet sich lächelnd Tiberia zu. „Tibia meine liebe, lass dich von Hissan zurück bringen, wir werden alles weitere später besprechen. Die bevorstehenden Verhandlungen mit dem Rat würden dich sicher ohnehin nur langweilen."

Sie steht ohne zu Zögern auf und verlässt die Runde grußlos.

Draußen erwartet sie Hissan. Wortlos machen sie sich auf den Weg. Inzwischen hat es zu regnen begonnen, ihre gute Laune ist verflogen.

Als sie die Straße wieder betreten, begegnen sie drei gebeugten Gestalten, die ihre Köpfe mit Hut und Kapuze vor dem Niederschlag schützen. Tiberia meint trotz der Dunkelheit die gebeugte Gestalt der Meisterkartografin Onara zu erkennen. Dann verschluckt die Dunkelheit sie.

22. KAPITEL

Tiberia – Tylis, 11. Tinne 1053

Im Rat von Warrasch, der Piratenstadt, hat bei einer der ersten Versammlungen der alte Hakon die Frage gestellt, ob es denn den Bürgern erlaubt sein solle andere zu töten. Die Reaktionen waren teils würdevoll, teils verkommen. Am beängstigendsten aber war der Gesichtsausdruck eines Zwerges, der sich am Rande des Saales niedergelassen hatte, eine grobe Bauernsense über den Knien. Er verstand die Frage einfach nicht.

– Lenslar, Meisterkartograf, „Piratenstädte und ihre Grundrechte“

Tiberia wandert durch die Straßen von Tylis. Es ist spät. Beinahe schon Nacht, aber noch ist die Wärme des Tages nicht verweht. Sie sieht kaum, wie sich die Stadt um sie herum zusammenfaltet, die Läden geschlossen, die Obststände leergeräumt werden und die Fuhrwagen nach Hause rumpeln. *Darf man töten?* Tiberia weiß es nicht. Was würde Mama Narra sagen?

Der dicke Händler ist am gestern noch einmal zu ihr gekommen, als die Sonne am höchsten Stand. Im gleißenden Licht des brennenden Sterns lassen sich Dinge sagen, die einem nachts das Herz anhalten würden.

„Tibia, was machst du denn hier zwischen den verstaubten Folianten der Gilde? Soll das dein Leben sein? Bei deinem Talent? In hundert Jahren gab es niemanden, der so leicht Thebron bewegt hat wie du, der so leicht Flammen um Seelenkerne gewunden hat wie andere ein Seil aufwickeln."

Und stimmt es etwa nicht? Tiberia weiß, dass sie etwas Besonderes ist, hat es immer gewusst.

„Tibia, wir wollen dir helfen. Siehst du hier? Wir haben schon alles in die Wege geleitet, du sollst die nächste Dozentin der Feuerfakultät werden. Wer denn sonst? Doch nicht diese unbegabte Zarla."

Nein, die nicht.

„Aber du weißt ja, nichts ist umsonst. Du müsstest etwas erledigen, eine Kleinigkeit nur. Du hast ja Miala gehört."

Darf man töten?

„Aber ja, es ist sogar deine Pflicht, deine Verantwortung dir selbst gegenüber, damit du dahin kommst, wo du grandioses für die Zauberei und für Midon leisten kannst. Die Welt ist besser dran, wenn er weg ist. Du hast ja Miala gehört, es ist praktisch Notwehr."

Ja? Darf man töten?

Sie dreht den Gegenstand in der Tasche, den er ihr gegeben hat. Ihre Finger fahren die Kanten und Rundungen entlang. Scheinbar nichts anderes, als ein Kerzenhalter aus Messing.

„Wir haben dir ein Geschenk mitgebracht, es ist ein Kerzenhalter, einer der beiden, die aus der Mag Cetna geborgen wurden, bevor die Alben die Burg besetzt haben. Unschätzbar wertvoll und gar in der Hand einer Magierin..."

Die Schritte haben sie weit weg von der Gilde getragen. In einiger Entfernung kann sie schon die hohen Mauern der inneren Stadt sehen, dahinter leben die Turmköpfe und ihre Legionen. Sie erkennt die Gegend wieder. Der Geruch ist noch der gleiche, weniger nach Mensch oder Tier, sondern mehr nach Sand und Stein.

Hinter der nächsten Straßenbiegung muss Mama Narras Haus stehen, wenn es noch da ist. Tatsächlich, da ist es, alt und wacklig. Hinten der große Raum, in dem die Kinder schlafen, vorne die Backstube. Wie immer sitzt Mama Narra davor und raucht. Ihr breiter Körper nimmt fast die gesamte Treppenstufe ein.

Über den feisten Wangen blitzen noch immer die schlauen Augen. Sie winkt Tiberia, zu ihr zu kommen, das tut sie auch und setzt sich neben Mama. Gefühlsduselei ist ihre Sache nicht.

„Tiberia. Bist du gekommen, um den Teig für morgen zu kneten? Willst du das Brot mit mir backen wie früher?“ Lacht die Alte spöttisch. „Andere machen jetzt deine Arbeit.“

Natürlich, denkt Tiberia, andere Waisenkinder, die Mama bei sich wohnen lässt, so lange sie arbeiten. Dennoch, sie war nie gemein, achtet die Kinder nicht mehr oder weniger, als sie jeden anderen achtet.

„Was macht du denn jetzt kleine Tiberia?“

Tiberia erzählt von der Gilde und davon, dass sie eigentlich Dozentin hätte werden sollen.

Darf man töten Mama Narra?! Sie will die Fragen flüstern. Aber stattdessen spricht sie über das Leben in der Gilde. Sie lachen über die kauzigen Geometer, auch wenn Tiberia nicht zum Lachen zumute ist.

„Das klingt nach einer guten Stelle für dich und wenn nicht, komm wieder zu mir, hier können wir immer zwei geschickte Hände gebrauchen, niemand hat den Ofen je so geschürt wie du. Und nun hat es sich also doch ausgezahlt, dass du lesen und schreiben gelernt hast, auch wenn ich immer dagegen war. Wer hätte das gedacht. Wie geht es dir in der Gilde, ist es harte Arbeit?“

Tiberia sieht ihr in die Augen, versucht, eine Antwort zu finden, ohne zu fragen. Dann wendet sie den Blick ab und sagt, „man muss Opfer bringen, oder? Nichts gibt es ohne Opfer, oder?“

Darf man töten Mama?

„hast du etwas auf dem Herzen Tiberia“, das hat die Alte sie noch nie gefragt. Vielleicht wird sie weich oder sie spürt etwas, spürt vielleicht die Frage in ihren Augen.

Darf man töten Mama Narra!?

Aber statt es zu sagen, schüttelt Tiberia den Kopf, drückt den dicken Arm der alten Bäckerin und steht auf.

Sie ist sich nicht sicher, was Mama geantwortet hätte, aber ihr ist jetzt klar, dass es darauf auch nicht ankommt. Schon ihre ältesten Erinnerungen sind, dass sie um alles kämpfen musste, was zum Leben gehört. Um Essen, Trinken, Zuneigung, Wissen, Arbeit. Nichts hat man ihr einfach so gegeben, alles wollten ihr andere nehmen. Hätte sie jemals aufgehört zu kämpfen, wäre sie schon lange tot, verhungert, verdurstet, an Einsamkeit und Ablehnung gestorben. Hätte sie damals nur genommen, was man ihr gab, wäre sie jetzt nicht am Leben. Warum also mit dem Kämpfen aufhören? Und zum Kämpfen gehört das Sterben, nicht wahr?

23. KAPITEL

Maldan – Tylis, 12. Tinne 1053

Über die Niblisse ist kaum mehr bekannt, als über König Nechta selbst. Zwei werden in den alten Berichten namentlich erwähnt, ein Mörder namens Nachhall und eine Zauberin namens Ninlil. Es ist unklar, was nach der Niederlage des Nebelkönigs mit ihnen geschehen ist. Der Druide von Falias soll einmal dem Dekan von Tylis gegenüber erwähnt haben, das sie mit ihrem Meister in die Zwischenwelt geworfen wurden. Weitere Berichte gibt es dazu nicht, leider auch keine Beschreibung ihrer Fähigkeiten oder ihres Aussehens.

– Herwartius d. Jüngeren, „Geschichte der Zauberei, Zaubererlegenden"

Maldan sitzt in der Einsamkeit seiner Kammer und betrachtet die ölige Substanz auf seiner Hand, die nach dem Unglück am Rhin im Wasser schwamm und erstaunlicherweise fünf Seelenkerne enthält. Sie ist auf eine merkwürdige Art klebrig, zwar haftet sie an allem, lässt sich jedoch leicht und ohne Rückstände wieder lösen.

Er macht versuchsweise eine Faust, um zu sehen, ob er die Flüssigkeit zu einem Ball formen kann. Augenblicklich kommt Bewegung in die Seelenkerne, er spürt, wie das Wasser darin sich auseinanderzieht und die winzigen dunklen Steinkörner sich verhärten und glattziehen. In seiner Hand entsteht ein schwarzer Obsidiandolch, eben und scharf, wie aus einem Guss. Der Angreifer auf der Kutsche muss diese besondere Waffe benutzt haben, da sie sich in flüssiger Form vollständig verbergen lässt. Möglicherweise hätte der echte Kutscher Verdacht geschöpft, wenn er den Dolch gesehen hätte.

Es ist eine gute, leichte Waffe, fest und stark wie Stein. Er öffnet die Hand und lässt die Klinge ein paar Minuten auf der Handfläche liegen, doch nichts geschieht. Erst, als er sie wieder von seiner Hand herunternimmt und auf das Bett legt, sieht er, wie die Seelenkerne sich langsam wieder lösen und der Dolche seine Form verliert.

Ihm ist sofort klar, was für ein Schatz ihm in die Hände gefallen ist, das muss die Waffe sein, mit der der Junge auf dem Kutschbock den alten Kutscher angegriffen hat. Er muss sie beim Sturz in den Rhin verloren haben.

Jedes der matten Lichter in der Flüssigkeit ist ein gebundener Seelenkern. Maldan ritzt seinen Unterarm mit dem Kombüsenmesser, als das Blut austritt, benetzt er damit die Substanz. Mit der Seelensicht sieht er, wie die Seelenkerne aufglühen und plötzlich lebendiger werden. Das Messer besteht zu großen Teilen aus Wasser. Müsste es nicht möglich sein, dieses gemeinsam mit den Seelenkernen zu bewegen? Maldan konzentriert sich darauf, die Seelenkerne an die gegenüberliegende Wand zu schießen, und sofort spritzt die Flüssigkeit durch den Raum und prallt gegen den Stein.

Den Rest der Nacht verbringt, er damit die Möglichkeiten des Dolchs auszutesten, doch immer wieder verirren sich seine Gedanken ins Hafenviertel zu Tessrin. Manchmal steht er auf und fasst die Türklinke, bereit sich aus der Gilde heraus zu wagen, doch immer, wenn er die Tür öffnen will, sieht er Bilder aus der Zeit in der Sklaverei vor sich. Sie hageln auf ihn ein wie Felsbrocken und zwingen ihn zurück auf sein Bett, in die Enge der winzigen Kammer.

Es ist schon spät, sehr spät, als es an der Tür pocht. Ohne darüber nachzudenken reibt Maldan die ölige Flüssigkeit an seinen Unterarm, wo sie sofort haften bleibt. Mit der Linken greift er die Türklinke, während er in der Rechten das Kombüsenmesser hält. So verharrt er einige Atemzüge, bis von draußen die Stimme des dicken Söldners erklingt, „Mach auf Kleiner, Flaco hier mit Besuch für dich."

Maldan öffnet vorsichtig die Tür, neben Flacos massigem Körper sieht er die kräftige Gestalt Galens. Der Hauptmann der Wache schiebt sich wortlos in Maldans Kammer und bedeutet Flaco mit einem Blick die Tür hinter ihm zu schließen. Er blickt Maldan ernst in die Augen. Mit einem Stirnrunzeln gibt er dem jungen Anwärter eine Wachstafel.

Maldan erkennt das Siegel Domaros darauf. Der Text ist istrisch, Maldan hat inzwischen viel Übung mit den Schriftzeichen und er braucht nicht lange, um die Botschaft zu entziffern.

„Sohn Istros´, Tanklaff ist, wie du weißt, kein Freund unserer Stadt. Im Falle einer Gefahr solltest du zum Wohle aller Istrier nicht dein Leben für den diebischen Schildfuchs riskieren. Dies ist eine Weisung.

Jedes Unglück verging noch, auch dieses vergeht.

Istros etun, Domaro."

Als Maldan aufsieht, nimmt Galen ihm die Tafel aus der

Hand, ohne auf die Schrift zu sehen, fährt er mit den Fingernägeln darüber, bis kein Wort mehr lesbar ist.

Nun hat Domaro also die Geduld mit dem Schildfuchs verloren. Ihm wird schwer ums Herz.

24. KAPITEL

Nimgart – Tylis, 13. Tinne 1053

Das Schwerte wandert,
Und es dröhnt wie Schicksalsgang,
Und näher, immer näher -
Die Schatten riesenlang.

Die falschen Kartografen,
Wie sie nun stille sind!
Für immer ihre Augen schlafen,
Das Blut in Wellen rinnt.

– Miala, Dichtung aus der Zwischenwelt (abgewandelt)

In der Stille seiner Kammer bricht Nimgart Tanklaffs Siegel, klappt die Lederhaut auf und zieht eine kaum handtellergroße Wachstafel daraus hervor. Der alte Kartograf hat ihn beauftragt die Tafel abzusenden – natürlich ohne sie vorher anzusehen – aber Nimgart erscheint es besser, wenn er den Inhalt kennt.

Die Wachstafel ist mit winzigen Buchstaben ausgefüllt, so klein, dass sie mit einer Nadel eingeritzt worden sein müssen. Nimgart kramt das Vergrößerungsglas aus einer Schublade und macht sich daran die Zeichen zu entziffern. Der Text ist in alt-tylisch verfasst, zum Glück hat Nimgart das im Rahmen seiner Ausbildung als Kartograf gelernt. Er beginnt zu lesen.

Ante Scriptum: Ich fürchte um mein Leben! Bitte komme, so schnell du kannst!

Liebe Smailja,

nun sind wieder so viele Jahre vergangen, seit unserem letzten Zusammentreffen. Wie du weißt, hast du mir immer am nahesten gestanden, obgleich sich unsere Interessen leider ebenso wenig überschneiden, wie unsere Überzeugungen.

Nun wende ich mich in einer Stunde größter Not an dich, denn die Feinde trachten mir nach dem Leben. Ich bin überzeugt, dass es sich um Niblisse handelt, König Nechtas Helfer (Ja Smailja, die gibt es! Ich wünschte, du wärst ein wenig offener für meine Forschung!). Zwei Mal haben sie es bereits versucht und ich fürchte beim dritten Mal könnten sie erfolgreich sein. Bitte komme so schnell du kannst, und bringe die Katzendrachen mit.

Ich habe endlich konkrete Hinweise, auf den Verbleib des Stromlokks, des einzigen Dings, das König Nechta zu Schaden vermag.

Wenn du dich doch in gleicher Weise an unseren Geburtsort erinnern würdest, an die Symbole und Gravuren dort. Ich bin sicher, dann würdest du unsere Entstehung ebenso wenig für Zufall halten und erkennen, dass wir die letzten Wächter der Samorer sind! Es ist dein schlechtes Gedächtnis, das alles in Frage stellt! Dein fehlendes

Interesse an der Vergangenheit, dass dich alles erlebte so schnell vergessen lässt!

Tanklaff

P.S.: Möglicherweise muss ich fliehen, bevor du es einrichten kannst, in diesem Fall werde ich mich den Rhin entlang Richtung Osten bewegen. Unter Umständen bin ich auch gezwungen die Tiefenwege zu benutzen. Dorthin werden mir die Niblisse und Ihre Attentäter nicht folgen, hoffe ich.

Nimgart wickelt die Wachstafel wieder ein und verschließt das Paket mit seinem eigenen Wachssiegel.

Er lehnt sich zurück und reibt sich die Stirn. Es muss sich gut überlegen, was zu tun ist. Zunächst bringt er den Brief zu den geflügelten Boten. Als alles erledigt ist, wandert er zum Sterndeuterturm auf dem Gelände der Universität. Hier kann er immer am besten nachdenken, zumal nur wenige Zugang haben.

In der Sternkuppel angelangt fährt er nachdenklich mit den Fingern die kunstvollen Linien auf dem riesigen Fenster nach. Der Schwimmer, der Schmied oder wie waren die Namen der Sternbilder? Er versucht, sich zu erinnern, warum ihm diese abseitige Kunst so viel bedeutet hat. Was hat er darin gesehen? Macht? Sicherheit? Was immer es war, es war ein Irrweg, den die Messer der Attentäter zerschnitten haben, wie ein Hammer das Glas zerschmettern würde. Ebenso, wie sie Pétrs Halsschlagader durchtrennt haben. Nimgarts Leben hat in jener Nacht nicht Sterndeutung gerettet, sondern Eisen und Wachsamkeit.

Er denkt an den Mausbalger auf seinem Rücken und die verstärkte Halskrause. Sicher ist es ein Vorteil, sterngedeutete

Waffen und Rüstungen zu tragen, aber weit wichtiger ist es immer aufmerksam und vorbereitet zu sein.

Sein sechster Sinn schlägt an und er fährt herum, den schweren Dolch schon in der Hand. Im Türrahmen zum Saal steht eine mädchenhafte Gestalt. Es ist Miala, die rechte Hand von Falas-Dufat, dem Meister von Turm VII.

„Was für ein fähiger Kämpfer ihr seid Baron Nimgart. Es heißt niemand außer Galen wage es noch euch im Training herauszufordern."

Nimgart mustert sie schweigend.

Sie rollt ein Pergament aus und hält es ihm vor. „Der Rat hat beschlossen heute Nacht alle Söldner zum Sondertraining in die Übungshallen zu beordern. Es soll die Abwehr von Attentaten geprobt werden." Sie lässt die Worte einen Moment wirken und betrachtet Maldan. Dann fährt sie fort, „es wird dann unglücklicherweise niemand auf den Wehrgängen und an den Toren sein, um diese zu bewachen."

Nimgarts Augen verengen sich, Blut schießt in seine Arme, sein Körper bereitet sich darauf vor zu kämpfen. Sie kann das nur als Drohung meinen, ein Angriff steht bevor!

Miala lässt das Pergament sinken und sieht ihn mit großen Augen an. „Du fragst dich, warum du davon nichts weißt? Wann Tanklaff dem zugestimmt hat? Nun, das hat er nicht. Der Rat hat im Umlaufverfahren beschlossen, dass Kartografen, deren Turm einen negativen Saldo aufweist keine Einladung mehr zu Ratssitzungen erhalten. Danach wurde der Beschluss gefasst, alle Wachen abzuziehen. Rechtmäßig? Vielleicht nicht, denn Tanklaff hätte ja zumindest über das Ratstreffen informiert werden müssen, bei dem beschlossen wurde ihn nicht mehr einzuladen, oder?" Sie hebt langsam die Schultern und lässt sie dann ebenso aufreizend langsam wieder sinken. Dabei blickt sie so unschuldig wie immer.

„Der Rat hat davon abgesehen, aber wer wird Anklage erheben? Die größten Konflikte werden mit dem Einzelnen gelöst oder gegen ihn, nicht wahr? Auf welcher Seite werdet ihr stehen, Herr Baron?“

LETZTES KAPITEL

Tiberia, Maldan, Nimgart

Tylis, 14. Tinne 1055

Schildfuchs, Schildfuchs, brenn´ in dunkler Nacht
Wes´ ewig Hand und Aug´ hat dich erdacht?

– Miala, Dichtung aus der Zwischenwelt

I. Maldan - kurz vor 10 Uhr abends

Maldan hat sich zum Lernen auf einen der wenig genutzten Wehrgänge zurückgezogen. In der einen Hand hält er eine Wachstafel, in der anderen einen halbvollen Weinschlauch, den ihm Trebblo überlassen hat.

Er läuft den Wehrgang zwischen Turm I und Turm II auf und ab. Die riesigen Wasserspeier scheinen ihn aus leblosen

Augen anzustarren. Er wendet den Blick von den Statuen ab und blickt über die Mauer der Gilde in die Stadt. Wenn man sich direkt neben den Eingang zu Turm I stellt, kann man von hier ebenso die Mauer der Universität sehen, wie die Straße zum Hafen.

Maldan drückt die Wachstafel gegen den Bauch und wiederholt die Namen der Mitglieder des Königshauses von Treva. Aber seine Gedanken schweifen ab. Seine Sehnsucht führt ihn aus dem Tor, seine Angst zurück hinein. Und wer einmal der Sklaverei entfliehen konnte, dessen Furcht besiegt die Sehnsucht.

Nur noch ein paar Monate, dann erlischt seine Sklavenstellung in den Augen des tylischen Rechts, in denen der Beschraner allerdings nie.

Er sieht zum Himmel. Es dürfte noch nicht die zehnte Stunde vollendet sein, noch könnte er es vielleicht vor dem Schichtwechsel zum Nordtor schaffen, Flaco hat jetzt Dienst, der würde ihn sicher rauslassen.

Da betritt eine große Gestalt den Wehrgang. Noch bevor er das Gesicht sehen kann, erkennt er den felsenhaften Körper Mohits. In den Händen hält auch er einen Stapel Wachstafeln.

„Na, Zauberjunge, was lernste?"

„Königshäuser", antwortet Maldan und reicht ihm den Weinschlauch.

„Mogonische Bündnisverträge", antwortet der Halbriese ungefragt und nimmt einen Schluck Wein.

Sie sprechen ein paar Minuten über die Unterrichtsfächer und was sie noch lernen müssen. Manchmal sieht Maldan über die Mauer zum Hafen. Jetzt wird er es nicht mehr schaffen, es muss gleich Schichtwechsel am Tor sein und wieder vergeht eine Nacht, in der er sie nicht gesehen hat.

„Sag mal", Mohits Stimme klingt auf einmal misstrauisch, „Sollte das Nordtor um diese Zeit nicht bewacht sein?"

Maldan schiebt den Kopf über die Mauer, er will sehen, was Mohit meint. Tatsächlich: Das Nordtor steht einen Spalt offen und nirgends sind Wachen zu sehen.

„Ja, die Tagesschicht darf nicht gehen, bevor die Nachtschicht da ist. Aber jetzt sind alle weg."

Seine Augen weiten sich, um besser im Halbdunkel des Mondlichts sehen zu können.

„Was ist das!?"

Lautlos wie Schatten strömen Gestalten durch das Tor in den Hof. Es müssen mehr als ein Dutzend sein.

„Scheiße, ein Angriff! Die wollen bestimmt zu Tanklaff."

„Nee, guck doch die Hälfte läuft zum Bibliotheksturm."

„Da sind doch Undall, Senja und Tiberia oder?"

Wortlos zieht Mohit erst ein Stück Leder, dann eine schwere Eisenkette aus der Tasche. Das Leder wickelt er um die Hand und greift dann die Kette, um sie wie eine Peitsche zu schwingen. Maldan zieht das Kombüsenmesser. Domaros Brief kommt ihm kurz in den Sinn, aber es geht um das Leben seiner Freunde, unmöglich, das zu ignorieren.

„Du suchst Nimgart, ich laufe zur Bibliothek", knurrt Mohit und seine Augen sind hart wie Stein.

Ohne ein weiteres Wort rennen sie los.

II. Nimgart – 10.10 Uhr

In der Stille der Sterndeutungskuppel hört er ihn, lange bevor er ihn sieht. Keuchend stürzt einer der Anwärter in den Saal. Es ist der istrische Junge. In der Hand hält er ein Küchenmesser, mit dem er wohl schon Probleme hätte, einen Ledermantel zu durchringen, in der anderen eine Wachstafel.

„Es sind Fremde in der Gilde, sie wollen zur Bibliothek und zu Turm IV", platzt er ohne Begrüßung heraus. Innerlich runzelt Nimgart die Stirn, dieses unverschämte Weglassen von Titel und Anrede würde im Baronat mit Peitschenhieben vergolten. Die Gilde ist viel zu weich, es fehlt an Ordnung und klaren Regeln.

„Wie viele und wie bewaffnet?", fragt er.

Der Junge antwortet erfreulich klar und ohne Umschweife.

„Vielleicht zehn oder zwölf, manche haben Schwerter, die meisten Tragen Kettenhemden."

Nimgart mustert ihn. Der Anwärter ist zwar auf den ersten Blick unscheinbar, aber kräftig. Und er strahlt eine Willensstärke aus, die kaum ein anderer Anwärter in seinem Alter hat. Es ist derjenige, der beim Attentat am Fluss einen Wasserstrudel beschworen haben soll, erinnert sich Nimgart. Also magisch begabt. Außerdem mutig, er hätte sich schließlich auch einfach in Sicherheit bringen können. Viele hat ihr Mut schon das Leben gekostet.

Nimgart zieht den Katzbalger. „Auf, Balach es ist keine Zeit. Tanklaff ist in seinem Turm erst einmal sicher, wir laufen zur Bibliothek und bringen die Anwärter weg."

III. Tiberia – 10.00 Uhr abends

Feuer im Hof

Tiberia trägt den Kerzenständer vor sich her, als sei er aus purem Gold. Tatsächlich ist er sogar wertvoller, jedenfalls für einen Zauberer. Auf dem unscheinbaren Messingteller befindet

sich lediglich eine einzelne, schwach leuchtende Kerze, jedoch auch vierzehn unsichtbare Seelenkerne. Tiberia weiß das ganz genau, denn jeden Einzelnen hat sie in der letzten Nacht aufgelesen und dort platziert, nacheinander. Vierzehn auf einmal bewegen, das könnte kein Mensch. Nicht einer ist nach unten gesunken, alle liegen nebeneinander auf dem Metall; sie lassen sich mit dem Kerzenständer tragen, als wären sie nichts anderes als Reiskörner.

Doch jedes dieser Reiskörner könnte sie zu einem kleinen Feuerball aufblähen. Dieses unscheinbare Ding ist die mächtigste Waffe, die Tiberia kennt.

Sie betritt den Innenhof. Über den Mauern schimmert das Rund des Vollmonds und legt sein Licht auf die Blätter der Bäume, als wären es unzählige bleiche Münzen. Keine einzige Laterne macht dem natürlichen Licht Konkurrenz. Der Hof ist erfüllt vom Geruch der Bäume und Sträucher. Tiberia atmet tief ein und entspannt sich einen Moment.

Sie geht die Treppe zum Wehrgang hinauf und von dort zum Bibliotheksturm. Obwohl es schon spät ist, sind auch Undall, Senja und Wargal im Lesesaal. Ungewöhnlich, normalerweise sind die beiden Turteltauben um diese Uhrzeit längst nicht mehr bei der Arbeit, lediglich Wargal ist oft auch nach Sonnenuntergang hier anzutreffen.

Die Minuten vergehen. Tiberia lässt den Kerzenständer nicht einen Moment los.

Dann ist es so weit, sie hört diffuse Geräusche aus dem Bibliotheksbereich. Schweiß bildet sich auf ihrer Stirn. Was, wenn etwas schief geht? Es stirbt sich so schnell.

IV. Maldan – 10.14 Uhr abends

Sie rennen die Gänge entlang, stürzen die Treppen herunter und von dort in das Dämmerlicht des Hofs.

Hier stoppt Nimgart. Der große Mann dreht sich zu ihm und deutet auf den Bibliotheksturm, dessen weit in den Nachthimmel ragende Silhouette gut zu erkennen ist.

„Du geht's zum Lesesaal und bringst die Anwärtern zu Tanklaff. Ich gehe direkt zu ihm, um ihm notfalls zu helfen." Er macht eine kaum wahrnehmbare Pause. „Vielleicht ist er ja doch in Gefahr."

Dann trennen sie sich. Maldan sprintet den Steinweg über den Innenhof entlang, trotz aller Eile bemüht, nicht den Grünbereich zu zertrampeln. Jetzt wäre der schlechteste Moment, um den Gartenriesen zu verärgern. Als er die Mitte des Hofs erreicht, sieht er sie. Wie ein Rudel Wölfe bewegen sie sich auf dem Wehrgang der Mauer. Nähern sich langsam und vorsichtig dem Bibliotheksturm. Fünf oder sechs Kämpfer müssen es mindestens sein.

Er kann vage erkennen, dass manche große Waffen in den Händen halten, Äxte, Speere und Schwerter möglicherweise. Es wäre zu gefährlich, auf diesem Weg weiter zu laufen, er könnte sie niemals ungesehen überholen. Ihm fällt die alte Seitentreppe ein, die Undall und Senja ihm gezeigt haben. Wenn er schnell genug ist, führt sie ihn direkt in die Lesekammer.

Auf dem Steinpflaster würde er es nicht rechtzeitig schaffen. Widerwillig nimmt er stattdessen den direkten Weg, mitten durch den Grünbereich mit, Farnen und Büschen. Dornen reißen seine Unterarme auf, Äste schlagen ihm ins Gesicht. Er unterdrückt Schmerzenslaute und hofft inständig, dass der Gartenriese nicht in der Nähe ist.

Schließlich gelangt er zu der verwitterten und teilweise vermoosten Seitentür. Gut, dass Undall und Senja sie erst kürzlich für ihren Streich benutzt haben, so braucht er sie nicht von Ranken und Ästen zu befreien. Doch bevor er die Tür öffnen kann, bemerkt er einen Schatten aus den Augenwinkeln, so groß, dass er erst denkt, der Ahorn neben der Mauer hätte sich bewegt. Eine riesige Gestalt schiebt sich aus dem Schatten des Baumes in sein Sichtfeld. Das Gesicht so groß wie ein Wagenrad, die groben Unterarme so lang wie Maldans Beine. Es ist der Gartenriese.

Obwohl der Riese etwas kleiner ist als die meisten Hafentrolle und sein Blick schlauer und verständiger, ist es doch eindeutig ein Fachan. Schlagartig schießt Maldan Schweiß aus allen Poren und Blut in die Beine. Aber er unterdrückt den Impuls zu rennen und sieht dem Riesen ins Gesicht. Der blickt friedlich auf ihn herunter, die Armee liegen entspannt auf der mit Erde und Pflanzenresten bedeckten Schürze. Er schüttelt langsam und eindringlich den Kopf. Dann deutet er mit seinem Zeigefinger auf Maldan und dann auf das Südtor am anderen Ende des Hofes, weit entfernt von Bibliothek und Angreifern.

Maldan schüttelt den Kopf und flüstert: „Nein, ich muss die anderen holen."

Er zieht die Tür auf und gleitet in die Dunkelheit des Treppenhauses. Von draußen hört er ein einziges Wort, tief und rollend wie Donner: „Tod".

Maldan hat keine Zeit, innezuhalten. Er tastet in der Dunkelheit nach den Treppenstufen und hastet, so schnell er kann, nach oben.

Als er die geheime Tür in den Lesesaal erreicht hört er bereits, dass es für eine schnelle Flucht zu spät ist. Aus dem Inneren ertönen Kampfgeräusche. Metall klirrt, Holz bricht und ein umstürzender Tisch kracht zu Boden. Maldan zieht die ölige Flüssigkeit von seiner Wade und in seiner Hand entsteht der blanke Albendolch.

Im Raum tobt der Kampf. Er sieht den brachialen Körper Mohits, der mit gewaltigen Schwüngen die Kette durch die Luft sausen lässt, neben ihm blitzen die Schwerter Undalls und Senjas, die Hiebe mit Söldnern tauschen. Wargal und Tiberia halten sich weiter hinten im Raum auf, auch sie haben ihre Schwerter gezogen.

Maldan zieht die Albenklinge über seinen Unterarm und taucht sie in das hervorquellende Rot. Sofort zeigt ihm die Seelensicht die fünf Thebronkernen in der Waffe. Er hebt den Arm über den Kopf und schleudert den Dolch auf den ersten Feind, den er sieht. Als die Klinge die Hand verlässt beschleunigt er die Thebronkerne magisch und die Zauberkraft lässt die Klinge mit solcher Kraft in der Schulter des Angreifers einschlagen, dass sie das Kettenhemd aufreißt und den Mann umwirft. Maldan ruft die Waffe zurück. Wie an einem Faden gezogen fliegt sie wieder in seine Hand.

„Taranis!“ und „Belenus Fluch!“ schallt es aus den Reihen der Attentäter. Für einen Moment halten sie inne.

„Hierher“, ruft Maldan und tritt einen Schritt zur Seite, damit die anderen zur verborgenen Treppen laufen können.

Mohit wirft einen weiteren Schreibtisch in Richtung der Feinde und Maldan lässt noch einmal die Albenklinge fliegen, dann wenden sie sich zur Flucht.

Einige der Angreifer haben Wurfäxte, ein Hagel aus Wurfgeschossen zischt in ihre Richtung. Einer wirft eine Fackel in den Raum. Geradeso kann Maldan sich zu Boden werfen, um einer Axt zu entgehen.

Sie stürzen in das dunkle Treppenhaus. So schnell sie können, stolpern sie die Stufen herunter und auf den Innenhof.

Neben ihm steht Tiberia, sie zeigt aufgeregt in Richtung des nahen Turm IV. „Zu Tanklaff, dort sind wir sicher!“

Ohne abzuwarten, läuft sie los. Maldan will ihr folgen, da sieht er mehrere Angreifer hinter ihnen aus der Turmtür brechen. Sie sind zu nah, um ihnen davon zu laufen, erneut werden Schwertstreiche und Keulenhiebe getauscht.

Die Kartografen sind hoffnungslos unterlegen, fast gleichzeitig werden Wargal und Senja getroffen. Ein großer Mann mit Backenbart schickt Wargal, mit einem beidhändig geführten Streich seines Kriegshammers, zu Boden. Sofort setzt der Angreifer nach. Er lässt die Waffe auf den Kopf des Anwärters niedersausen und es ist vorbei mit ihm.

Neben ihm wird Senja von einem Sensenhieb getroffen. Ihr Feind ist der Kutscher-Junge, beinahe einen halben Kopf kleiner als sie, aber doppelt so schnell wie alle anderen. Die Klinge trifft sie in der Seite. Zwischen Achsel und Hüfte färbt sich ihr Körper blutrot.

Ein schmaläugiger Mann befindet sich im Zweikampf mit Mohit. Er weicht der Eisenkette aus und nutzt den Moment, um Mohit mit einem meisterhaften Schwertstreich zu entwaffnen, aber während die Klinge den rechten Arm Mohits durchdringt, gelingt es dem Riesen ihm mit der Linken einen Faustschlag zu versetzen, der den Söldner zu Boden schleudert.

Auch Undall ist in Bedrängnis, doch als er Senja fallen sieht, lässt er sofort von seinem Feind ab und eilt ihr verzweifelt zu Hilfe. Maldan schickt das Albenmesser wieder auf die Reise, um Undalls Gegner, einen blassen Segosi auszuschalten. Die Klinge durchschlägt seinen Oberschenkel, keuchend fällt er auf die Knie.

Undall deckt den Jungen mit Schwertstreichen ein und so schnell und wütend greift er an, dass der Feind in die Defensive gerät. Einer von Undalls Hiebe schlägt die Sense zur Seite und zwingt ihn, zurückzuweichen. Blitzschnell springt er vor und stößt ihm das Schwert in den Oberarm. Doch die Klinge schneidet kein Fleisch, sondern fährt durch den Arm, als wäre er Luft. Wie Rauch kräuselt sich der Körper des Gegners und wird dann wieder fest. So etwas hat Maldan noch nie gesehen, welche Zauberei ist hier am Werke? Sofort kommt ihm der Angriff auf die Kutsche in Erinnerung, weder den Seelenkern, noch den Körper des Jungen hat er nach dem Sturz in den Fluss irgendwo sehen können. Vielleicht, weil der Attentäter sich in Rauch verwandelt hat?

Während Undall gleichermaßen erstaunt vor dem Jungen zurückweicht, nähert sich der fünfte Attentäter von der Seite. Im Laufen schleudert er ein Wurfmesser, das Undall in die Schulter trifft. Auch aus der anderen Hand lässt er ein Messer fliegen, es bohrt sich in Mohits Oberkörper. „So wirft man Messer", zischt der Mann in Maldans Richtung und sofort hat er in jeder Hand eine neue Klinge.

Der Treffer in die Schulter lässt Undall herumfahren. Es ist seine letzte Bewegung. Der Junge ist wie aus dem Nichts neben ihm und treibt die Sense tief in Undalls Bauch. Noch sterbend versucht der bärtige Novize den Kleinen mit sich zu reißen, klammert sich mit aller Kraft an ihn und versucht den Hals zu fassen. Vergebens, der Zwerg entwindet sich ihm. Undall stürzt zu Boden und steht nie mehr auf.

Wenn sie weiterkämpfen, werden sie alle sterben, fährt es Maldan durch den Kopf.

Den gleichen Gedanken scheint Mohit zu haben. Mit dem unverletzten Arm hebt er den blutigen Körper Senjas auf und läuft auf Turm IV zu. Maldan tut es ihm gleich. Hinter ihnen bleiben Wargals und Undalls zerschmetterte Leichen zurück.

Als sie das Tor erreichen, öffnet sich dieses gerade und Tiberia stürzt hinein. Auch Maldan und Mohit können sich hineinretten. Sie werfen die Tür zu, aber niemand folgt ihnen.

V. Nimgart – 10.18 Uhr abends

Nimgart öffnet und die Anwärter laufen oder stolpern in den Raum. Tiberia, der istrische Junge und der große Ulthar, auf der Schulter Senjas verwundeter Körper. Alle außer der Zauberin sind blutüberströmt. Das blonde Mädchen ist leichenblass, es ist ein Wunder, dass sie noch atmet.

Der Riese legt sie vorsichtig auf den Boden und bricht dann lautlos neben ihr zusammen. Aus seinem Körper ragen zahllose Messer.

Aus dem oberen Zimmer eilt nun Tanklaff hinzu, über der Schulter trägt er seine Ledertasche. Der Raum im Erdgeschoss ist in erster Linie Lagerraum und Küche. Neben dem Ofen sind viele Reihen Feuerholz und Vorratskisten aufgestapelt. Der Schildfuchs greift sich aufgeregt einen Schürhaken und eine Spaltaxt, um sich verteidigen zu können. „*Hmmm, hmmm, hmmm*", keucht er. „Schnell zum Keller, dort gibt es Geheimgänge, die aus der *hmmm* Gilde hinausführen!"

Nimgart geht zu der Kellerluke, als wollte er hinein sehen. Als er an dem Schildfuchs vorbei ist, dreht er sich um und versperrt den Zugang.

„Nein verehrter Meister." Er richtet sich zu voller Größe auf, seine Oberlippe spannt sich, die Mundwinkel wandern eine Haarbreite nach oben. Er zieht mit der freien Hand den

Mausbalger und hebt die Spitze des Katzbalgers, bis sie auf Tanklaffs Stirn zeigt. „Ich fürchte, die Gilde hat entschieden, dass eure Zeit abgelaufen ist.“

VI. Maldan – 10.18 Uhr abends

Maldan lässt sich auf einer der Kisten nieder und versucht, zu Atem zu kommen. Sein Unterarm schmerzt, noch immer quillt Blut aus der groben Wunde.

Mohit liegt reglos auf dem Boden, aus Arm und Bauch quillt Blut. Senja scheint nicht mehr bei Bewusstsein, vielleicht wird sie es nie wieder sein. Nur Tiberia ist unverletzt, sie hält einen Kerzenständer in der Hand und entzündet die Kerze an einer der Öllampen. Irgendwo am Rande seines Verstandes, wundert Maldan sich, dass sie noch völlig unverletzt ist. Außerdem ist es hell genug im Raum. Es gibt doch jetzt wahrlich Wichtigeres, oder?

Nimgart und Tanklaff wechseln ein paar Worte, die Maldan nicht versteht. Offenbar will der Schildfuchs, dass sie in den Keller fliehen, doch Nimgart verstellt ihm den Weg. Dann zieht der große dunkle Mann einen massiven Dolch und richtet die Spitze seines Schwertes auf den Meisterkartografen.

Schlagartig tritt eine beängstigende Veränderung des Schildfuchses ein, seine Augen verengen sich, er zieht die Lefzen hoch, entblößt seine spitzen Zähne und geht ohne ein Wort zischend vor Wut zum Angriff über. Wie ein Tollwütiger lässt er Schürhaken und Spaltbeil auf Nimgart niedersausen. Die Schläge prasseln auf den großen Mann ein, doch der blockt jeden einzelnen mit Dolch oder Schwert. Es ist der merkwürdigste und zugleich angsteinflößendste Kampf, den Maldan je gesehen hat. Die tierhafte Wildheit des Schildfuchses auf der einen, das kraftvolle Geschick Nimgarts auf der anderen Seite.

Es kann sehen, wie geübt der Schildfuchs im Waffenkampf ist, doch Nimgart kann er nicht bezwingen.

Der Mann aus den Baronaten pariert den Schürhaken mit dem Langschwert und nutzt den Moment, um den Dolch gerade von oben auf die Schulter des Meisterkartografen zu schlagen. Doch obwohl die Waffe die ungepanzerte Innenseite des Schildfuchses trifft, vermag sie kaum die Haut aufzureißen.

Die Kämpfer lösen sich wieder und erneut bringt sich Nimgart in die bessere Position, jetzt schlägt er den Dolch in die Seite des Wesens, aber wieder kann er kein Blut aus Tanklaffs Körper zwingen.

Dieses Mal aber wirbelt der Schildfuchs blitzschnell herum und sein Schwanz trifft Nimgart mit der Wucht einer Eisenkette am Arm. Maldan meint Knochen brechen zu hören.

Mit unglaublicher Willenskraft gelingt es Nimgart, den Dolch nicht fallen zu lassen, sondern in die unverletzte Hand zu wechseln, das Langschwert fällt scheppernd auf den Steinboden.

Der Kampf scheint entschieden, Nimgart verletzt und mit nur noch einer Waffe ist chancenlos. Maldan steht mühsam auf, da springt sein Blick plötzlich in die Seelensicht. Ein ungewöhnlich hell strahlender Thebronkern fliegt an ihm vorbei. Ohne die Zaubersicht würde er wie ein Fingernagel großer Funken erscheinen, der dauernd die Farbe wechselt, mal orange, dann wieder rot oder weiß. Er erkennt, dass es sich um einen enorm mächtigen Feuerzauber handeln muss. Es sind sieben oder acht Thebronkerne gleichzeitig beschworen worden und nun schweben sie auf Tanklaff zu, wie das Fallbeil eines Henkers.

VII. Tiberia – 10.19 Uhr abends

Feuer im Turm!

Einen Moment lang denkt Tiberia, dass er den Kampf gewinnen kann. Sie sieht, wie meisterhaft Nimgart sich bewegt. Aber wie soll er einen Gegner besiegen, den kein Eisen zu beißen vermag?

Als sie Nimgarts Arm brechen sieht, sticht sie den Nagelring in ihren Unterarm, dieses Mal braucht sie mehr als ein paar Tropfen Blut. Ein Strom Rot ergießt sich aus der geöffneten Vene. Sofort sieht sie die Thebronkerne in dem Kerzenhalter erstrahlen. Nacheinander hebt sie sie in die Luft und legt sie übereinander, dann entzündet sie den winzigen Kristall an der Kerzenflamme. Vor ihr funkelt ein achtfacher *Königsfunken der Liosalfar.* Der machtvollste Zauber, der je durch die Mauern dieses Turms geschossen wurde.

Sie darf keine Zeit verlieren. Ohne Umschweife fixiert sie den Rücken des Schildfuchses und schickt den Funken auf seine tödliche Reise.

Er schwebt nicht schneller durch den Raum, als eine Maus rennt, aber unaufhaltsam wie ein Lavastrom.

Fast hat er das Ziel erreicht. Nur noch wenige Zentimeter. Da trifft ihn plötzlich etwas. Seine Flugbahn wird unstet, flackernd taumelt das Geschoss weiter. Drei Thebronkerne entgleiten ihrer Kontrolle und beginnen in Zeitlupe zu Boden zu sinken, während die restlichen fünf den Schildfuchs treffen, jedoch nicht, wie geplant, in der Mitte des Rückens, sondern lediglich am rechten Oberschenkel. Sofort steht das Bein in Flammen, sie spürt, wie die Thebronkerne das Fleisch bis zum Knochen verbrennen. Der Geruch von Blut und brennendem Fleisch erfüllt den ganzen Raum.

VIII. Maldan – 10.19 Uhr abends

Er bohrt sich das Messer in den Unterarm, damit die Wunde sich noch weiter öffnet, und versucht mit aller Kraft den Funken zu greifen. Nur einen halben Meter vor Tanklaff bekommt er für einen Wimpernschlag Zugriff auf Tiberias Feuerzauber und einige Thebronkerne lösen sich aus dem Geschoss. Maldan kann sie jedoch nicht halten, sie beginnen mit der ihnen eigenen Langsamkeit zu Boden zu sinken. Der Schildfuchs aber stößt einen furchtbaren Laut aus und bricht getroffen zu Boden.

Aus Maldans Arm strömt das Blut, wie aus einem umgestürzten Weinkrug.

IX. Nimgart – 10.19 Uhr abends

Nimgart hat gelernt, den Schmerz zu beherrschen. In den Baronaten hat einmal ein Armbrustbolzen seinen Hals durchschlagen - der Grund, warum er immer eine eiserne Halskrause trägt. Das war schlimmer als das Gefühl, das jetzt aus seinem Arm in seinen Verstand zuckt, als der Knochen bricht. Schnell wechselt er den Mausbalger in die gesunde Hand und weicht ein paar Schritte zurück, um sich Zeit zu verschaffen.

Endlich macht die verdammte Anwärterin ihre Arbeit. Ein Glutgeschoss trifft Tanklaff von hinten und schickt ihn in einer Flammenkaskade zu Boden. Nimgart zögert nicht eine Sekunde, er holt mit dem Mausbalger aus und will ihn dem elenden Schildfuchs in die Stirn stoßen. Aber irgendein tierischer Instinkt rettet den Meisterkartograf, er wirft den Kopf zur Seite und sticht den Schürhaken in Nimgarts Flanke. Während Nimgarts Rippe schmerzhaft bricht, trifft der Mausbalger den

Schildfuchs zwischen Ohr und Schulter. Dieses Mal bleibt zumindest ein tiefer Schnitt zurück, dunkelrotes, fast schwarzes Blut spritzt über das Gesicht des Wesens, aber es reicht nicht, um ihn zu töten. Nimgart kann sich gerade noch nach hinten werfen, um dem Spaltbeil zu entgehen. Schon steht Tanklaff wieder. Unmöglich ihn mit dem Mausbalger - sterngedeutet oder nicht - auszuschalten. Das Feuermädchen muss ihn richten.

X. Tiberia – 10.19 Uhr abends

„Du Nervensäge von einem Anfänger", zischt sie. Da steht er. Blass wie eine Leiche, der Arm eine einzige offene Wunde, aber immer noch im Stande, ihrem *Königsfunken* die notwendige Glut zu nehmen.

Sie sticht den Dorn bis zum Knochen in den Arm und ruft alle Thebronkerne zurück in ihre Hand, um sie dort erneut zu entflammen. Gleichzeitig lässt sie die verbleibenden sechs Thebronkerne aus dem Kerzenhalter aufsteigen, entzündet auch diese und beschwört *Dennganns Feuerschwarm.* Die sechs Kerne flattern wie brennende Leuchtkäfer auf den verfluchten Istrier zu, während sie sich bereit macht, die restlichen erneut zu einem *Königsfunken* zu versammeln. Ein zweites Mal wird der Fuchs dem Feuertod nicht entgehen.

XI. Maldan – 10.19 Uhr abends

Die Todesangst lässt alles um ihn herum in Schwärze versinken. Er sieht wie durch einen engen Tunnel sechs faustgroße Feuerbälle auf sich zukommen. Wer hätte gedacht, dass er so viele Jahre auf den Fluten des Rhin überleben würde, nur um in den Flammen eines Feuerzaubers zu sterben.

Kein klarer Gedanke dringt mehr an die Oberfläche. Wie von selbst fließt der Albendolch in seiner Hand zu fester Form und Maldan schickt ihn augenblicklich auf die Reise. Schickt ihn aus, ihm diese und alle Nächte zu retten. Einmal noch Tessrin sehen. Die schwarze Klinge löst sich wie ein tödlicher Vogel aus seiner Hand und schießt davon.

Von einem Augenblick zum nächsten Erlöschen die Feuerbälle, er sieht die Thebronkerne in der Luft anhalten. Wo eben noch Licht war, herrscht nun wieder Dunkelheit.

Kaum noch bei Bewusstsein ruft er den Dolch zurück. Blutig löst er sich aus Tiberias Bauch und eilt zurück in Maldans bleiche Hand.

XII. Nimgart – 10.19 Uhr abends

Der Schildfuchs rollt sich in Erwartung eines weiteren Feuerangriffs zu einer brennenden Kugel zusammen, die blutende Wunde an seinem Hals verschwindet ebenso unter Panzerplatten, wie das brennende Bein.

Jetzt ist der Moment, in dem Tiberia töten muss, denkt Nimgart. Jetzt ist die Zeit, jetzt muss der Kampf beendet werden.

Er blickt hoch und sieht in dem diffusen Licht, das die wenigen Öllampen und ein in Brand geratenes Fass bieten, wie der istrische Junge irgendeine schwarze Waffe schleudert. Das Feuermädchen wird einen Fingerbreit über dem Nabel getroffen und taumelt gegen einen der Holzstöße. Das Feuer erlischt in ihrer Hand und in der Luft. Der Zauber ist verschwunden.

Abgesehen vom Sterben hasst der Baron nichts so sehr, wie das Scheitern eines Plans. Er fasst den Mausbalger fester und rennt, so schnell er kann, zu dem Istrier. Der fährt herum und stößt mit der schwarzen Klinge nach Nimgarts Gesicht, doch zu spät. Der Dolch fährt tief in die Rippen, des Jungen. Nimgart tritt ihm den Stiefel in die Seite und reißt den Mausbalger wieder aus seinem Leib.

Dann stürzt er zu der verletzten Zauberin, zieht sie auf die Beine und schreit „Jetzt Feuermädchen, jetzt! Töte ihn!"

„Wen?" Ihrem Gesichtsausdruck zufolge soll es wohl ein Fauchen sein, doch der Stimme fehlt jede Kraft, sie ist jetzt ebenso bleich wie der sterbende Istrier.

Nimgarts Augen suchen den Kellereingang. Der Boden ist noch mit winzigen Glut- und Aschestücken bedeckt, aber der verdammte Schildfuchs ist verschwunden.

Inzwischen hat das Feuer vom Fass auf eines der Regale übergegriffen und der Raum füllt sich mit Rauch.

„Komm, wir müssen dafür sorgen, dass gelöscht wird, sonst brennt die ganze Gildenburg ab."

Enttäuscht fasst er Tiberia mit dem gesunden Arm um die Hüfte und hilft ihr aus dem Turm.

XIII. Maldan – 10.22 Uhr abends

Es fällt ihm nicht leicht, zu sterben. Er klammert sich an diese Welt, als hätte sie ihm je mehr als ein Leben in Sklaverei geboten. Schritt für Schritt zieht er sich an der Wand zum Ausgang, der Boden ist eine einzige Lache aus Blut. Irgendwo hier müssen auch Mohits und Senjas Körper liegen.

Dann verlässt ihn das Augenlicht, er hört nur noch das Knacken sich nähernder Flammen und fühlt den blutnassen Stein unter sich.

Kurz bevor er bewusstlos wird, scheint es ihm, als würde er in die Höhe schweben. Müsste er nicht zum Weltenfluss sinken, damit ihn die Fluten des Seelenflusses in die nächste Welt tragen? *Jenes verging, dieses vergeht.*

Sein letzter Gedanke gilt Tessrin. Dann versinkt alles in Schwärze.

EPILOG

Tiberia

„Tibia, Tibia, Tibia. Da hast du aber großes Glück gehabt, ein Messer im Bauch ist ja nicht leicht zu überleben." Der fette Händler lacht so kalt, wie immer. „Zu schade, dass du keinen Erfolg hattest. Ich hätte dir die Stelle als Dozentin gegönnt und schließlich bist du ja auch die fähigste Zauberin in ganz Tylis nicht wahr? Wer weiß, vielleicht habe ich mal einen Auftrag, mit dem du dir eine Stelle in der Universität verdienen kannst."

Tiberia starrt ihn mit einer Mischung aus Wut und Verzweiflung an. Sie ist zu schwach, um darauf angemessen zu erwidern.

„Nun", fährt Ottlar fort, „den Kerzenhalter muss ich von dir zurück fordern. Geschäft ist Geschäft, nicht wahr?"

Tiberias Hand krallt sich so fest um den Kerzenhalter, dass die Haut weiß wird.

„Ich werde mich jetzt aufsetzen" zischt sie, so laut sie eben kann, „wenn du noch hier bist, wenn ich sitze, brenne ich dich aus der Erdkruste, wie man eine Hausschabe aus dem Suppentopf kratzt."

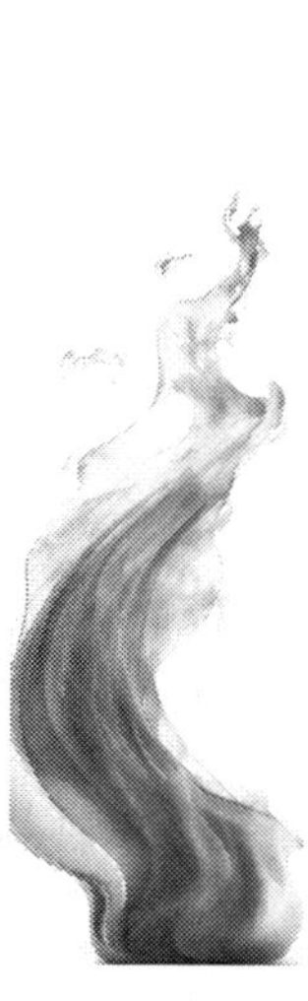

Der Händler guckt sie zweifelnd an, aber als sie Anstalten macht sich hochzuziehen, sieht er doch zu, so schnell wie möglich zum Ausgang zu kommen. „sicher finden wir da noch eine Lösung, bis dahin betrachte ihn als geliehen.“

Und er ist verschwunden.

Tiberia lässt sich wieder niedersinken und schließt die Augen. Irgendwie wünschte sie, Mama Narra wäre hier. Sicherlich ein Zeichen größter Verwirrung, denkt sie in einem Anflug von Galgenhumor.

Da öffnet sich die Tür erneut. Überrascht erkennt Tiberia die kleine Gestalt Mialas. Was kann die Kartografin noch von ihr wollen?

EPILOG

Maldan

Lange bevor er einen klaren Gedanken hat, sehen seine Augen. Es sind die beruhigenden Wellen des Rhin, deren kraftvolles Blau sogar die Glut der Sonne in den Hintergrund drängt. Nur manchmal unterbrechen auslaufende Schiffe den Frieden der Szenerie.

Es dauert lange, bis sein Verstand etwas anderes als dieses Bild fassen kann. Zuerst kommt langsam das Gefühl in den Armen zurück, dann folgen sein Rumpf und seine Beine.

Es gelingt ihm, den Kopf etwas zu heben, sein linker Arm ist fast vollständig von Verbänden bedeckt, ebenso sein Oberkörper, dennoch hat er keine Schmerzen.

Er überlegt, ob er tot ist. Aber dann werden seine Gedanken klarer. Er liegt auf dem Flachdach einer der Lagerhallen im Hafen. Jemand hat seine Wunden verbunden und offenbar hat man ihm schmerzstillende Kräuter gegeben.

Eine Hand legt sich auf seine Schulter. „Liege still Flussjunge. Du befindest dich an genau der richtigen Stelle, damit die Heildeutung ihre Wirkung entfalten kann, du hast Glück, das Tinne ist und nicht schon Coll, für diesen Monat hätte ich keine einzige Sterndeutung gewusst, die Wunden schließt." Ihre Stimme wird leiser „vielleicht hättest du es dann nicht geschafft."

Sie versteht seinen fragenden Blick richtig und erklärt, „ein Freund hat dich aus dem brennenden Turm gezogen. Ich glaube in der Gilde nennen sie ihn den" sie spricht etwas leiser weiter „ähm Gartenriesen oder Gartentroll. Ich glaub er mag das nicht so, nenn´ ihn lieber Kwasta. Keine Ahnung, ob das sein Name ist, aber wenn man ihn so nennt ärgert er sich nach meiner Erfahrung nicht." Sie zuckt mit den Schultern.

„Was ist mit den anderen", presst Maldan hervor.

Tessrin hebt wieder die Schulter, „Ich weiß nicht."

Maldan schließt die Augen. Dann legt er seine Hand auf Tessrins und schläft wieder ein.

EPILOG

Nimgart

Er sieht sich die kleine Wachstafel, die ein geflügelter Bote heute gebracht hat noch einmal an. Sie ist mit einer unruhigen, unsauberen Schrift gefüllt. Es sieht aus, als hätte die Verfasserin wenig Lust oder Zeit gehabt sich Mühe zu geben.

a.S.: Tanklaff, hör´ endlich auf so ein Idiot zu sein! Ante Scriptum!? Warum gibst du nur immer so einen geschwurbelten Mist von dir? Kein Wunder, dass die Leute dich am liebsten umbringen wollen, mir geht es nicht anders! Und was soll das mit dieser Höflichkeitsanrede, wir haben als Babys nebeneinander in die Höhle geschissen, erinnerst du dich?

Bleib in deinem Turm, bis ich da bin. Lass niemanden rein, egal was passiert! Die Mörder werden Vorwände finden. Traue niemandem, im Krieg werden Verbündete zu Feinden, traue keiner Nachricht, glückliche Zufälle gibt es nicht, das sind alles Fallen. Jeder Mord beginnt mit einem Verrat.

Ganz wichtig, mache dir auf keinen Fall neue Feinde, achte darauf, dass die alten Säcke in der Gilde dich schätzen und unterstützen! Gerade in der Gilde brauchst du jeden Verbündeten, sie ist dein einziger Schutz! Bin unterwegs, bringe die Katzis natürlich mit.

p.S.: Tanklaff, hör´ endlich auf so ein Idiot zu sein!

Smailja

Smailja. Das muss Tanklaffs Schwester sein, die Abenteurerin. Sollte sie kommen, wird sich die Gilde mit ihr beschäftigen, da ist er sich sicher. Die alte Onara sprüht vor Hass, Domaro und Falas-Dufat nicht anders. Nimgart schert es nicht, soll der alte Schildfuchs leben oder sterben, ihm ist es inzwischen gleich.

Er legt die Tafel zurück auf den klapprigen alten Schreibtisch. Ein Wunder, das er nicht zusammenbricht. Als Erstes wird er den ganzen schönen Turm ausmisten und neu einrichten müssen.

Natürlich wird er auch neue Anwärter brauchen. Senja, dieses Meisterwerk der göttlichen Gerber, zäh wie die Zeit, hart, wie sterngedeutetes Eisen hat überlebt. Nimgart ist beeindruckt, er hätte nicht gedacht, dass jemand nach so einer schweren Verletzung noch einmal aufsteht.

Er wird mit ihr reden müssen, eine so zähe Anwärterin würde er nur ungern gehen lassen. Undall und Wargal sind tot, sicherlich ein Verlust für die Gilde. Mohit haben sie noch rechtzeitig aus dem Feuer gezogen, um seinen Körper vor den Flammen zu retten, aber er hat so viel Blut verloren, dass er dem Tod näher ist als dem Leben.

Zum Glück konnten die Brände im Bibliotheksturm und in Turm IV rechtzeitig gelöscht werden, es werden lediglich ein paar Sanierungsarbeiten nötig sein. Die sind hier in vielerlei Hinsicht ohnehin überfällig, denkt Nimgart.

Er lehnt sich zurück und gönnt sich das erste Mal seit sehr langer Zeit ein müdes Lächeln. Meisterkartograf und Herr von Turm IV. Ein guter Anfang.

ANHANG

Herwartius, Julianus und die anderen Kollegen von der Universität brüsten sich natürlich damit praktisch täglich neue, fantastische Zaubereien und einzigartige Beschwörungen zu erfinden. Aber wenn wir ehrlich sind, handelt es sich doch nur immer um Abwandlungen bereits bekannter Geschichten. Aber Hauptsache jeder hat dauernd etwas Geniales zu verkünden.

Die Klassiker habe ich zu dem besonderen Anlass heute einmal zusammengestellt. Auf das sie die neuen Mitglieder unserer jungen segosischen Zunft inspirieren, wahrhaft neue Zaubersprüche zu entwickeln.

Wasserzauber:

Salmans Wirbel
Der Zauberer belebt mindestens zwei Seelenkerne, um einen Wasserwirbel zu erzeugen. Mindestens drei oder vier Seelenkerne werden benötigt, um einen menschlichen Körper

durchs Wasser zu ziehen. Ein Schiff erfordert sieben bis zehn Seelenkerne. Der Zauber wurde erst kürzlich in nie gesehener Stärke von Cian, dem Admiral der Nachtalben, in der Schlacht um Gorias angewendet. Außerdem eine Möglichkeit für mittelmäßige Wasserzauberer, ihre Brötchen in der Schifffahrt zu verdienen.

Die fliegende Meerfaust
Eine kleinere Wassermenge (mindestens ein halber Eimer) wird so stark beschleunigt, dass sie ein Ziel wie eine Faust trifft. Geeignet sogar Menschen umzuwerfen, je nach Gewicht des Ziels werden zwischen zwei und vier Thebronkerne dafür benötigt.

Cridbels endloser Tropfen
Der Zauberer erzeugt eine Wasserströmung, die entweder einem Rinnsal oder einer Flutwelle gleicht. Je nach Anzahl der Thebronkerne.

Feuerzauber:

Denngans Feuerschwarm
Die Beschwörung brennender Funken, die wie ein Schwarm Motten durch die Luft schweben. Der Feuerschwarm ist etwa so schnell, wie eine Maus rennt.

Königsfunken der Liosalfar
Die Konzentration so vieler Seelenkerne wie möglich, um einen einzelnen, glühend heißen Funken herbeizuzaubern, der

durch nichts aufzuhalten ist. Angeblich einer der machtvollsten Kampfzauber des Königs der Lichtalben. Dieser soll einst in der Scherbenschlucht einen Funken mit zwanzig Thebronkernen beschworen haben. Dennoch ist er der Legende nach damals den Nachtalben zum Opfer gefallen.

Runganns glühender Finger
Diesen Zauber soll der legendäre Firbolgkönig Rungann entwickelt haben, um die Finger seines Eisenhandschuhs zum Glühen zu bringen, ohne selbst dabei verletzt zu werden.

Taranis Feuerkreisel
Ein sich drehender Feuerkreis, der sowohl als Lichtquelle, als auch als Waffe eingesetzt werden kann. Die alten Firbolg haben diesen oftmals beschworen, um ihrem Feuergott Taranis zu huldigen, daher der Name.

Trevas wanderndes Kerzenlicht
Ebenfalls ein Zauberspruch, um einen Raum zu erleuchten. Normalerweise wird nur ein Thebronkern beschworen, das Licht entspricht, man ahnt es schon, dem einer Kerze. Immerhin ist dieses Licht wetterfest und flackert nicht im Wind. Wie man sieht, denken die Trevaner erheblich praktischer als die Firbolg mit ihren Feuerkreiseln.

Erdzauber:

Istrischer Meißel
Angeblich in Istros entwickelter, sehr starker Erdzauber. Es

werden so viele Thebronkerne wie möglich verdichtet, um einen oder mehrere Steine senkrecht in den Boden zu treiben. Damit lassen sich sogar in Granit Löcher reißen. Um Stein aufzubohren, werden mindestens fünf Thebronkerne benötigt. In gewisser Weise eine Entsprechung des schon genannten *Königsfunken.*

Maulfwurf-Wut
Der Erdboden explodiert nach oben und schleudert alles hoch, was sich an dieser Stelle befindet. Nützlich zum Graben. Aber geeignet, um Gegner zu Fall zu bringen. Mit zwei Thebronkernen lässt sich sogar ein Wagenrad brechen. Die unsägliche Waltania hat mit diesem Zauberspruch im letzten magischen Duell ihren Gegner zu Fall gebracht. Ich habe es selbst mit ansehen müssen.

Samorischer Steinschmirgler
Ein Zauber aus dem Bergbau, mit dem sich die Steinwände einer Mine oder Höhle glätten lassen. Natürlich haben nicht die Samorer den Zauber entwickelt, von denen wir nicht mal so richtig wissen, ob sie je existiert haben (Tanklaff mag mir verzeihen), sondern die Nachtalben, um die Gänge ihrer Hügelburgen zu verschönern.

Luftzauber:

Finngans furchtbarer Flügelschlag
Ein sehr nützlicher Zauber, mit dem sich ein Wind oder Sturm erzeugen lässt. Mit fünf Thebronkernen können die Segel eines kleineren Schiffs, wie einer Sagitte, ausreichend gefüllt werden,

damit es Fahrt aufnehmen kann. Ermöglicht es den mittelmäßigsten Luftmagiern, den mittelmäßigen Wasserzauberern Konkurrenz in der Schifffahrt zu machen.

Himmlischer Hornstoß

Die Luft wird nicht stetig, wie bei *Finngans Flügelschlag*, sondern in einer einzigen kraftvollen Böe beschleunigt. Mit drei oder vier Seelenkernen könnte ein Gegner umgepustet werden. Ich habe schon mal gesehen, wie ein Zauberer ein Pferd mit Reiter zu Boden geworfen hat. Ich denke, dabei kamen fünf Thebronkerne zum Einsatz.

Sternschwingen

Ein Zauberspruch, der eher den Legenden zuzuordnen ist. Angeblich sollen einzelne Lichtalben in der Lage gewesen sein sich mit der Hilfe von fünfzehn bis zwanzig Thebronkernen wie Vögel in die Luft zu erheben. Jedenfalls behaupten das einige Druiden der Nachtalben. Mir würde es natürlich nicht einfallen, die Vertrauenswürdigkeit unserer geschätzten Handelspartner in Frage zu stellen.

- Gashmira, Handelsministerin von Segos, Festschrift zur Gründung der segosischen Zauberzunft.

Bitte des Autors

Wenn Ihnen das Buch gefallen hat, bewerten Sie es bitte auf den einschlägigen Portalen (Amazon, goodreads, lovelybooks usw.) positiv. Für die Fortsetzung der Reihe ist eine größere Bekanntheit des Buchs unerlässlich.

Quellenangabe

Bei dem Vers am Anfang des Buches, des 3. und 17. Kapitels handelt es sich um jeweils abgewandelte Teile einer Übersetzung des Gedichts „the Tyger" von William Blake. Der Vers am Beginn von Kapitel 24 ist eine Abwandlung eines Gedichts von Felix Dahn.

Printed by Amazon Italia Logistica S.r.l.
Torrazza Piemonte (TO), Italy

58588711R00143